FRANZISKA STEINHAUER

Spreewald-Tiger

ALTE WUNDEN Reges Gedränge am Gehege der Tiger im Cottbusser Tierpark, als ein Raubtier dem Wasser entsteigt – einen menschlichen Arm im Maul. Laut Rechtsmediziner ist dieser laienhaft vom Körper getrennt worden. Gehört die Gliedmaße der kürzlich vermisst gemeldeten Journalistin Corinna Waller? Ein Brand hindert Nachtigall an der Suche nach Hinweisen in der Wohnung der Vermissten. Ein Zufall? Oder werden die Ermittlungen Nachtigalls sabotiert? Corinnas Freund Florian berichtet dem Kommissar von einem Unbekannten, der sie seit einiger Zeit beim Joggen verfolge. Mit ihm hatte Corinna sich auf ein Katz-und-Maus-Spiel eingelassen, suchte den Kick darin, ihm überlegen zu sein – mit tödlichen Konsequenzen? Nachdem Florian kurze Zeit später brutal überfallen wird, nehmen die Ermittlungen eine ganz neue Wendung. Kommissar Nachtigall gerät in einen Wettlauf um Leben und Tod …

Franziska Steinhauer lebt seit mehr als 25 Jahren in Cottbus. Bei ihrem Pädagogikstudium legte sie den Schwerpunkt auf Psychologie sowie Philosophie. Ihr breites Wissen im Bereich der Kriminaltechnik erwarb sie im Rahmen eines Master-Studiums in Forensic Sciences and Engineering. Diese Kenntnisse ermöglichen es der Autorin den Lesern tiefe Einblicke in pathologisches Denken und Agieren zu gewähren. Mit besonderem Geschick werden mörderisches Handeln, Lokalkolorit und Kritik an aktuellen gesellschaftlichen Entwicklungen verknüpft. Franziska Steinhauers Romane zeichnen sich vor allem durch gut recherchierte Details und eine besonders lebendige Darstellung der jeweiligen Figuren aus. Ihre Begeisterung am Schreiben gibt sie als Dozentin an der BTU Cottbus-Senftenberg weiter.

FRANZISKA STEINHAUER

Spreewald-Tiger

PETER NACHTIGALLS 11. FALL

Die automatisierte Analyse des Werkes, um daraus Informationen insbesondere über Muster, Trends und Korrelationen gemäß § 44b UrhG (»Text und Data Mining«) zu gewinnen, ist untersagt.

Bei Fragen zur Produktsicherheit gemäß der Verordnung über die allgemeine Produktsicherheit (GPSR) wenden Sie sich bitte an den Verlag.

Immer informiert

Spannung pur – mit unserem Newsletter informieren wir Sie regelmäßig über Wissenswertes aus unserer Bücherwelt.

Gefällt mir!

Facebook: @Gmeiner.Verlag
Instagram: @gmeinerverlag

Besuchen Sie uns im Internet:
www.gmeiner-verlag.de

© 2018 – Gmeiner-Verlag GmbH
Im Ehnried 5, 88605 Meßkirch
Telefon 0 75 75 / 20 95 - 0
info@gmeiner-verlag.de
Alle Rechte vorbehalten
4. Auflage 2025

Lektorat: Claudia Senghaas, Kirchardt
Satz: Mirjam Hecht
Umschlaggestaltung: U.O.R.G. Lutz Eberle, Stuttgart
unter Verwendung eines Fotos von: © dioxin/photocase.de
Druck: Custom Printing, Warschau
Printed in Poland
ISBN 978-3-8392-2263-8

Personen und Handlung sind frei erfunden.
Ähnlichkeiten mit lebenden oder toten Personen
sind rein zufällig und nicht beabsichtigt.

VOR 30 JAHREN

Der Schrei gellte durch die Wohnung.

Die Jungs zogen synchron die Köpfe zwischen die Schultern, hielten sich die Ohren zu.

In der winzigen Wohnung konnte man keinem Schicksal ausweichen – ob es nun das eigene oder das der anderen war. Zwei Zimmer, Küche, Bad. Ein gewaltbereiter Vater. Vier Jungs. Und eine schwangere Mutter.

»Benni! Benni! Benni!«

Der Gerufene entwirrte seine Beine aus dem Lotussitz, den er nun, nach Wochen des Übens perfekt beherrschte, stand mühsam auf, trat in den Flur, öffnete widerwillig die Tür zum angrenzenden Zimmer.

»Benni!«, keuchte die Mutter, vornüber gebeugt, mit schmerzverzerrtem Gesicht. »Hol Oma!«

Er drehte sich wortlos um.

»Und Benni! Nimm deine Geschwister mit. Bleibt alle in Omas Wohnung. Du bist der Vernünftigste, ich verlasse mich drauf, dass ihr euch benehmt. Kommt erst zurück, wenn Oma euch schickt. Hast du das verstanden?«

Der Hinterkopf deutete ein Nicken an.

»Benni! Oma soll sich beeilen.«

Wenig später hörte sie die Tür zufallen. Atmete auf. Wenn das Schicksal ihr gnädig wäre, wurden die Kinder tot geboren. Sie könnte trauern – und gut.

Doch das Schicksal hatte anderes vor.

Als ihre Mutter endlich kam, war die Geburt schon im Gange.

Schreiend und stöhnend wand sich die Tochter auf der Schlafcouch.

Warmes Wasser, ein paar trockene Tücher. Schnell war alles vorbereitet. Schließlich waren sie ein eingespieltes Team. Dies: schon die dritte Entbindung. Und sie dauerte nicht lang.

Nach wenigen Minuten war das erste Köpfchen durchgeschlüpft, der Körper keine Hürde, dann Nummer zwei. Die Mutter glitt in einen Zustand der Wahrnehmungslosigkeit hinüber. »Sind da noch mehr?«, fragte die Gebärende hysterisch, als ihr Denken wieder aufklarte. »Warum immer bei mir?«

»Das sind alle. Sehen gesund und hungrig aus.« Die Helferin war zufrieden. Badete die Kinder und zog sie an. Wollte sie der Mutter reichen, doch die nahm nur eins.

»Lauf in die Postgasse. Dort wohnt die Frau, die mich neulich angesprochen hat. Bring ihr das Gör. Sie kann es haben – aber ich will weder sie noch das Kind je wiedersehen. Sag ihr das. Sie soll wegziehen und über die Umstände ihrer Mutterschaft auf ewig schweigen!«, verlangte sie atemlos. Legte sich zurück und schloss erschöpft die Augen.

»Ist das dein Ernst?«

»Ja. Es ist genug. Sieh mich doch an! Sechs Kinder! Und der Mann nie da. Was natürlich auch sein Gutes hat. Ist er da, prügelt er sich eh nur durch! Es reicht.«

Die Großmutter tupfte der Tochter den Schweiß von der Stirn. Gab ihr etwas zu trinken. Schob die Nachgeburt in einen Sack. Nahm die blutigen Tücher von der Couch, knüllte sie in eine Reisetasche. »Die nehme ich zum Waschen mit. Das andere werfe ich in den Müll. Mach dir keine Gedanken um die Jungs, die sind bei mir gut versorgt.«

Der flehende Blick ihrer Tochter. Ihre heiße Hand auf dem Unterarm. Die eindringlichen Worte. »Tu es! Tu es für mich und die Jungs! Es ist gut, die Frau wünscht sich so sehnlich ein Kind. Sie wird tun, was ich verlange, und das Kind in Liebe großziehen! Es ist nichts Unrechtes dabei, wir nehmen von ihr kein Geld. Dem Kind wird es bei ihr besser gehen als bei uns!«

»Aber du wirst es nicht zurückbekommen, wenn du es dir anders überlegst«, mahnte die lebenserfahrene Frau ihre Tochter. »Es ist für immer. Und es ist nicht nach dem Gesetz.«

»Das Gesetz sieht auch nicht vor, dass man ständig Kinder gebären muss. Ich kann nicht mehr! Wenn du es nicht tust, sterbe ich. Es ist nicht zu schaffen.«

Und so tat die Großmutter, wie man sie geheißen hatte. Drückte der wildfremden Frau ein Bündel Handtücher in die Hand. Richtete aus, was zu bestellen war, und machte sich auf den Weg, in ihre eigene Wohnung zurückzukehren, um den wartenden Enkeln etwas zu essen zu kochen.

Danach würde sie noch mal nach ihrer Tochter sehen. Und, wenn alles wohl geordnet war, die Jungs nach Hause schicken. Schließlich musste sie am nächsten Morgen früh zur Arbeit, die Jungs in die Schule und in die Tagesstätte.

Wenigstens wären sie dann nicht zu Hause, und ihre Tochter konnte sich ein wenig erholen.

Ich backe noch einen Kuchen, überlegte sie, damit die Jungs Frühstück haben. Und so dachte sie auf dem Heimweg darüber nach, wie sie aus dem, was sie noch in ihrem Vorratsschrank hatte, ein leckeres Essen und später einen gehaltvollen Kuchen backen konnte.

Denn alle in der Familie sahen aus, als hätten sie mal wieder eine richtige Mahlzeit nötig.

Den verschenkten Säugling hatte sie schon fast vergessen.

PROLOG

Er war wieder da. Nicht zu überhören. Anschleichen beherrschte er nicht. Lautloses Verfolgen schon gleich überhaupt nicht. Ein Dilettant! Sie grinste abschätzig. Na, der würde sich wundern! Dem würde das hier für alle Zeiten vergehen. Dafür würde sie schon sorgen.

Unbeeindruckt joggte sie weiter, blieb in ihrem gleichmäßigen Rhythmus. Zufrieden bemerkte sie, dass sich nicht einmal Atmung oder Puls beschleunigt hatten. Alles bestens.

Ratschend wurden die Fasern eines Klettverschlusses voneinander getrennt.

Sie überlegte amüsiert, ob es jetzt schon Hosen für Dumme gab, die den Reißverschluss nicht öffnen oder schließen konnten. Dann kreisten ihre Vorstellungen um die Frage, ob er wohl seine »Jagdhose« speziell hatte umarbeiten lassen. Damit es im entscheidenden Moment weder eine Verzögerung noch eine schmerzhafte Einklemmung geben konnte. Baumelte jetzt das wichtigste Körperteil für die Feierabendgestaltung frei in der Luft? Sie unterdrückte ein lautes Auflachen. Wie peinlich für ihn, wenn ihnen nun unerwartet jemand entgegenkam? Und so was von behindernd beim Joggen. Sie zog das Tempo ein wenig an.

Er schnaufte hinter ihr her.

Seit mehr als zwei Wochen dieses blöde Spiel! Sie hatte erwartet, sein Trainingszustand würde sich durch die Extraportion Sport deutlich verbessern, aber dem war wohl nicht so. Vielleicht, spann sie den Gedanken weiter, lag das schwere Atmen an der Verkrampfung der Muskulatur, wenn er sich das für ihn erwünschte Ende des Laufs vorstellte. Der Typ musste lernen, lockerer zu werden! Oder onanierte der etwa beim Laufen? Ging das überhaupt? Wahrscheinlich nicht. Wegen der vorangehenden Körperanspannung. Dann konnte man nicht gleichzeitig joggen – unmöglich.

In der Dunkelheit des Waldes könnte er ihr näherkommen. Sie hätte ihn erst erkennen können, wenn er praktisch gleichauf mit ihr war. Doch in der Regel gab er plötzlich auf. Kam ihr nie nah genug.

Ihre Kondition war für ihn nicht zu knacken, bei ihr gab es immer noch eine Gangreserve, wenn sein Akku schon vollkommen ausgetrocknet war.

Das war der Reiz an diesem Spiel, dem sie sich, aus Gründen, die sie nicht erklären konnte, jedes Mal wieder hingab. Natürlich wusste sie sehr gut, dass die Verschärfung des Tempos seinen Jagdtrieb verstärkte, er auch versuchte, den Takt zu erhöhen. Es aber eben nicht konnte. Im Gegensatz zu ihr. Das stellte sie an jedem dieser Abende voller Triumph fest. Sobald sie in den Wirtschaftsweg am Tierpark vorbei einbog, war er weg.

Als nichts mehr von ihm zu hören war, nahm sie das Tempo zurück. Blieb sogar für einen Moment am Zaun stehen und spähte zum Tigergehege hinüber. Die wunderschöne Raubkatze faszinierte sie. Auch wenn sie nichts erkennen konnte, so spürte sie doch der Kraft des Tieres nach, ihrer Aura von Gefahr und ihrem Gefühl der Überlegenheit. Bei ihrem letzten Besuch hatte sie beobachtet, wie die Gestreifte jeden der Besucher durch die Scheibe ihres neuen Geheges intensiv musterte, als taxiere sie, ob sich ein Angriff lohne, die Futterausbeute bei dieser fußlahmen Beute ausreichend sei. Vom Blick dieser unglaublichen Augen gestreift zu werden, löste ein elektrisierendes Gefühl aus. Fast hatte sie das Knistern der Spannung in ihrem Körper hören können.

Schade, dass man nicht näher an das Tier herankonnte. Gern hätte sie versucht herauszufinden, ob es zwischen ihr und der eleganten Kara eine stille Seelenverwandtschaft gab.

Sie lief ein Stück weiter am Zaun entlang, bis sie in Karas früheres Gehege sehen konnte. Dort wohnten nun zwei Kater. Sumatratiger. Sie sahen völlig anders aus als die edle Katze, an der ihr Herz hing. Aber schön waren auch sie, keine Frage. Junge Männchen, die sich hier im Tierpark zu stattlichen Großkatzen entwickeln würden.

Sie drehte sich um. Wollte ihren Schritt wieder aufnehmen. Da stand der Typ direkt neben ihr! Hatte sich lautlos wie ein Raubtier angeschlichen. Wollte den Augenblick der Überraschung für seine Zwecke nutzen! Er war so unmittelbar, dass sie ihn erkannte.

»Ach du bist das! Sag mal, wieso schleichst du mir hinterher?« Sie lachte. Hörte, dass es erschrocken, ja hysterisch klang. »Du hättest doch bei mir klingeln können, wenn du was zu besprechen hast.« Ärgerlich lauschte sie ihren Worten nach. Was rede ich nur für einen Schwachsinn, schimpfte sie in Gedanken. Registrierte alle Dinge auf einmal: den entschlossenen Blick ohne jedes Gefühl (keine Spur von ungezügelter Lust!), die geschlossene Hose (er war also gar nicht auf Sex aus?), die geöffnete kleine Gürteltasche (daher war also das Ratschen gekommen!), das Messer in seiner Hand (Scheiße!) ...

Die kurze, kraftvolle Bewegung, der heiße Schmerz ...

Als sie zu Boden ging, er ein weiteres Mal auf sie einstach, brüllte er: »Nicht mit mir, du geldgierige Schlampe! Nicht mit mir!«

Doch das hörte sie schon nicht mehr.

1. KAPITEL

Es raschelte.

Besorgniserregend. Oder eher nicht?

Eine Maus vielleicht, überlegte der Mann, der sich nun schon seit Stunden im Gebüsch verborgen hielt. Unbehaglich wurde ihm dennoch. Gab es nicht Wölfe in dieser Gegend? Dieser Problemwolf, von dem mal in der Zeitung stand, hatte man den eigentlich im Griff? Er erinnerte sich nicht genau, aber dunkel war ihm, als hätte man den Wolf in Sachsen getötet. Schade, Bedauern machte sich in ihm breit. Er seufzte. Umbringen musste man diese wunderschönen Tiere nun auch wieder nicht. Schließlich lebte der Mensch im Urgebiet des Wolfes, *er* war der Eindringling – man musste sich arrangieren. Bestimmt kein Wolf, beruhigte er sich.

Konnte es wahr sein – Adrenalin puschte Körper und Geist erneut, er wagte es kaum zu hoffen –, würden sie diesmal endlich Erfolg haben? Er spannte die Muskulatur an, damit sie sich darauf vorbereiten konnte, spürte, wie sich Rücken und Beine bereitwillig zur Verfügung hielten. Einen so stattlichen Körper wie den seinen explosiv zu beschleunigen, war schließlich keine leichte Aufgabe, und die Position, die er als Lauerstellung eingenommen hatte, keineswegs zum bequemen Start geeignet.

Aber wahrscheinlich kam das Rascheln doch von einer Maus.

Er lauschte angestrengt. Hielt den Atem an. Nichts.

Nächtliche Stille. Wie bei all den anderen Wachen in den vergangenen Wochen. Enttäuscht lockerte er sich wieder. Die Alarmbereitschaft wich allerdings nur zögernd aus seinem Körper.

Die anderen saßen jetzt bei Bier und Chips, guckten Fußball. Und er unterm Busch! Da war es nur ein mäßiger Trost zu wissen, dass die vier, die ebenfalls für heute eingeteilt waren, ganz in der Nähe so wie er warteten, hofften, vielleicht ein bisschen befürchteten. In Rufweite. Damit man sich gegenseitig zu Hilfe kommen konnte. Im Ernstfall. Der nur partout nicht eintreten wollte.

Kathi war so was von sauer gewesen, als er loszog.

»Du bist vollkommen übergeschnappt! Es ist Wochenende! Glaubst du ernsthaft, ich hatte vor, den Abend allein mit dem Kater auf der Couch zu verbringen? Bist du komplett verrückt geworden?«, schrillte sie durch die neue Einbauküche, und er zog die Ohren zwischen die Schultern.

»Ach ja? Denkst du, ich könnte mir auch nichts Schöneres vorstellen, als draußen im Unterholz auf Einbrecher zu warten? Echt! Ich habe diese ganze ›Bürgeraktion‹ nur noch tierisch satt!«

»Pass bloß auf, Bernhard, dass ich dich nicht satt bekomme! Glaub ja nicht, es gäbe keine anderen Interessenten. Und wer weiß, möglich, dass ich auch an einem mehr interessiert bin, der seine Zeit mit mir verbringt, als an dir! Du Wächter!«, spuckte sie.

Ein richtiger Streit entwickelte sich. Nun gut, hätte sich entwickeln können, wenn er nicht hätte aufbrechen müssen.

Kathi schimpfte böse Vokabeln hinter ihm her – tatsächlich kannte er einige der Schimpfwörter überhaupt nicht, hätte nie geahnt, dass sie so was in ihrem Repertoire hatte – und seine Laune sackte in bisher unausgelotete Tiefen.

Als ob man sich in dieser Situation einer Gemeinschaftsaktion verschließen könnte! Ausgeschlossen, unmöglich, undenkbar, inakzeptabel. Er würde ihr das noch einmal zu erklären versuchen. Später.

Ein Knacken! Näher diesmal.

Wie elektrisiert nahm er wieder die Raubtiersprunghaltung an. So riesige Mäuse gab es hier nicht! War da also doch ein widerlicher Herumschleicher unterwegs? Oder nur einer der anderen Posten, der ein menschliches Bedürfnis »abarbeiten« musste?

Plötzlich! Eine Bewegung direkt neben ihm!

Es kam ihm vor, als könne er die Körperwärme des Bösen auf seiner Haut spüren.

Er schnellte mit einem Panthersatz vor.

Geschmeidig.

Kraftvoll.

Energiegeladen.

Die Arme vorgestreckt.

Die Hände gierig geöffnet.

Bekam Stoff zu fassen. Griff fester nach. Spürte Substanz zwischen den Fingern. Sein schieres Körpergewicht und der Schwung des Zusammenpralls rissen den anderen von den Füßen.

»Ich hab' ihn!«, brüllte der Wächter. »Ich hab' ihn!«

Nur undeutlich nahm er wahr, wie andere hinzukamen. Konzentrierte sich darauf, das Schwein nicht entkommen zu lassen.

»Wer isses denn?«, wollte eine Stimme wissen.

»Kann ich nicht sehen, der trägt eine Sturmhaube. Nix zu erkennen!«, antwortete eine andere.

»Ist ja egal. Wir ziehen sie ihm ohnehin ab, sobald er gut vertäut ist«, wusste ein Dritter.

»Hauptsache, wir haben ihn!«, erklärte der Fänger, der stolze Bernhard, entschlossen.

»Und was machen wir jetzt mit ihm?«, bohrte der erste Sprecher weiter.

Es gibt eben Typen, die wollen dem Erfolgreichen jeden Sieg vermiesen, dachte der kraftvolle Sieger und zog den Kabelbinder um die Handgelenke des Überwältigten fest.

2. KAPITEL

Kannst du dich noch daran erinnern, wie es mit uns beiden angefangen hat?

Nein?

Ich auch nicht mehr. Zumindest nicht genau. Wir hatten einen heftigen Streit.

Muss Ewigkeiten her sein.

Ja, wahrscheinlich hast du recht. Es muss zu einer Zeit gewesen sein, als wir noch Kinder waren.

Sandkastenzeit. Lange her, allemal.

Ich glaube, du hattest etwas gestohlen. Ich weiß noch, dass mir dein Verhalten nicht angenehm war, ich wollte nicht, dass du das tust. Versuchte zunächst, dir den Plan auszureden. Erfolglos. Du hast es dennoch getan. Oh! Ich war so unglaublich wütend auf dich. Es gab Momente, da wusste ich tatsächlich nicht wohin mit meinem Zorn, hätte gern das gesamte Geschirr aus dem Küchenschrank gerissen und auf dem Boden zerschellen lassen! Der Anblick der Scherben, die über den Boden sprangen, das laute Geräusch, wenn Teller und Tassen in unzählige Stücke zersprangen.

Eine Erleichterung. Aber eine, die ich mir nicht gönnen konnte.

Du hast natürlich geschwiegen, als alles rauskam. Wie immer. Und als ich die Tat bestritt, wurde mir nicht eine Sekunde lang Glauben geschenkt.

So war es jedes Mal. Auslöffeln musste ich, was du eingebrockt hattest. Musste Verantwortung übernehmen für dein Scheißverhalten!

Für die Taten eines durch und durch verdorbenen Charakters. Bloß gut für dich, dass zwar deine Taten aufkamen, ich mich aber schuldig fühlte, auch wenn der wahre Böse eben nie enttarnt wurde! Immer dachte ich, wenn ich nur … naja, dann wäre dein Verhalten anders. Aber wie sollte es? Ungeliebt. Unbeliebt. Unsichtbar. Das musste sich für dich schrecklich anfühlen.

Diesmal aber bist du zu weit gegangen!
Eindeutig viel zu weit!
Hör damit auf! Oder steh selbst dafür ein!

3. KAPITEL

»Ach nein! Ich mag aber nicht!«, quengelte das Mädchen und schlug der Mutter die pinkfarbenen Jeans aus der Hand, die es eigentlich anziehen sollte.

»Nun stell dich nicht so an.«

»Wohin gehen wir denn?«, maulte die Kleine, strich ungeduldig die blonden Haare hinter die Ohren zurück. »Bestimmt wieder in den Wald. Du willst wieder so was Langweiliges wie spazieren gehen.« Sie sah die Mutter giftig an. Verschränkte die Arme vor der Brust und zog einen Flunsch: »Ich will aber nicht!«, setzte sie hinzu und stampfte mit dem Fuß auf. In den Augen schwammen Zornträen.

»Gut. Wenn du dich jetzt nicht anziehst, dann bleibst du eben hier. Ist mir egal. Du kannst bei dem schönen

Wetter auch im Zimmer hocken. Ich werde Melanie eben von dir grüßen.«

Mit eckigen Bewegungen legte Christel die Jeans auf das Bett der Tochter, stand auf, wandte sich zum Gehen.

»Melanie?«, fiepte die Tochter.

Wortlos verließ die Mutter das Zimmer. Lauschte auf die Geräusche aus dem Kinderzimmer. Grinste. Ganz eindeutig kämpfte Emma mit der Hose, stöhnte beim Anziehen des leichten Pullis.

Wenige Minuten später stand das Mädchen in der Küchentür.

»Wohin gehen wir denn?«, erkundigte sie sich fröhlich und voll Neugier, als hätte es den wütenden Disput zu keiner Zeit gegeben.

»In den Tierpark. Aber du musst nicht mit, wenn du nicht willst.« Ein bisschen Stichelei konnte sich die Mutter nicht verkneifen.

»Doch. Doch. Ich will ja. Gehen wir auch zu den Tigern?« Die Augen der Kleinen leuchteten erwartungsvoll.

»Ich denke schon. Wir sehen uns alle Tiere an.«

»Und Melanie kommt wirklich mit?« Skepsis lag in der Miene des Kindes.

»Ja. Ich bin mit ihr und ihrer Mutter verabredet.«

Nun zog eine dunkle Wolke über Emmas Gesicht, die Unterlippe schob sich ganz automatisch vor, und sie begann zu blinzeln, so, als wolle sie zu weinen beginnen.

»Och, ich dachte, nur mit Melanie«, beschwerte sie sich schon wieder.

»Emma, es reicht! Warum sollte denn die Mutter von Melanie nicht mitkommen? Du gehst doch auch mit mir.«

»Ja, schon«, quengelte das Mädchen weiter. »Aber wenn ihre Mutti dabei ist, dann unterhaltet ihr euch die ganze Zeit nur, und wir sollen nicht stören. Das ist sosososo öde!«

Die Mutter stöhnte, wandte sich schnell um, damit Emma nicht sehen konnte, wie sie die Augen gen Decke verdrehte.

»Boah! Ist der groß!« Vor Begeisterung hüpfte Melanie von einem Fuß auf den anderen. »Und so eine tolle Farbe. Das Fell sieht ganz weich aus. Wie Plüsch.«

»Oh!«, quietschte die Freundin. »Sieh mal, gleich geht er ins Wasser!«

»Quatsch! Katzen mögen kein Wasser! Mama hat gesagt, es stand sogar in der Zeitung, dass die beiden Tiger nicht ins Wasser gehen möchten.«

»Na, dann guck doch hin!«, maulte Emma und zupfte Melanie an der Jacke, weil sie sich umgedreht hatte, um nach ihrer Mutter Ausschau zu halten. »Da!«

Und tatsächlich. Die geschmeidige Großkatze glitt langsam vom Ufer in den Seitenarm der Spree. Verschwand für einen Augenblick aus dem Blickfeld der Freundinnen.

»Die taucht ja!«, stellte Emma verblüfft fest. »Beide Ohren richtig unter Wasser!«

Dann erschien der eindrucksvolle Kopf wieder. Wasser stürzte sich aus dem Fell in den Fluss zurück. Das Tier schüttelte sich.

»Was hat er denn da?«, fragte Emma. Der zweite Tiger näherte sich lauernd dem Bruder, duckte sich ins Gras. Sprungbereit. Das Kind drehte sich zu seiner Mutter um

und erhöhte die Lautstärke. »Mama! Was hat er da?«
Dann leiser: »Ist das ein Arm?«

4. KAPITEL

Mittagspause auf dem Altmarkt. Die Sonne wärmte.
Das Gespräch zwischen den Freunden war leicht und angenehm. Wohlig.
»So, die Akten sind bei der Staatsanwaltschaft. Nun ist man dort am Zug. Wir sind so weit fertig.« Michael Wiener, Kommissar bei der Mordkommission Cottbus, streckte behaglich die Beine aus.
Peter Nachtigall schmunzelte. »Ist ja nicht so, dass wir jetzt frei hätten. Aber immerhin reicht es für eine sonnige Pause«, pflichtete der stattliche Hauptkommissar bei und rührte vorsichtig durch den Milchschaum seines Cappuccinos.
»Eine lange Phase mit wunderbarem Wetter wäre nicht schlecht. In den letzten Tagen konnten die Kinder nur drinnen spielen. Toben ist da ein bisschen

beschränkt. Aber bei dem Wetter können sie im Garten so lange rumtollen, bis sie müde sind und dann nachts tief schlafen. Durchschlafen!«

»Ja. Ich verstehe, was du meinst. Aber ich gebe gern zu, dass drei Tober ein ganz anderes Problem sind als ein Einzelkind. Bei uns war es sicher auch in stressigen Zeiten viel ruhiger. Wir haben nur nicht gewusst, wie es sich mit dreien anfühlt.« Er seufzte. »Sonst hätten wir wohl so manche Situation anders bewertet.« An den Trubel, den seine Einzeltochter mitunter verursacht hatte, wollte er sich lieber nicht so genau erinnern. Aber das war später gewesen, viel später. Von der Pubertät waren Michaels drei Racker noch weit entfernt.

Das Telefon. Nachtigall warf dem Störenfried einen verärgerten Blick zu. Schielte aufs Display.

»Och, Mist!« Meldete sich. Hörte zu. Ungläubiges Staunen dominierte seine Mimik.

Wiener winkte den Kellner heran. Ganz offensichtlich fand die Pause gerade ein jähes Ende.

»Was? Das glaube ich nicht!« Nachtigalls Gestik ließ keinen Zweifel offen, sie hatten es eilig. »Nein! Das kann ich mir nicht vorstellen. Und ganz ehrlich: Das will ich auch gar nicht! Ja, wir sind praktisch schon da!« Nachtigall nickte zum Abschied einen Gruß in Richtung Kellner, raunte dann dem Freund zu: »Ein abgetrennter Arm im Tierpark.«

Wiener grinste schief. »Ist ja mal was Neues. Abgetrennt oder abgefallen? Bei Baumfällarbeiten – oder wie soll man sich das vorstellen?«

»Nein, eher kein Unfall, fürchte ich. Einer der Sumatratiger hat ihn wohl gerade im Außengehege gefunden.

Das ist das eine Problem, das andere ist, dass die Brüder ihn nicht hergeben möchten. Im Augenblick streiten sie sich um das Beutestück. Sie versuchen offensichtlich ihnen die Freude an der unverhofften Beute zu verderben. Wasserschlauchtherapie. Die beiden können Wasser angeblich nicht leiden.«

»Aus Sicht der Tiger völlig verständlich, dass sie so eine Chance auf Abenteuer nicht ungenutzt lassen. Und wenn es mit dem kalten Wasser nicht funktioniert, was dann? Betäubung?«

»Das entscheidet Dr. Kämmerling, der Tierparkdirektor.«

Vor dem Gehege hatten sich einige neugierige Zaungäste versammelt, die allerdings von den Kollegen bereits aus dem unmittelbaren Bereich gedrängt worden waren. Die Zugänge waren inzwischen abgesperrt, die Zeugen ins Raubtierhaus gebracht worden.

Nun bemühten sich Pfleger darum, die restlichen Schaulustigen zum Weitergehen zu bewegen. Doch so recht wollte keiner ihren Worten glauben, dass es nichts mehr zu sehen geben würde. So gestaltete sich die umfassende Räumung des weiteren Umfelds etwas zäh.

Nachtigall gab den Kollegen vom ersten Angriff ein Zeichen, und die uniformierten Beamten klärten die Situation energisch.

»Wie soll ich mir vorstellen, konnte der Arm ins Gehege gelangen?«, wollte Nachtigall vom Reviertierpfleger wissen und wies dabei vage auf die Höhe des Zauns.

»Ja. Das ist ein bisschen unverständlich. Der Zaun ist ja nicht nur hoch, sondern auch am Kranz verbreitert.

Wenn er geworfen wurde, dann mit viel Kraft. Sonst hätte er sich im Zaun verfangen.« Der Pfleger sah ratlos am Gitter entlang, als trage es die Schuld an der unerfreulichen Lage, schüttelte den Kopf. »Ich kann mir auch überhaupt nicht vorstellen, dass jemand etwa hineingeklettert sein könnte. Man müsste schon mit besonderer Dämlichkeit ausgestattet sein, um in ein Raubtiergehege einzudringen, mit zwei jugendlichen männlichen Tigern als Gesellschaft. Oder vollgepumpt bis unter den Scheitel mit irgendeinem Mut machenden Zeug. Eher Übermut.« Er runzelte die Stirn. »Aber nee! Dann hätte er die Absperrung sicher nicht geschafft.«

»Es wäre doch aufgefallen, wenn jemand zu Besuch bei den beiden Tigern einsteigt. Die Besucher hätten es gesehen und Sie informiert. Direkt hinter uns führt eine Zufahrt lang. Spaziergänger hätten es bemerkt.«

»Nachts vielleicht. Der Sicherheitsdienst geht den Park ab. Der steht nicht vor dem Tigergehege rum und wartet auf Bekloppte, die da reinklettern wollen!«

»Glauben Sie, der Arm sollte gefunden werden? Ein spektakuläres Ereignis?«

Der Pfleger dachte darüber nach. Räusperte sich dann. »Ja, das könnte schon sein. Als Methode zur Beseitigung einer Leiche ist die Sache hier völlig ungeeignet. Die Tiger fressen das Fleisch, nicht die Knochen, das kriegen nur Hyänen und Bartgeier hin. Und für eine ganze Leiche bräuchten unsere Tiger schon etwas Zeit. Zumal sie ja regelmäßig gefüttert werden. Ausgehungert sind sie nie, selbst wenn das für die Besucher manchmal so aussehen mag. Entweder der Kerl kannte sich nicht aus – oder war zugedröhnt.«

5. KAPITEL

Es herrschte fast schon Gedrängel auf der Autobahn.

Florian ließ seinen Gedanken freien Lauf, schmunzelte, als er sich an das letzte Telefonat mit Corinna erinnerte.

»Na, bist du noch glücklich mit der Entscheidung?«, wollte er von ihr wissen.

»Aber ja! Die Wohnung ist toll. Die Wände habe ich gestrichen. In warmen Tönen, das wird dir gefallen.«

»Mit den Nachbarn läuft alles rund? Kein Stress wegen des Hundes? Oder bleibst du lieber mit Hans-Jürgen in den eigenen vier Wänden?«

»Du glaubst es nicht, aber über mir lebt eine WG! Lauter ältere Damen. Verwitwet. Oder sonst wie allein, zum Beispiel, weil die Kinder weit weg leben, wenig Zeit haben, immer beschäftigt sind. Die haben sich gegen die Einsamkeit des Alters zusammengetan. Richtig nette Mädchen und immer gut drauf.« Corinna kicherte. »In der Wohnung riecht es irgendwie nach Marihuana. Vielleicht ein Parfum. Erinnert jedenfalls an vergangene Zeiten.«

»Aus der Zeit gefallene Hippiegirls?« Er konnte förmlich hören, wie sie das Gesicht verzog.

»Aus der Zeit gefallen – pffff. Du weißt, ich mag diese Formulierung nicht. Alle Journalisten benutzen sie. Die ist so grässlich abgelutscht!«

»Gut. Also jung gebliebene Damen. Du wirst demnach keine Langeweile haben. Nimm bloß nicht den Hund mit zu der WG – der bleibt womöglich dort.«

»Ich habe ein Foto gefunden. Unter dem Linoleum der Türschwelle zum Arbeitszimmer. Ein Pärchen. Sehen glücklich aus. Vielleicht finde ich heraus, wer die beiden waren«, wechselte die Journalistin aufgeregt das Thema. »Möglich, dass sie zu meiner Story passen, wer weiß.«

»Pass bloß auf! Nicht, dass du am Ende auf ein fieses kleines Geheimnis stößt!« Er hatte zwar gelacht, war sich dennoch sicher, sie hatte sein mulmiges Gefühl bemerkt. »Zeig es nicht einfach wild rum«, mahnte er abschließend, kam sich plötzlich wie eine Spaßbremse vor.

»Du Unke!«, hatte sie sich prompt beschwert. »Du siehst immer Probleme! Es ist ein harmloses Bildchen. Ich habe bei der WG nachgefragt. Dort kannte man die beiden jedenfalls nicht. Da konnten auch die psychedelischen Düfte nicht weiterhelfen. Schade! Und außerdem frage ich ja nur im ›Nebenberuf‹ nach den beiden. Meine Story ist wichtiger, die ist terminlich schon getaktet.«

»Alles klar. Bis Samstag also. Wahrscheinlich kann ich aber schon am Freitag kommen. Überstunden!«

»Das wäre wunderbar! Ruf einfach vorher an«, hatte sie gejubelt. »Ich habe einen Schlüssel für dich machen lassen. Wenn du kommst, ist das der Start in eine neue Zeit!«

Nach dem üblichen Abschiedsritual hatten beide widerstrebend aufgelegt.

Florian starrte noch minutenlang das stumme Telefon an. Freute sich auf die »Zeitenwende«. Corinnas gute

Laune war sogar durchs Smartphone ansteckend, und ab sofort würde er sie immer live erleben!

Und heute war es nun so weit.

In ein paar Stunden könnte er sie in die Arme nehmen, und das Leben mit ihr und an ihrer Seite würde losgehen. Sicher, Ausgang ungewiss – aber er war sehr zuversichtlich, dass die Beziehung bis weit über die Pensionsgrenze hinaus halten würde! An ihm sollte es jedenfalls nie scheitern, nahm er sich fest vor.

6. KAPITEL

»Der Arm muss in die Rechtsmedizin«, stellte Nachtigall klar. »Michael, nimm bitte mit Dr. Pankratz Kontakt auf und kündige den Fund aus Cottbus an. Oh, und Dr. März sollte auch ins Bild gesetzt werden.«

Wiener nickte, trat ein paar Schritte zur Seite, tippte aufs Display.

»Tja. Die Tiger haben eine Kurznarkose bekommen.

Ich gehe jetzt rein und hole das Fleisch raus.« Der Tierpfleger wirkte nicht so recht begeistert. »Damit die jungen Herren nicht zornig werden, wenn sie aufwachen, biete ich ihnen einen Ersatzleckerbissen an.« Er deutete auf zwei Stücke Hüfte, die in einer Kunststoffwanne bereitlagen. »Ziege. Sieht jedenfalls danach aus. Ein bisschen Oberschenkel ist auch noch dran. Sie werden es mögen. Normalerweise trennen wir sie zur Fütterung, damit keine Aggressionen aufkommen. Mal abwarten, wie sie klarkommen, wenn jeder glaubt, er habe ›sein‹ Stück ergattert. Die beiden gehen nett miteinander um – aber Fressen ist eben etwas anderes, als die Tage entspannt in der Sonne zu verbringen.« Er lachte leise. »Ich gehe bei der Gelegenheit einmal übers gesamte Gelände und kontrolliere, ob noch irgendwo etwas Fremdes liegt. Wenn tatsächlich einer rüber ist und rein zu ihnen, haben sie ihn zumindest nicht aufgefressen, und wir könnten noch mehr Teile finden.«

Der Cottbuser Hauptkommissar klopfte dem Mann aufmunternd auf die Schulter. »Wie tief schlafen die Brüder denn? Sie werden Ihnen nicht gefährlich werden, oder?«, erkundigte er sich besorgt.

»Nein. Das ist sicher alles richtig dosiert. Ich werde genug Zeit haben. Und wenn ich ehrlich bin: Es ist mal was ganz anderes. Nicht nur abseits der Routine, sondern vollkommen anders. Für mich durchaus spannend.«

»Werden sie denn das …«

»… Stück weitgehend zernagt haben? Nee, das glaube ich nicht. Die beiden waren eben neugierig. Ist für sie ungewohnt, wir füttern sie nicht draußen, natürlich gar nicht mit dieser Art Fleisch und Kleidung verfüttern wir normalerweise nicht mit«, keckerte der Mann. »Bestenfalls haben sie irgendwo geknabbert. Und beim Streit um die Beute könnten sie etwas unsanft mit dem Stück umgegangen sein. Aber das wird der Rechtsmediziner gut erkennen können. Diese Zähne hinterlassen charakteristische Spuren in Gewebe und auf Knochen, das können Sie mir glauben. Da gibt es für den Beurteiler kein Vertun.«

Damit verschwand der Pfleger im Reich der Tigerbrüder.

Peter Nachtigalls Blick heftete sich an den Rücken des Mannes, folgte jeder seiner Bewegungen. Er war so konzentriert, dass er überhaupt nicht bemerkte, dass Michael Wiener wieder neben ihm auftauchte. Erschrocken fuhr er zusammen, als der Freund ihn ansprach.

»So! Dr. Pankratz meint, wir sollen erst mal gründlich suchen und vielleicht einen Sammeltransport veranlassen. Aus Erfahrung wisse er, wo ein Leichenteil zu finden ist, lassen sich auch weitere entdecken. Und es wäre besser, er bekäme gleich mehrere Fundstücke. Dr. März ist auf dem Weg. Er war richtig sauer, nannte es ›die Tat eines Spinners‹.«

»Da mag er ja am Ende vielleicht recht behalten. Wir müssen die Analyse von Dr. Pankratz abwarten. Noch haben wir nichts.«

»Na, so ganz stimmt das nicht.« Der Pfleger war in die Schleuse getreten, schloss die Tür hinter sich, öffnete die andere, trat zu den beiden Ermittlern und hielt Nachtigall ein in blaue Folie gewickeltes Paket entgegen. »So, da isser. Immerhin haben Sie jetzt den Arm. Weitgehend unbeschädigt. Die beiden hatten ihn beim Raufen wohl abgelegt. Mehr war nicht, also das heißt: Weitere Teile habe ich nicht gefunden. Ich habe auch den Uferbereich gründlich abgesucht. Nichts. Vom Ärmel ist nichts übrig, wahrscheinlich haben die Zeugen sich geirrt. Sonst hätte ich ja zumindest ein paar Stückchen oder Fasern finden müssen. Wenn also hier niemand im Gehege umkam, wurde nur der Arm über den Zaun geworfen, und Sie müssen die anderen Stücke anderswo suchen. Fehlt ja der gesamte Rest des Körpers.« Der Pfleger hatte die ganze Zeit über den Blick fest auf die Tiger geheftet. Wartete. Eine gewisse Nervosität war spürbar, der Körper war gestrafft, war darauf vorbereitet, im Notfall eingreifen zu müssen. »Da! Sehen Sie, sie bewegen sich. Gleich stehen sie wieder!« Der Mann lachte liebevoll.

Tatsächlich schüttelten die großen Raubtiere inzwischen leicht verwirrt die mächtigen Köpfe, als versuchten sie, die Benommenheit zu vertreiben.

»Dauert nur noch ein paar Minuten, und sie machen sich über die Sonderration her. Wahrscheinlich wünschen sie sich nun für jeden Tag so ein Fundstück, damit sie etwas zum Tauschen haben!«

»So abwegig ist das vielleicht nicht«, meinte Michael Wiener trocken. »Fehlen ja noch so viele Teile. Mag sein, der Werfer kommt wieder.« Nach einer kurzen Pause setzte er hinzu: »Dr. März kommt gleich«, und beschloss, den zornigen Blick des Freundes zu ignorieren.

»Der Arm könnte über den Zaun ins Gehege gelangt sein. Das wäre eine Möglichkeit. Welche Alternativen gibt es?«, stellte Nachtigall die auf der Hand liegende Frage.

»Ich könnte den Arm mit dem Futter hineingebracht haben. Das ist denkbar. Oder der Kerl ist richtig eingestiegen. Aber das wäre nun wirklich nicht nur leichtsinnig, sondern dumm. Wir Pfleger kennen die Tiere seit einigen Monaten, aber auch von uns würde niemandem einfallen, eine direkte Begegnung ›in freier Wildbahn‹ zu riskieren.«

»Vielleicht hat der Eindringling die Tiere nicht gesehen und gedacht, das Gehege sei leer.«

»Nun, in diesem Fall wären wohl deutlich mehr Leichenteile zu finden gewesen. Es sind Tiger! Brüder, die sich richtig gut verstehen, jugendlich und immer zu irgendeinem Abenteuer aufgelegt. Die schleichen sich an und fackeln nicht lange. Es macht ihnen Spaß zu jagen! Neulich ist eine Ente bei ihnen gelandet, da hatten die beiden auch schon Jagdglück!«

»Angriffslustige Tiere.«

»Das kann man so auch nicht sagen. Es ist ihr Instinkt, es bringt Abwechslung, gehört zu ihrem Wesen. Kommt vor, Sie sind jahrelang Pfleger im Revier, kennen die Tiere gut, wissen um ihre Besonderheiten. Die großen Katzen schmusen mit Ihnen, Sie können Ihre Hand zwischen die riesigen Zähne legen, nichts passiert. Sie verlieren Ihre Angst. Eines Tages vergessen Sie, den Schieber zu schließen, und nichts trennt Sie und das Tier. Erst kommt der Räuber freundlich näher, doch dann schaltet er ganz unvermittelt auf Jagdmodus um. Greift an. Sie sterben. Erinnern Sie sich an Siegfried und Roy? Die hatten auch vergessen, wie gefährlich die Schoßriesen in Wahrheit sind. Mit unseren Hauskatzen haben sie nichts gemein. Ein Moment reicht aus, und schon wird der gute Bekannte zur Beute.«

»Wir müssen also klären, ab wann die Tiere heute im Gehege waren, wer wann vorbeikam, nachdem der Tierparkt gestern geschlossen hatte.«

Diskret trat ein dunkel gekleideter Herr an die Gruppe heran. Übernahm von Nachtigall das blaue Folienpäckchen und legte es in eine Metallkiste.

»Ins Klinikum?«, erkundigte er sich dann.

»Ja. Erst mal. Das Päckchen wird zum Weitertransport abgeholt.«

So still, wie er gekommen war, verschwand der Bestatter wieder.

»Waren es nicht eigentlich zwei Tiger*innen*?«, nahm Wiener den Gesprächsfaden wieder auf.

»Jaja. Schwestern. Ursprünglich. Und was soll ich sagen: Die waren sich spinnefeind! Wir dachten ja, man könne nach einer Phase der Eingewöhnung beide gemeinsam in einem Gehege präsentieren. Aber das ging nie. Kann man ihnen nicht übel nehmen, schließlich spielt ein verwandtschaftliches Verhältnis nicht in jeder Lebenslage eine Rolle. Sicher, Tiger sind Einzelgänger, aber wir hatten eben gehofft, weil sie Schwestern …« Er seufzte. »Nun bin ich ja gespannt, wann ein Kater für Kara hier einzieht. Sie wohnt im Gehege nebenan, Sita, ihre Schwester, haben wir abgegeben. Für einen Kater ist es sicher auch besser, wenn er es nur mit einer der beiden zu tun bekommt. Sita wird nun in einem anderen Zoo für Nachwuchs sorgen. Ich glaube, sie arbeitet schon daran.« Er schmunzelte.

»Weil die beiden Damen ihm sonst den Garaus gemacht hätten, eine der anderen den potenten Herrn nicht gegönnt hätte? Er wäre zwischen die Fronten geraten«, mutmaßte Wiener, grinste amüsiert.

Unerwartet stieß ein schlanker Herr zu ihnen.
»Sie sind von der Kriminalpolizei?«
»Ja. Peter Nachtigall und Michael Wiener. Sie sind sicher Herr Dr. Kämmerling.«
Der Tierparkdirektor warf einen prüfenden Blick auf die Tiger. »Geht es ihnen gut?«
Der Pfleger nickte. »Schmeckt beiden schon wieder. Jeder hat sich sein Stück in eine Ecke mitgenommen. Alles friedlich.«
»Nun, dann scheint hier alles in Ordnung zu sein. Bitte begleiten Sie mich in mein Büro.« Er wies eine grobe Richtung mit dem Arm. »Dort entlang.«

»Warum ausgerechnet hier?«, fragte er in scharfem Ton, als sie alle Platz genommen hatten. »Ein absurder Protest gegen die Haltung von Tigern in Zoos? Bei uns? Da erscheint dieses Vorgehen doch gewaltig überzogen!«
»Entsorgung?«
»Viel zu aufwendig. Und das Risiko, entdeckt zu werden, viel zu hoch. Das Fleisch hätte sich im Zaun verfangen können, für jedermann sichtbar. Nein, das ist nicht überzeugend. Genauso wenig wie die Annahme, jemand sei bei den Tigern eingestiegen. Suizid? Eine ausgesprochen qualvolle Art, den eigenen Tod herbeizuführen, und außer dem Arm wurden keine weiteren Körperteile gefunden. Tiger können aber einen Körper nicht komplett verschwinden lassen – schon überhaupt nicht in so kurzer Zeit! Die Tiere werden ins Haus geholt.«
»Wir brauchen die Kontaktdaten des Wachdienstes, den Sie beschäftigen. Möglicherweise ist doch etwas

Auffälliges bemerkt worden, man konnte es nur nicht zuordnen und hielt es nicht für erwähnenswert.«

Der Tierparkdirektor nickte, schob Nachtigall eine Visitenkarte über den Tisch zu.

»Die kommen schon lange. Eigentlich sollten sie normale Tiger- und Tierparkgeräusche von sonderbaren unterscheiden können.«

7. KAPITEL

Der junge Mann stand etwas verloren vor der Wohnungstür. Drinnen hörte er das Telefon klingeln, wenn er Corinnas Nummer wählte. Sicher. Das Festnetz. Ihr Handy war offensichtlich nicht zu Hause, seit Tagen schon. Mailbox. Erst glaubte er, der Akku ihres Handys sei leer. Bei Smartphones kam das schließlich sehr häufig vor. Plötzliche Leere des Energiespeichers sorgte für eine Kommunikationssackgasse. Doch Corinna hatte immer einen externen Energiespender dabei, denn schließlich war es Teil ihres Jobs, erreichbar zu sein.

Zweifel stiegen in ihm auf. Wenn sie gewollt hätte, wäre ja ein Anruf über das Festnetz jederzeit möglich gewesen. Aber auch dort: Kein Kontakt.

Als sich auch nach zwei Tagen nichts änderte, begann er zu vermuten, sie könne seine Nummer blockiert haben. Der Gedanke ließ ihn nicht mehr los. Doch warum? Auch darauf fielen ihm ein paar Antworten ein. Eine schmerzlicher als die andere. Unterm Strich war allen gemein: Corinna wollte mit ihm nichts mehr zu tun haben. Er war abgeliebt, überflüssig und – schlimmer noch – im Weg. Ein Teil seines Denkens war nicht bereit, diese Überlegung zu akzeptieren – schon gar nicht als wahr. Also gab er sich Mühe, sich selbst davon zu überzeugen, das Handy sei kaputt, verloren, geklaut.

Es fiel ihm leichter sich vorzustellen, dass sie auf jeden Fall rangehen würde, wenn sie das Läuten des Kontaktversuchs hören könnte.

Natürlich war ihm nur allzu bewusst, dass es sich bei dieser Überlegung um eine Scharade eines Hirnareals handelte, das den Schmerz nicht zulassen wollte.

Und nun stand er hier, und es erwischte ihn mit voller Wucht. Es war vorbei. Aus.

Von wegen gemeinsame Wohnung, zweisames Leben, Zukunft im Doppelpack! Jedenfalls nicht mit ihm!

Warum hatte sie bei ihrem letzten Telefonat nicht wenigstens angedeutet, es könne eine Beziehungskrise geben? Weil sie nicht wirklich vorhatte, mit ihm an einer Lösung zu arbeiten!

Doch statt ehrlich zu sein, hatte sie ihm vorgeschwärmt, wie wunderbar es sein würde, wenn sie ihre Haushalte zusammenlegten! Er hätte eigentlich gedacht, sie sei geradeheraus, nicht so eine, die ein Problem auszusitzen versuchte. Gut, da hatte er sich wohl gründlich getäuscht.

Vielleicht lag der neue Stecher ja die ganze Zeit über neben ihr. Grinste selbstzufrieden. Streichelte gierig über ihre weiche Haut.

Während sie mit ihm, Florian, über Zukunft sprach und dabei seine nicht wirklich meinte.

Seine Eifersucht malte die Szene bereitwillig aus, steuerte einige Details bei, wie zum Beispiel die muskulöse Statur des anderen, sein gutes, markantes Aussehen, den gepflegten Dreitagebart, der ihn unglaublich sportlich wirken ließ.

Leise Schritte hinter ihm.

Ein penetranter Duft.

War das der Neue? Was benutzte der denn für ein Weiberzeug? Stand Corinna plötzlich auf Softies und Weicheier? Florian fuhr herum – bereit, dem widerlichen Lover die Zähne einzuschlagen –, da begegnete sein Blick den sanften Augen einer freundlich lächelnden älteren Dame.

Er leitete die Faust flink und, wie er hoffte, unauffällig in die Jackentasche um. Räusperte sich.

»Sie wollen zu Corinna?«, erkundigte sich das Lächeln.

Er nickte. Etwas verkrampft.

»Sie macht nicht auf.« Florian kam sich extrem dämlich vor.

»Ja.« Die ältere Dame nickte bekümmert. »Das ist schon seit ein paar Tagen so. Wir machen uns ernsthaft Sorgen. Die Polizei hat uns allerdings schlichtweg ausgelacht, als wir sie vermisst melden wollten. Eine erwachsene junge Frau, Journalistin obendrein. Kein Anlass für Ermittlungen! Weggescheucht wurden wir wie lästige Fliegen von der Erdbeertorte!« Ihre Wangen röteten sich vor Empörung. »Wenn sie erst vor wenigen Wochen eingezogen sei, wüssten wir doch in Wirklichkeit nichts über ihr normales Verhalten. Es sei anmaßend zu glauben, sie zeige in den ersten Tagen der Nachbarschaft alle Facetten ihres Verhaltens, die typisch für sie sein könnten! Es sei eher anzunehmen, dass sie versuche, den bestmöglichen Eindruck zu machen. So ein frecher Kerl! Aber am Ende hat er gemeint, er werde sich kümmern. Wir waren uns da allerdings nicht so sicher.« Sie trat einen Schritt zurück, musterte den jungen Mann gründlich. »Und Sie müssen Florian sein. Sie hat sich ja so sehr auf Ihr Kommen gefreut! Sie wollen zusammenziehen, nicht wahr?«

»Und der Hund?«, würgte Florian mühsam hervor, dem die Sorge um Corinna plötzlich den Hals zuschnürte.

»Der ist bei uns. Wir haben einen Schlüssel für die Wohnung, wissen Sie.«

»Sie hat Ihnen einen Schlüssel für Notfälle überlassen?«, staunte der junge Mann, der wusste, dass Corinna fremde Hände an ihren privatesten Dingen nie toleriert hätte.

»Nun«, druckste die Nachbarin, »nicht direkt. Aber der Hund hat ja so jämmerlich gejault. Da sahen wir uns gezwungen, ihn zu befreien.« Sie straffte ihren Körper und wuchs um mehrere Zentimeter.

»Wie?«

»Es ist ein Geheimnis.« Trotzig schob sie die Unterlippe ein wenig vor, der Blick gewann an Schärfe.

»Und?«

Sie holte tief Luft. »Es heißt Geheimnis, weil wir es niemandem erzählen!«

»Und?«, wiederholte Florian drohend und streckte ebenfalls die Wirbelsäule.

»Ach herrjeh. Wenn Sie es nun unbedingt wissen müssen! Unser Schlüssel passt zu allen anderen Wohnungstüren«, gab sie mit größtem Unwillen preis.

»Sie können jede andere Wohnung im Haus aufschließen?« Er hörte selbst, wie albern es klang, wenn seine Stimme sich in ungeahnten Höhen schrill überschlug. »Jede?«

»Ja. Sehen Sie, junger Mann, solange es niemand weiß, ist es eigentlich kein Problem, nicht wahr?« Das strahlende Lächeln war in ihr Gesicht zurückgekehrt. »Und deshalb sollte das besser so bleiben. Das verstehen Sie sicher? Außerdem war es ein Segen – der arme kleine Hund.«

Geschlagen nickte er. Sie hatte ja recht. Doch ein mulmiges Gefühl blieb.

»Sie vermissen Corinna also auch seit Tagen. Hm. Vielleicht sollte ich ebenfalls zur Polizei gehen. Mir ist sehr bewusst, dass sie Hans-Jürgen nie allein in der Wohnung zurückgelassen hätte. Sie ist tierisch verknallt in ihn.«

»Deshalb haben wir uns ja so gewundert. Sie war immer so liebevoll zu ihm. Und nun sollte sie ihn ohne Futter und Wasser in der Wohnung gelassen haben? Ohne jemanden zu bitten, mit ihm rauszugehen? Nein! Ausgeschlossen!«

»Also schritten Sie zur Tat. Der Kleine wurde gerettet.« Ein sich beharrlich in seinem Körper ausbreitendes Zittern irritierte ihn. Ließ sich jedoch nicht unterdrücken. Drohte, sichtbar zu werden. Panik, erkannte Florian, das ist schiere Panik. Es gab nie einen anderen, du Idiot, und du weißt sehr genau, dass Corinna nie ohne ein Wort verschwunden wäre, schon gar nicht ohne den Hund! Ihr ist etwas zugestoßen! Etwas Unfassbares!, wurde zum beherrschenden Gedanken.

Wie durch Watte drang die Stimme der älteren Dame zu ihm herüber. »Oh, Sie Ärmster! Sie müssen sich ja entsetzliche Sorgen machen«, flötete sie empathisch. »Was bin ich nur wieder schrecklich unsensibel!« Sie griff nach seinem Arm. »Mein Gott, Sie zittern ja!« Resolut schob sie den Fremden Richtung Treppe. »Sie kommen erst mal mit zu uns. Wir kochen Ihnen einen starken Kaffee, und Sie ruhen sich einen Moment aus. Der Kleine wird sich so freuen!«

»Kann ich bitte vorher noch schnell in die Wohnung gucken?«, fragte er mit schwankender Stimme. »Wenn Sie mir misstrauen, kommen Sie einfach mit. Sie kennen sich doch ohnehin dort aus.«

Der Flur war von den offensichtlich entschlossenen Befreiungsversuchen des Hundes gezeichnet. Der bunte Teppich aufgerollt, die Post von der Kommode gewischt, die kleine Vase in Scherben, die Lampe umgestoßen. An der Innenseite der Tür erkannte er deutliche Kratzspuren.

Florian hob einen der Briefe auf. Abgestempelt am Dienstag. Wohl am Mittwoch im Briefkasten. Seit Donnerstag war der also nicht mehr geleert worden.

Heute war Freitag.

Hatten die alten Damen Corinna vermisst melden wollen, weil sie eine Nacht nicht zu Hause war? Das schien ihm tatsächlich ein wenig voreilig. Und Hans-Jürgen war dann auch nicht in einer lebensbedrohlichen Situation gewesen.

»Junger Mann, ich kann förmlich hören, was Sie denken. Und Ihre Schlüsse sind logisch, aber dennoch nicht richtig. Die Post da, die hat Ihre Freundin nicht selbst aus dem Briefkasten geholt. Der Postbote gab sie mir in die Hand, und ich legte sie auf dem Schränkchen ab, als ich nach Hans-Jürgens Hundefutter suchte.«

»Also ist sie nicht erst seit gestern verschwunden.« Er seufzte desillusioniert.

»Ja. Kann man so sagen. Am Montag habe ich sie kurz gesehen. Sie ging in den Keller. Dort steht ihr Rad. Bemerkt hat sie mich nicht. Gewollt oder ungewollt, wird ihr Geheimnis bleiben. Vielleicht war sie noch nicht ganz wach.«

»Haben Sie irgendwo eine Nachricht von ihr gefunden? Möglicherweise an Sie? Weil sie fälschlicherweise dachte, sie habe Ihnen Bescheid gegeben? Oder für mich? Schließlich waren wir fest verabredet.«

Die Verzweiflung in Florians Stimme rührte die alte Dame. Sie legte ihre warme Hand auf seinen Arm.

»Kommen Sie mit mir nach oben. Trinken Sie einen Kaffee. Der tut gut. Und dann sprechen wir in Ruhe über alles andere.«

Florian nickte.

Zufrieden schob die Nachbarin den Fremden zur Tür hinaus, schloss sorgfältig ab.

»Na, da sehen Sie mal, wie begeistert Hans-Jürgen ist!«, freute sie sich wenig später, als sie zusah, wie das winzige Fellbündel versuchte, mit dem Besucher zu verschmelzen. »Er hat sogar eine kleine Pfütze unter sich gelassen.«

»Ach, herrjeh. Haben Sie einen Lappen für mich?«

»Papperlapapp. Ist doch schön, wenn der Kleine so glücklich ist!«

Bald saß die gesamte WG mit dem Besucher um den Tisch im Wohnzimmer, und Kaffeeduft erfüllte den Raum.

Florian sah sich interessiert um. Die hohe Decke, große Fenster, helle Farben.

Vier überraschend jung gebliebene weißhaarige Damen. Trotz ihrer offensichtlichen Besorgnis um Corinna schienen sie gut gelaunt. Als lebe es sich in ihrem Alter leicht. Fast war er ein wenig neidisch.

»Sie hat keiner von uns von einer geplanten Reise oder Abwesenheit erzählt. Das hätte sie aber sicher getan – schon wegen Hans-Jürgen und weil sie gewusst hätte, dass wir uns Sorgen machen! Und die Polizei ...«

»... hat uns hochkant rausgeschmissen!«

»Ja! So eine Frechheit. Sie meinten, Corinna sei eindeutig schon erwachsen, und deshalb müsse sie sich auch bei uns nicht abmelden!«

»Genau. Und das mit dem Hund käme bei jungen Frauen schon mal vor. Junge Frauen und die Liebe.«

Florian zuckte heftig zusammen.

»Das meint die Polizei«, stellte die Sprecherin klar. »Wir alle hier wissen ganz genau, dass es nur einen Mann in ihrem Leben gab, nämlich Sie! Und Hans-Jürgen war für sie nicht einfach nur ein pelziger Kerl in ihrer Wohnung, sondern so was wie ein Prinz.«

»Ich werde bei der Polizei vorbeigehen und versuchen, sie vermisst zu melden. Den Hund nehme ich mit. Vielleicht haben wir zwei Jungs ja mehr Erfolg.«

Im Flur schnupperte er diskret.

Lächelte. Ja, Corinna hatte recht gehabt, der Duft war zumindest sehr ähnlich.

»Hoffentlich ist ihr nicht irgendetwas Schreckliches zugestoßen!«, meinte Luise zum Abschied. »Wenn Sie doch vorübergehend eine Bleibe für Hans-Jürgen brauchen, können Sie ihn jederzeit wieder bei uns ›unterstellen‹. Er hat sich schon gut eingewöhnt.«

8. KAPITEL

»Das Tigergehege ist videoüberwacht?«

»Damit wir sehen können, was sie so treiben, wenn sie sich unbeobachtet fühlen?«, grinste der Tierparkdirektor.

»Ich dachte eher, damit niemand Schabernack treiben kann. Zum Beispiel irgendwelche Mutproben ableisten.« Nachtigall schlug mit beiden Händen auf die Oberschenkel. Ungeduld. »Bring mir ein Haar aus dem Schwanz des Tigers, und du gehörst dazu. So in der Art.«

»Wenn jemand ins Tigergehege klettert, ist das keine Mutprobe, sondern Schwachsinn! Sie sind die größten Raubkatzen der Erde, die fackeln nicht lange. Und wen sie packen, der stirbt oder bleibt für sein weiteres Leben ein Pflegefall.«

»Irgendwie ist aber …«

»Ja. Das ist klar. Aber da sonst nichts gefunden wurde, ist niemand eingestiegen und erlegt worden.«

»Einer der Tierpfleger. Als Täter oder Helfer des Täters?«

Der Tierparkdirektor stöhnte genervt. »Niemals! Unsere Tiger sind wertvoll. Kara ist eine malaysische Tigerin. Wie die beiden Sumatratiger, Tangse und Masat, gehört auch sie zu einer aussterbenden Art. Wir möchten mit Kara und einem passenden Tiger züchten! Einen der Sumatratiger können wir vielleicht gegen ein passendes Weibchen tauschen und auch züchten. Arterhaltung ist dabei oberstes Ziel. Keiner der Pfleger würde ihnen etwas zu fressen geben, das potenziell gefährlich für ihre Gesundheit sein könnte. Stellen Sie sich nur vor, was es für uns bedeuten würde, wenn wir etwa eines der Tiere einschläfern müssten! Nein, das ist vollkommen ausgeschlossen!«

»Warum bei den Tigern?«

»Und nicht bei den Schweinen? Die hätten das sicher gern vernascht. Oder bei den Leoparden?« Dr. Kämmerling überlegte. »Ja, die Frage ist berechtigt. Warum bei den Tigern?«

»Bei den Wildschweinen, dieser großen hungrigen Rotte, wäre alles schnell verschwunden gewesen, und auch das Reinwerfen wäre nicht zum Problem geworden. Ganz ohne Gefahr für das eigene Leben.«

Der Tierparkdirektor zuckte mit den Schultern. »Mangelnde Kenntnisse über die Fressgewohnheiten der Tiere? Oder es war jemand, der noch nie als Besucher bei uns war und nicht wusste, dass wir auch andere ›Fleischvernichter‹ beherbergen. Wir haben bei allen gründlich nachgesehen. Es waren keinerlei Reste oder andere Fundstücke wie etwa Knöpfe oder Reißverschlüsse oder Stofffetzen zu entdecken.«

»Wir brauchen die Dienstpläne.«

»Das habe ich bereits veranlasst. Sie liegen für Sie bereit.«

Damit waren sie entlassen.

Unzufrieden stapfte Nachtigall neben Wiener her. »Was für eine komplizierte Methode! Und erfolgreich war sie auch nicht. Wildschweine gibt es im Wald. Der Täter hätte den Arm anderswo ablegen können! Aber nein! Im Tierpark. Bei den Tigern! So ein Aufschneider!«

»Morgen steht das auf Seite eins. Und im Internet sind sicher schon Artikel dazu zu finden. Nachrichten in den sozialen Medien verbreiten sich ja in Windeseile. Es kursieren bestimmt schon jede Menge Fotos im Netz.«

»Wäre also gut möglich, dass es dem Täter um die mediale Aufmerksamkeit ging. Tagesschau um acht, erste Meldung des Tages. ›*Abgetrennter Arm im Tigermaul.*‹ Mann!«, schnaubte der Hauptkommissar.

»Hoffentlich können wir das Opfer schnell identifizieren.«

»Der Zaun, der den Tierpark umgibt, wurde der eigentlich abgesucht? Von dort wären es nur ein paar große Schritte bis zum Gehege. Und der Rückweg konnte auf dieselbe Weise erfolgen.«

»Ich frage nach. Wenn wir wüssten, dass er diesen Weg genommen hat, wäre klar, dass wir es mit einem sportlichen Täter zu tun haben.«

Wiener telefonierte. »Die Kollegen sind dabei. Wird noch dauern«, erklärte er dann.

Nachtigalls Handy vibrierte. »Eine SMS von Silke. Bei ihr sitzt ein junger Mann, der meint, seiner Freundin sei etwas Schreckliches zugestoßen. Fragen wir ihn mal, wie er das meint.«

9. KAPITEL

Dr. Pankratz betrachtete nachdenklich die Röntgenbilder auf dem Monitor. »Okay, hier haben wir einen Unterarmbruch. Elle und Speiche. Glatt durchtrennt, gut verheilt. Mindestens zehn Jahre her, eher länger. Das Opfer selbst ist zwischen 24 und 30 Jahre alt. Aber was, zum Teufel, ist das hier?« Er beugte sich näher zum Bildschirm, kniff die Augen zusammen. »Wärst du ein Haustier, ich könnte denken, man habe dich gechipt. Aber so? Vielleicht in Amerika geboren, und dort ist das Verfahren schon üblich? Gleich nach der Geburt ein Implantat? Aber eigentlich bist du dafür zu alt. Entschuldige die Direktheit.« Er drehte sich um und warf dem Arm auf dem Edelstahltisch einen interessierten Blick zu. »Es soll ja Eltern geben, die ihren Kindern gleich nach der Geburt so ein Ding einsetzen lassen. Abgesehen davon, dass dein Alter nicht zur Methode passt, an dieser Stelle wäre es vollkommen undenkbar. Bei einem Neugeborenen ... Finger zu kurz, Chip zu lang.

»Alter: 24 bis 30 Jahre, wahrscheinlich weiblich. Ergebnis der molekulargenetischen Untersuchung steht noch aus«, diktierte er in das Mikrofon über dem Obduktionstisch. Nach eingehender Untersuchung der Stelle, an der man den Arm vom Körper getrennt hatte, murmelte er: »Naja, also fachmännisch war das nicht. Ausgerissen, mit Unterstützung durch ein kurzes Messer, vielleicht Taschenmesser. Ein kräftiger Täter, möglicherweise ausgesprochen wütend. Diese Spuren hier stammen eindeutig vom Gebiss der Raubkatzen. Mehrere einstichartige Löcher, Abdrücke der Zahnleiste.« Er maß die Tiefe aus. »Hm. Stattliche sechs Zentimeter tief, gekautes Gewebe, nicht nur am Unterarm, am Oberarm sind ebenfalls Bissspuren nachweisbar. Durchstich der Eckzähne zwischen Elle und Speiche. Die Tiger sind den Geschmack von Menschenfleisch wohl nicht gewohnt, er war ihnen fremd. Möglicherweise empfanden sie ihn als nicht angenehm.«

Er inspizierte die Finger der linken Hand. »So, dann wollen wir doch mal sehen, was hier steckt.« Durch einen energischen Schnitt mit dem Skalpell präparierte er den Fremdkörper frei. »Wie liest man den aus?«

Der Cottbuser Hauptkommissar starrte auf die dürren Informationen, die Dr. Pankratz ihm geschickt hatte.

»Nichts konkret zu fassen. Wahrscheinlich weiblich. Toll. Nicht fachgerecht getrennt, der Arm wurde gewaltsam aus dem Schultergelenk gerissen und dann mit einer Klinge ausgelöst – wusste der Täter es nicht besser oder konnte er es schlicht nicht? Fehlende anatomische Kenntnisse oder reine Ungeschicklichkeit, vielleicht einfach Wut? Und dann auch noch ein Chip! Über dem Grundgelenk des linken Mittelfingers im ersten Fingerglied. Thorsten weiß noch nicht, was das zu bedeuten hat, wird sich aber kundig machen.«

»Frau passt. Vielleicht gehört sie zu der Vermisstenmeldung.«

»Warten wir ab, was uns der junge Mann erzählt. Eine so schnelle Identifikation wäre ein richtig großer Zufall.«

10. KAPITEL

Bernhard übernahm die erste Schicht. Logisch. Schließlich hatte er den Kerl ja auch gefasst. Nun mussten sie sich nur noch darüber einig werden, was mit ihm zu geschehen hatte.

Sein eigener Vorschlag, nämlich den Kerl einfach ins Nirgendwo weit weit wegzutransportieren und dort auszusetzen, war nicht so positiv aufgenommen worden. Manche meinten, es sei nicht in Ordnung, den Widerling, der ihr Problem war, zu einem Problem für andere werden zu lassen.

Gut. War eine mögliche Argumentationskette. Blieb die Frage: was nun mit dem Überwältigten anfangen? Schließlich handelte es sich bei ihrem Fang nicht um ein Baby. Was immer sie mit ihm planten: Er konnte jedermann erzählen, wer er war, woher er kam und wer ihn von wo aus verschleppt hatte. Sicher, über das Warum würde er wohl schweigen.

Scheiße, dachte Bernhard, war bei der allgemeinen Diskussion stumm geblieben.

Natürlich, wenn man ihn so weit wegtransportierte, dass er an einem Ort gefunden wurde, an dem niemand auch nur ein einziges Wort Deutsch verstand, war es letztlich völlig egal, was der Typ quatschte. Doch im Postmissionierungszeitalter war es schwierig, so einen Platz zu finden. Globalisierung beinhaltete wohl nicht, dass Bösewichter weltweit verschickt werden konnten wie Güter, schlussfolgerte Bernhard unzufrieden. Und durch die internationalen Handelsbeziehungen wurde es noch schwieriger, einen »deutschfreien« Ort zu finden. Scheiße, fiel ihm ein, vielleicht konnte der Kerl ja Englisch. Dann war sowieso jeder Versuch sinnlos. Er seufzte desillusioniert. Was also anfangen mit ihm, nachdem er endlich ausgepackt hatte?

Nach etwa der Hälfte der Schicht erschien unerwartet Jochen. Den trieb das Problem mit dem Fang ebenfalls um.
»Hallo, Bernhard. Ich dachte, ich schau mal vorbei und leiste dir ein bisschen Gesellschaft. Ist ja schrecklich langweilig, diese Rumhockerei. Lesen geht nicht, das bindet Aufmerksamkeit, Fernsehen natürlich auch nicht, da überhört sich leicht was. Schon doof, irgendwie.« Dabei sah er sich gründlich um, als erwarte er, der Gefangene säße unter dem Tisch.

Jochen, stellte Bernhard fest, sah aus wie ein in der Zeit stecken gebliebener Hausbesetzer aus dem Westberlin der 70er oder 80er Jahre. Lange Zotteln, unterhalb der kahlen runden Stelle mitten auf dem Kopf, fielen bis über die Schulter, wären, wenn er sie wenigstens gelegentlich waschen würde, wahrscheinlich restblond mit Grau gewesen. Das Gesicht vorgealtert. Tiefe Riefen und Krater. Die Lippen nur ein dünner Strich, die Augen immer zusammengekniffen, als starre er ohne Pause in die grelle Explosion eines nahe gelegenen Kernreaktors oder einer Atombombe. Dabei war der Blick stets listig und die Augen in ständiger Bewegung, damit ihnen nur nichts entginge.

Damals, als Bernhard dem neuen Nachbarn zum ersten Mal begegnete, hatte er gedacht, der Mann habe ernste gesundheitliche Probleme. Mit der Zeit hatte er sich längst an die vielen Sonderheiten Jochens gewöhnt. Selbst an die permanente Schniefcrei.

Jochen zog den Schleim hoch. Immer.

»Allergie!«, verkündete er nach etwa jedem dritten Mal. »Ist voll Scheiße!«

Auch jetzt zog er wieder hoch – und spuckte eine erhebliche Menge Sekret auf den Boden. Grünlich. Vielleicht eher gelblich. Im diffusen Licht war das nicht abschließend zu beurteilen. Eklig allemal.

Bernhard wusste, warum der andere sich das angewöhnt hatte. Es war cool. Sportler bei der Fernsehübertragung, Trainer, junge Menschen an Haltestellen oder in Warteschlangen – alle taten es. Überall.

Bernhard fand es nicht cool, nur ausgesprochen widerlich. Nachdenklich betrachtete er den schaumigen Auswurf zu seinen Füßen. »Spülmittel im Abendessen gehabt?«, fragte er dann in der für ihn typischen schleppenden Sprechweise. »Kann tödlich ausgehen.«

Jochen zuckte merklich zusammen.

»Ey! Ich spüle mein Geschirr gründlich nach. Und meine Bella ist da auch sorgfältig. Da bleiben keine Spuren zurück, du Spinner. Nix mit Reinigerresten im Essen.«

»Wie Rest sieht das auch nicht aus.«

Jochen ging ächzend in die Hocke. »Nö, sieht aus wie immer. Du guckst zu viele Krimis!«

Bernhard reichte ihm einen Gefrierbeutel. »Hier. Warte mal, Taschentücher habe ich auch noch. Nimm es auf und pack alles in die Tüte. Wenn dir dann komisch wird, haben wir wenigstens einen Beweis. Nur weil Bella deine Tochter ist, heißt das ja nicht, dass ...«, schwebte der Satz unbeendet im Raum.

Jochen warf dem anderen einen Blick zu, der ganz offen die Frage nach der Zurechnungsfähigkeit des Gesprächspartners stellte. Doch Bernhard wedelte noch einmal mit Tüte und Tuch.

Jochen kam der Aufforderung zur Beweissicherung nach.

Danach schwiegen sie sich an.

Das regelmäßige Gurgeln beim Nase-Hochziehen war noch zu hören. Nur auf das Spucken verzichtete der Gesellschaftsleister nun doch. Er schluckte. Sichtbar.

»Wir hätten die Sache gleich erledigen sollen«, störte Jochen unerwartet die Stille mit getragener Stimme. »Probleme, die man löst, verursachen keine Kopfschmerzen mehr.«

»Ach! An dir ist ja ein Philosoph verloren gegangen.«

»So was wie Sloterdijk, meinst du? Ne, ne. Den hat sich Bella gekauft. Sein Buch, wollte ich sagen. Das liegt jetzt angeblich auf ihrem Nachttisch. Lesen will sie es nicht, aber es strahlt auch so ein bisschen Bildung aus. Einmal nur hat sie es ... Ist ja auch egal.«

»Na, dann erklär mir doch mal, wie man das gleich hätten lösen können!«

Jochen zog eine Grimasse, machte eine eindeutige Geste. Mit ausgestrecktem Zeigefinger, quer über den Hals.

»Oh, fantastische Idee! Dann wären wir jetzt allesamt Mörder! Das macht dir keine Kopfschmerzen? Mir schon!«

»Komm, nun hab dich nicht so. Der Typ ist nichts weiter als ein dreckiger Dieb.«

»Aha. Und wen außer dreckigen Dieben darf man noch umbringen?« Bernhard spürte, wie ihm die Hitze des Zorns bis zum Scheitel schwappte. »Gibt es da in deinem Kopf ein Ranking?«

»Na ja, so habe ich das ja nicht gemeint! Du verallgemeinerst immer!«, lenkte Jochen ein wenig ein.

»Doch! Du hast es genau so gemeint! Du unterscheidest in Gruppen, die leben dürfen, und andere, die es eben nicht dürfen. Der nette Blumenhändler von der Ecke darf leben – bis man herausfindet, dass er ein Dieb und Betrüger ist!«

Jochen zog die Augenbraue hoch, vergaß sogar zu schniefen. »Wie? Der ist auch darin verwickelt?«

»Nein!«

»Aber das habe ich doch schon die ganze Zeit über gesagt: Das mit den Einbrüchen bei uns ist das Werk des organisierten Verbrechens. Kein Einzeltäter, eine Gruppe klaut bei uns!«, triumphierte Jochen.

»Mann! Der Blumenhändler hat nichts mit der Sache zu tun. Das war nur ein Beispiel!«

»Echt nicht?«, fragte der andere enttäuscht, winkte dann aber ab. »Hätte gut sein können«, maulte er dann und zupfte einen Hautfetzen von der Oberlippe ab, betrachtete eingehend das Stückchen zwischen Daumen und Zeigefinger. Fluchte laut. »Jetzt blutet das wieder!«

Erneut zog Wortlosigkeit ein. Beide starrten auf den Tisch. Strichen sich über die Oberschenkel. Grunzten gelegentlich. Jochen gurgelte den Rotz. Sonst herrschte Ruhe.

Dann, als Bernhard schon hoffte, es werde so bleiben und Jochen sich gelangweilt auf den Heimweg machen, meinte der andere: »Also gut. Ich muss akzeptieren, dass du keinen Arsch in der Hose hast. Verschonen statt strafen. Somit bleibt die Frage: Was wird nun mit ihm?«, und eröffnete damit völlig unnötigerweise den Reigen neu.

Bernhard schloss die Augen. Oh nein!

11. KAPITEL

Der junge Mann, der sie im Büro erwartete, machte einen bekümmerten Eindruck.

Glaubhaft. So empfand es Peter Nachtigall jedenfalls. In den warmen dunklen Augen lag Verzweiflung, das markante Gesicht war ernst, und während er sprach, begann seine Lippe immer wieder zu zittern, als falle es ihm schwer, die Tränen zurückzuhalten.

»Sie ist 150 Prozent zuverlässig! Ich bin gekommen, weil wir ab heute zusammenwohnen wollten. Mein

Hausstand ist im Auto. Niemals hätte sie mich einfach auflaufen lassen. Das ist nicht ihre Art! Wenn sie mich nicht in Cottbus hätte haben wollen, wäre es für sie kein Problem gewesen, das deutlich zu sagen. Corinna ist direkt. Sie verschwindet nicht. Und schon gleich überhaupt nicht, wenn der Hund nicht versorgt ist.«

Der kleine gefleckte Terrier schien die Aufregung des Mannes zu spüren. Er stand auf, sprang auf Florians Schoß und versuchte, mit der Zunge das Gesicht des Mannes zu erreichen. Beruhigend kümmerten sich alle zehn Finger Florians um den Winzling und kraulten durch das kurze Fell.

»Alles wird gut, Hans-Jürgen. Jetzt bin ich ja da, und der Rest wird sich finden.« Dann wandte Florian sich wieder den Ermittlern zu. »Der Hund blieb in der Wohnung zurück. Nachbarn haben sich seiner angenommen. Niemals Corinnas Art. Er ist ihr Prinz!«

»Wir brauchen den vollständigen Namen Ihrer Freundin, ihre momentane Adresse, Beruf. Sie wissen schon, die üblichen Angaben. Wenn Sie ein Foto hätten, wäre das ebenfalls hilfreich.« Wiener legte ein Blatt zurecht und griff nach einem Kugelschreiber, sah den jungen Mann auffordernd an.

»Corinna Waller.« Dabei zog Florian ein Foto aus der Innentasche der Jacke. »Das ist sie. Das Bild haben wir vor etwa anderthalb Wochen gemacht.« Eine dunkelblonde junge Frau. Lebenslust strahlte aus ihren Augen, sie lachte glücklich in die Kamera.

Peter Nachtigall dachte an den Arm, der bei Dr. Pankratz lag, und schauderte. Er starrte auf die Finger der Frau. Konnten das dieselben sein, die er vor wenigen

Stunden erst ... Er hoffte, es sei nicht ihr Arm gewesen. Schalt sich einen gefühlsduseligen alternden Hauptkommissar und wünschte sich doch, sie sei nicht getötet und zerstückelt worden.

»Journalistin, sagen Sie«, schaltete er sich ins Gespräch ein. »Dann wissen Sie doch sicher, an welcher Story sie zuletzt gearbeitet hat.«

»Corinna arbeitet immer gleichzeitig an mehreren Artikeln. Das tun wir alle. Aber ich weiß, dass sie an einer Serie über starke Frauen schrieb. Recherche dazu betrieb. Hier in Cottbus zum Beispiel auch zu Lucie.«

»Ja, das kann ich mir vorstellen. Lucie ist hier sehr populär«, meinte Wiener. »Die Frau des Fürsten Pückler, die sich scheiden ließ, damit er nach einer anderen Ausschau halten konnte, deren Geld er in den Ausbau des Parks fließen lassen konnte. Sicher sehr ungewöhnlich zu der Zeit.«

Nachtigall überlegte, ob in diesem Thema tödliche Brisanz steckte. Ihm erschien es auf den ersten Blick nicht um investigativen Journalismus zu gehen, sondern um eine Zusammenfassung bereits bekannter Dinge. Das würden sie gründlich überprüfen müssen, vielleicht hatte Frau Waller eine spektakuläre Enthüllungsgeschichte vorbereitet. »Hat Sie mit Ihnen über den Inhalt der Artikelserie gesprochen? Um wen sollte es gehen, oder legte sie einen zeitlichen Rahmen fest, in dem die Frauen gelebt hatten?«

»So genau weiß ich das nicht. Wir haben über unsere gemeinsame Zukunft gesprochen. Weniger über die Arbeit.« Florian senkte den Kopf, und Hans-Jürgen nutzte die Chance, tröstend einzuschreiten. Die raue

Zunge fuhr quer über das Gesicht des Mannes. »Du merkst, dass nichts mehr stimmt, nicht wahr«, flüsterte er dem Jack Russel zärtlich ins Ohr. Wieder streichelten die Hände, hinter den Ohren, über die Flanken.

»Hans-Jürgen ist zwar ein lebhaftes Tier, aber sehr sensibel. Corinna weiß das. Nie wäre sie gegangen, ohne für ihn die beste Unterbringung zu organisieren. Nie!«

»Wir gehen der Angelegenheit nach«, versicherte Nachtigall empathisch, spürte die Ratlosigkeit und Verlorenheit des Mannes in seinem eigenen Inneren rumoren. Zumal er schon ahnte, dass er ihm bald eine schreckliche Nachricht würde überbringen müssen. »Geben Sie uns noch ihre aktuelle Adresse.«

»Nun, da ist sie ja nicht. Nur die netten Damen aus der Nachbarschaft.« Er warf den drei Ermittlern einen bösen Blick zu. »Die wollten Corinna schon vor Tagen als vermisst melden. Ohne Erfolg!«

»Es ist nicht so ganz einfach, einen erwachsenen Menschen vermisst zu melden. Ihre Freundin entscheidet über ihr Leben selbst. Nur weil ihr Tun nicht gleich für jeden verständlich ist, muss nicht gleich eine Straftat dahinterstecken.« Wiener versuchte, aufmunternd zu klingen, was selbst für seine Ohren gründlich misslang. »Aber wir gehen solchen Anzeigen immer nach. Vielleicht hat sich der Kollege etwas ungeschickt ausgedrückt. Wollte verhindern, dass die Damen ständig nachfragen. Grundsätzlich werden solche Dinge bei uns sehr ernst genommen.«

»Jetzt unternehmen Sie was, ja? Was ist mit dem Arm, den man heute im Tigergehege gefunden hat?« Die Stimme schwang sich zu einem unangenehmen Diskant.

»Wir haben den Arm geborgen. Unser Rechtsmediziner untersucht ihn gerade.« Nachtigall schlug einen betont sachlichen Ton an. »Erst wenn die Untersuchungen abgeschlossen sind, können wir differenzierte Aussagen über die mögliche Identität treffen.«

»Aha. Und wir müssen eben warten? Kann ich den Arm sehen? Ich erkenne es, wenn er je Corinnas war!«

»Hat Ihre Freundin Ihnen von sonderbaren Vorkommnissen in der letzten Zeit erzählt? War sie beunruhigt?«, erkundigte sich Nachtigall, ignorierte den Vorschlag.

»Ach naja. Sie hatte vor Jahren mal einen Stalker. Das ging über mehr als zwei Jahre, bis sie ihn wieder losgeworden ist. Unglaublich. Und nun reagiert sie sensibilisiert, wenn sie ein und dieselbe Person mehrfach hintereinander an unterschiedlichen Orten oder auf ihrer Laufstrecke trifft. Und seit sie hier in der Stadt wohnte, hatte ihre Angst wieder zugenommen.«

»Sie hatten den Eindruck, jemand folge ihr?«

»Ja. Schlimmer noch. Auflauern trifft es besser. Sie geht abends gern laufen. Braucht die Bewegung als Ausgleich fürs Sitzen am Computer. Und nun hatte sie einen, der an der Strecke auf sie gewartet hat. So richtig sportlich war er wohl nicht. Corinna erzählte mir davon, dass sie ihn schon am Keuchen erkennen könne. Gesehen hat sie ihn nie. Ich hätte das in den nächsten Tagen ganz fix abgestellt, davon können Sie ausgehen!« Das blasse Gesicht bekam Farbe.

»Hat sie den Mann beschrieben? Ein Bild von ihm gemacht?«

»Sie wollte bei ihrer nächsten Begegnung ein Foto

machen – mit Blitzlicht in die Dunkelheit. Dazu kam es vielleicht nicht mehr. Sie hätte es mir doch sonst geschickt.« Er zuckte mit den Schultern. »Sie wissen ja, manchmal hört es einfach auf. Der Kerl verschwindet so plötzlich, wie er aufgetaucht ist. Und keiner weiß, warum er kam oder weshalb er ging.«

»Stalker sind oft ›Überbleibsel‹ aus einer früheren Beziehung. Ihr Verfolger war aber kein Exfreund?«, schaltete sich Silke Dreier ein.

»Nein. Auch beim ersten Mal nicht. Der war ihr völlig unbekannt.«

»Und sie fühlte sich bedroht?«

»Corinna ist eine sehr selbstbewusste Frau. Sie gerät nicht gleich in Panik, wenn ihr einer nachkriecht. Aber unwohl war ihr schon. Sie war davon überzeugt, dass der Typ ihr Handy gehackt hatte, denn an die Informationen über ihre Laufstrecke und die Zeit konnte er eigentlich nur auf diesem Weg gelangt sein.«

»Unterhaltungen über WhatsApp?«, mutmaßte Wiener, und Florian nickte.

»Logisch. Geht schnell und unkompliziert.« Er schwieg. Kraulte den Hund. Schien zu überlegen. »Es gab da noch etwas. Sie hielt es nicht für gefährlich. Aber bei der Recherche kann man auch in ein Wespennest stechen.« Er kaute an der Unterlippe. Gab sich einen Ruck. »Unter dem Linoleum hatte sie ein altes vergilbtes Foto gefunden. Es zeigte ein Paar. Auf der Rückseite fand sich ein Schriftzug: *Möge Gott euch und uns vergeben.* Corinna findet solche Dinge immer spannend. Also versuchte sie herauszufinden, wer die beiden auf dem Bild waren. Wie sie mit der Suche vorankam, weiß ich nicht. Wir haben ja nun seit einigen Tagen keinen Kontakt mehr.« Plötzlich war die Stimme tränenschwer. »Sie geht immer an ihr Handy. Hat einen externen Energiespeicher dabei. Akku leer gibt es bei ihr nicht.«

»Aber nun ist sie seit Tagen nicht erreichbar. Vielleicht wurde ihr das Handy gestohlen? Sie hat es verloren?«

»Wenn das passiert wäre, hätte sie sich ein neues zugelegt. Unerreichbar zu sein ist für Corinna eine Horrorvorstellung. Die meisten ihrer Aufträge oder Anfragen von Verwertern nach einer Story gehen bei ihr übers Handy ein. Und einen Anruf von mir wollte sie sicher auch nicht verpassen. Hören Sie, ich weiß, ich gehe Ihnen auf die Nerven, aber es ist ziemlich klar: Es muss ihr etwas zugestoßen sein!«

»Wir verstehen Ihre Besorgnis gut. Wenn wir alle Angaben von Ihnen bekommen, können wir aktiv nach ihr suchen. Ach, ja! Ihre Daten brauchen wir natürlich auch und eine Adresse sowie eine Telefonnummer, unter der wir Sie erreichen können.«

Florian entnahm der Brieftasche eine Visitenkarte, einen Ausweis. »Die oberste Telefonnummer ist meine ›Wichtignummer‹. Das Telefon ist auf laut. Wo wir übernachten werden, weiß ich noch nicht. Sobald wir in einem Hotelzimmer untergekrochen sind, melden wir uns und geben die Adresse durch.«

Silke rutschte mit dem Stuhl näher an den Zeugen heran.

»Na, dann legen Sie mal los!«, meinte sie aufmunternd und tippte alle Informationen mit.

Als Florian und Hans-Jürgen wenig später das Büro verließen, schien es Nachtigall, als ließen beide die Köpfe und Schultern hängen.

»Und? Ist es ihr Arm? Was meinst du?« Wiener warf Nachtigall einen fragenden Blick zu.

»Schwer zu sagen. Wir fahren am besten in die Wohnung der Vermissten. Bei der Gelegenheit können wir die Zeuginnen aus der WG befragen und eine DNA-Probe mitnehmen. So können wir die Identität klären. Dauert nur ein bisschen länger.«

»Und ich?« Silke wusste, dass sie nicht mitfahren würde. Nach ihren letzten Alleingängen hatte sie zwar nicht gerade Büroarrest, aber manchmal fühlte es sich für sie durchaus so an. »Ich könnte versuchen herauszufinden, ob sie wirklich an dieser Story über starke Frauen gearbeitet hat. Oder vielleicht inzwischen ein völlig anderes Projekt im Vordergrund stand.«

»Ja, das ist eine gute Idee. Vielleicht findest du auch Informationen dazu im Internet. Sie hatte bestimmt eine Website. Sieh nach, was sie so anbietet. Und frage bei ihrem ›Stammverlag‹ nach, an welchem Thema sie gerade saß. Danach kannst du für heute abschließen.«

»Die Adresse ihrer Website hat mir der Verlobte schon gegeben. Wenn ich etwas finde, lege ich euch alle Informationen auf den Schreibtisch, damit ihr gleich damit arbeiten könnt.« Sie strahlte Nachtigall an. »Danke!«

»Du hast Karten fürs Theater. Ich hab's nicht vergessen. Viel Spaß.«

Die Bahnhofstraße war komplett gesperrt.

Wiener fluchte herzhaft, musste ausweichen, hoffte,

über eine der Querstraßen näher an das Wohnhaus heranfahren zu können. In der Wernerstraße eroberte er eine Parklücke.

»Ist ein Feuerwehreinsatz«, wusste er, nachdem er bei der Leitstelle nachgefragt hatte. »Hoffentlich ist es nicht gerade das Wohnhaus von Corinna Waller.«

»Das letzte Stück also zu Fuß.« Nachtigall bog scharf rechts ab und durchquerte mit raumgreifenden Schritten den Innenhof, in dem der »Märkischer Bote«, eine Zeitung der Stadt, seinen Sitz hatte. »Komm!«

Die beiden Löschzüge standen vor dem Wohnhaus mit der Nummer 72. Einem liebevoll restaurierten Altbau mit zartviolettem Putz, weißer Stuckumrandung um die Fenster und hochglänzend lackierter bordeaux-farbener zweiflügliger Holztür.

»Also doch! So ein Mist. Wir müssen da rein!«, schimpfte Nachtigall vor sich hin. »Einen Versuch ist es wert.«

Die beiden Ermittler bemühten sich, sich an den Feuerwehrmännern vorbeizuschlängeln, ohne allzu sehr als Fremdkörper wahrgenommen zu werden.

Doch das ging gründlich schief.

»Halt!«, rief eine befehlsgewohnte Stimme sie an. »Da geht's nicht rein! Ein Wohnungsbrand. Noch ist hier nichts freigegeben.«

»Wie heißt denn der Mieter, dessen Wohnung …?«, fragte Nachtigall beunruhigt und hielt seinen Ausweis hoch.

»Ach, Kriminalpolizei. Schon da. Wir haben doch die erste Untersuchung noch nicht abgeschlossen! Brandstiftung als Ursache ist inzwischen gesichert. Bei einer Corinna Waller.«

»Die Mieterin wurde nicht angetroffen?«, formulierte der Hauptkommissar seine Frage vorsichtig.

»Nein. Weder eine lebende noch eine tote Person. Zum Zeitpunkt des Brandes war zum Glück niemand zu Hause.«

»Und die Nachbarn?«

»Eine alte Dame bemerkte den Brandgeruch, als sie zum Einkaufen gehen wollte. Sie hat uns sofort alarmiert. Deshalb konnten wir auch den Schaden begrenzen und eine Ausweitung des Feuers ins Treppenhaus oder andere Wohnungen verhindern.« Stolz schwang in der Stimme des jungen Mannes.

»Wann können wir rein?«

»Wird dauern. Wir geben Ihnen Bescheid.«

»Zufall?« Wieners Miene war skeptisch. »Möglich, aber doch wohl eher unwahrscheinlich, oder?«

»Wir müssen den Freund noch einmal zu uns bitten. In seinem Gepäck ist doch sicher ein Gegenstand, den wir für einen DNA-Abgleich heranziehen könnten. Pulli, Zahnbürste – so was in der Art.« Der Hauptkommissar tippte schon eifrig eine Nummer ein.

Das Gespräch war kurz.

»Nein. Er meint, sie habe alle ihre persönlichen Dinge schon aus seiner Wohnung mitgenommen, damit er nicht so viele Kisten für den Umzug packen müsse. Wir müssten all seine Kleidung durchsehen. Und wahrscheinlich nichts finden, denn er habe natürlich alles reinigen lassen oder gewaschen, bevor er es einpackte. Lauter saubere Sachen für den neuen gemeinsamen Schrank.« Der Hauptkommissar seufzte. »Wenn wir ein Haar finden, machen wir eine Analyse, und am Ende war es überhaupt nicht von Corinna Waller.«

»Silke!«, rief er wenig später ins Telefon. »Halt. Bevor du gehst, brauchen wir die Adresse der Eltern. Dann müssen wir eben dort nachfragen.«

12. KAPITEL

»Ich muss mal aufs Klo!«, informierte der Gefangene das Bewachungspersonal lautstark. »Jetzt! Sofort!«

Jochen und Bernhard sahen sich kurz an.

»Na, dann bring ihm halt einen Eimer.«

Bernhard maulte. »Und wer geht den dann auskippen?« Trollte sich dann aber doch. Klapperte wenig später zurück in den Kellerraum. »Hier. Der stand ursprünglich mal bei den Kohlen.«

»Klar«, kicherte Jochen. »Der war sicher für Asche. Bloß gut, dass wir so was heute nicht mehr brauchen.

Unsere Heizung läuft sauber! In der ganzen Siedlung. Und nun kriegt der Kerl einen schwarzen Arsch, wenn er scheißt. Passt doch!« Dann bemerkte er kritisch. »Papier fehlt. Und den Henkel solltest du abmontieren. Wer weiß, vielleicht lässt der sich sonst umfunktionieren, und der Kerl sticht die nächste Schicht damit nieder und entkommt. Dann wären die ganzen Bürgerwehreinsätze für die Katz gewesen, und wir hätten ein Problem mit den Bullen. Ein großes!«

Bernhard hatte in den Taschen gekramt und förderte nun ein zerknautschtes Päckchen Papiertaschentücher zutage. Dann bog er mithilfe eines Schraubendrehers die Enden der Henkel auf und demonstrierte seinem ungebetenen Gesprächspartner den Tragebügel.

»Brav!«, kommentierte Jochen und sah für einen Moment so aus, als wolle er wieder auf den Boden spucken. Doch als er dem Blick des anderen begegnete, entschied er sich dagegen und schluckte energisch. »Wie der sich den Arsch abwischen soll, weiß ich allerdings nicht. Wir haben dem die Hände gefesselt. Da geht das nicht«, murmelte er dann.

»Ich habe eine lange Kette mit Schloss mitgebracht. Wenn ich ihn damit irgendwie am Haus festmachen kann, geht das schon. Dann sind die Hände etwas freier zu bewegen, und nach dem jeweiligen Bewacher kann er dennoch nicht grapschen. Ist ein Zahlenschloss. Wir müssen die Nummer für die Ablösung aufschreiben.« Er wies Kette und Schloss vor.

Der andere nickte zustimmend. »Könnte gehen. Hinten in der Ecke ist ein Rohr.«

Bernhard, auf dem Weg zur Zelle, hörte ihn in seinem

Rücken lamentieren: »Jaja. Wäre alles nicht nötig gewesen! Dir hat es aber bedauerlicherweise an Entschlossenheit gefehlt. Weichei eben.«

Der Fänger blieb stehen. Drehte sich sehr langsam um. Seine Augen glänzten hart, unversöhnlich und angewidert.

Jochen schrumpfte.

»Alfred wurde der Ring seiner Agnes geklaut. Das Einzige, was er nach der Insolvenz retten konnte. Und nun ist er in der Psychiatrischen, weil er schon den Tod von Agnes nicht überwinden konnte – der Ring war ihm so was von wichtig, ein Bindeglied zu ihr. Und wenn ich den Kerl … ne? Dann erfahren wir nie, wo das Ding ist. Und eben auch all der andere Kram, der hier wegkam! Hast du daran mal gedacht, Herr Oberschlau?« Damit machte er wieder kehrt und schepperte weiter durch den Gang, klimperte den Schlüssel ins Schloss und quietschte die Tür auf.

»Hier! Und sei gefälligst sparsam mit dem Papier. So viel Service ist alles – mehr ist nicht drin!«, informierte er den Fremden und knisterte ihm die Taschentücher in die Hand.

Jochen starrte vor sich hin. Dachte über Bernhards Argument nach. Stimmte schon: Wenn sie die Beute finden wollten, ging das nur mithilfe des Arschs. Aber wollten sie das denn? Nun ja, Alfred vielleicht. Aber all das Zeug, das sie bei ihm selbst rausgeschleppt hatten? Nicht unbedingt. Der Dieb wäre vielleicht auch eher überrascht über die Menge an teuren Beutestücken, die er bei dem Einbruch angeblich hatte mitgehen lassen. Schlecht. Und wenn die Versicherung womöglich

Wind ... Noch schlechter. Am Ende winkte ihm, Jochen, der Knast, und das Schwein kam davon.

Wäre ja typisch. Ungerechtigkeit an allen Orten. Von Staats wegen! Unfassbar.

Kaum war der andere wieder zu sehen, fasste er den Abschluss seiner Überlegungen in einer Frage zusammen: »Du, Bernhard. Wissen wir eigentlich, dass es keine Komplizen gibt?«

»Nun, sicher können wir das nicht wissen, nicht wahr? Er spricht ja nicht viel. Aber alle, die den Dieb haben flüchten sehen, erzählten immer nur von einem Mann.« Er wies mit dem Daumen über die Schulter. »Diesem Mann. Haben sie vorhin unisono bestätigt.«

»Wir wissen es nicht. Das bedeutet, der Komplize könnte jetzt, in diesem Moment, mit der gesamten Beute türmen.«

»Ja. Das könnte so sein.«

»Oder«, Jochen senkte die Stimme zu einem eindringlichen Wispern, »oder sie kommen her, finden heraus, dass wir ihn gefangen haben, und starten eine brutale Befreiungsaktion! Für die nächsten Bewacher könnte es ungemütlich werden. Eine echt lebensgefährliche Situation, in die man da während der Schicht geraten könnte.« Der Sprecher hob den Kopf und setzte triumphierend hinzu: »Besser, der Kerl hätte das Fangen nicht überlebt!«

Bernhard seufzte genervt. »Soll ich dich lieber von der Liste streichen? Damit Bella nicht ohne Vater weiterleben muss? Ich meine, wenn du nun Angst vor einer gewaltsamen Befreiungsaktion hast, verstehe ich das. Sehr gut sogar. Hier unten im Keller ist es dann gefährlich. Keine Fluchtmöglichkeit, wenn der Weg durch die

Tür versperrt ist. Besser, du gehst schnell nach Hause! Es wird sich ein Ersatz finden.«

»Aber nicht doch! Angst, pffff? Nur vor meiner letzten Schwiegermutter!«, plusterte sich der andere auf.

»Keine Sorge. Und ich werde vorbereitet sein. Vielleicht sollten wir die anderen auf die Gefahr hinweisen. Besser, sehenden Auges in den Kampf ziehen!«

13. KAPITEL

»Gibt es außer der Vermisstenmeldung Corinna Waller noch eine andere, zu der dieser Arm passen könnte?«, wollte Nachtigall wissen. »Wir ermitteln möglicherweise in einem Mordfall, das Opfer könnte allerdings auch jemand anderer sein.«

»In Berlin ist eine Frau verschwunden, deren DNA vorliegt. Ich habe Dr. Pankratz schon informiert. Das Alter käme hin. Wenn wir eine Probe von Frau Waller hätten, ein verwertbares Ergebnis beim Abgleich, könnten wir richtig einsteigen. Noch wissen wir nicht, wer tatsächlich das Opfer ist.« Silke klang etwas gehetzt, vielleicht auch genervt, kam es dem Hauptkommissar vor, und er beschloss sich kurzzufassen.

»Morgen nehmen wir uns die WG vor. Danach können wir eher beurteilen, ob die Damen schlicht vergesslich sind oder tatsächlich nichts von einer geplanten Abwesenheit der Nachbarin wussten. Bis dahin bleibt alles andere Spekulation. Eine Probe haben wir nicht. Wir könnten allerdings bei der Mutter nachfragen. Wenn sich eine Verwandtschaft ergibt, sind wir auch weiter.«

Silke reichte Nachtigall einen Zettel. »Das ist die Adresse der Mutter. Sie wohnt in Neuzelle. Der Vater ebenfalls, ein paar Querstraßen weiter. Leben wohl getrennt.«

»Gut. Michael und ich fahren hin. Du klärst bitte, wo wir die WG morgen befragen können. Denkbar wäre, dass sie nicht in ihre Wohnung zurückkehren dürfen, wegen des Brandes. Giftige Gase oder Ähnliches. Dann weiß die Feuerwehr bestimmt, wo man die Damen untergebracht hat. Danach ist Feierabend. Besprechung morgen früh.«

Im Auto gab Nachtigall eine Nummer auf dem Display des Handys ein.

»Thorsten! Wie gut, dass ich dich erreiche! Wir können noch immer nicht in die Wohnung der jungen Frau, deren Arm du möglicherweise ... Aber wir sind auf dem Weg zu den Eltern. Welche Vergleichsprobe ist dir lieber: Mutter oder Vater? Oder ist es dir gleich?«

»Mutter!«, antwortete der Rechtsmediziner prompt.

»Ach. Gibt es dafür einen besonderen Grund?«

»Ja. Tatsächlich bekommen wir über die mütterliche Probe eine Extraportion DNA. Die mitochondriale DNA. Der Vater steuert die nicht bei.«

»Gut. Wir versuchen es also zuerst bei der Mutter. Bis später!«

»Hätte ich eigentlich auch wissen können! Marnie hat das erzählt.«

»Wir machen nach der Tour Schluss. Sonst triffst du deine Lieben wieder nur schlafend an«, meinte der Hauptkommissar verständnisvoll.

»Solange die Kinder nicht anfangen zu weinen, wenn sie mich sehen, ist wohl alles gut. Fremdeln bei Papa wäre natürlich ein Alarmsignal«, lachte der Partner zurück.

Sie brauchten fast eine Stunde für die Fahrt.

Die Mutter der vermissten Journalistin wohnte in der Nähe des weltbekannten Klosters, dessen honiggelbe Fassade im Licht der untergehenden Sonne warm leuchtete.

»Jetzt ist es hier ja ziemlich ruhig«, stellte Wiener erstaunt fest. »Als wir mit Freunden aus Görlitz am Wochenende hier waren, sah das ganz anders aus! Ein Geschiebe und Gedrängel.«

»Ja, an den Wochenenden ist es fast immer voll in den Straßen, in der Brauerei und im Kloster. Aber im Moment wirkt alles verschlafen, fast idyllisch. Zur Kaffeezeit am Wochenende sieht das ganz anders aus. Wenn dann auch noch die Sonne scheint … Aber selbst dann ist es eine wunderbare Anlage. Der Andrang verläuft sich unten in der Parkanlage.«

»Wenn hier die Touristenbusse in Reihe parken, merkst du von Idylle nichts mehr! Wir hatten zu tun, dass uns die Kinder im Gedränge nicht abhandenkamen. Unfassbar. Und alle in Eile. Dabei ist das hier ein Kloster. Ein Ort der Stille und der Kontemplation. Wir waren ziemlich überrascht.«

»Immerhin hat das Kloster eine durchaus bewegte, gelegentlich blutige Vergangenheit. Ruhe herrschte an diesem Ort immer nur phasenweise.«

»Ja, stimmt«, erinnerte sich Michael Wiener. »Bei der Führung erzählten sie von einem brutalen Überfall, dem die meisten Brüder zum Opfer fielen. Einer draußen auf der Straße. Dort, wo das Denkmal steht. Einmal vom Scheitel abwärts längs durchtrennt, wenn ich mich richtig erinnere.«

»Und da glauben wir, unser Job sei gefährlich!«, schmunzelte Nachtigall. »Es werden im Herbst Zisterzienser aus Österreich hier einziehen. Dann ist es wieder ein richtiges Kloster. In den letzten Jahrzehnten waren die Gebäude völlig anders genutzt. Zwei der Mönche waren schon da, haben sich alles angesehen. Ab September wird es ernst mit Klosterleben in Neuzelle – gleich vier Mönche auf einmal.«

»Zisterzienser. Nur vier? Das bleibt überschaubar. Ist denn geplant, dass mehr nachkommen?«

»Das kann ich dir nicht sagen. Vielleicht. Ich denke, es wäre durchaus schön, ein lebendiges Klosterleben in Neuzelle zu haben. Na komm. Besuchen wir die Mutter. Ich möchte auch noch ein bisschen Zeit mit meiner Frau verbringen.«

Sie klingelten.

Wenig später ein zweites Mal.

Warteten wieder.

Das Haus in der engen Straße wirkte schon von außen aufgeräumt, ja fast so, als habe jemand die gesamte Fassade mit einem hochpotenten Staubsauger bearbeitet. Vor den Fenstern Blumenkästen. Das Gelb der Blüten harmonierte perfekt mit dem dunklen Grünton des Hauses.

Wieder öffnete niemand.

»Keiner zu Hause.« Wiener klang gereizt, machte auf dem Absatz kehrt und ging ein paar Schritte Richtung Auto. »Versuchen wir es beim Vater.«

Plötzlich wurde ein schmales Fenster geöffnet.

»Ja?«

»Frau Schulz?«

»Nein. Sie ist nicht da.« Der osteuropäische Akzent war deutlich zu identifizieren. »Sie hat nicht gesagt, wann sie zurückkommt. Vielleicht kann ich helfen?«

»Vielleicht«, antwortete Nachtigall vage.

»Moment. Ich komme zur Tür.«

Wenig später wurde die Haustür geöffnet.

»Ja, Sie wünschen?« Die zierliche brünette Frau wischte sich die Hände an der Schürze trocken. »Entschuldigung, ich habe gerade die Fenster zum Garten hin geputzt. Da hört man das Klingeln nicht. Und wenn doch, dann kann man nicht sicher sein.«

»Wir sind von der Kriminalpolizei Cottbus. Wann wird Frau Schulz zurück sein?«, fragte Nachtigall freundlich, und beide zeigten ihre Ausweise vor.

»Oh«, lachte die Frau, »Mein Name ist Sylvia Koposwski. Ich putze hier nur. Sie sagt mir nie genau, wann sie wieder nach Hause kommt. Kann sein, sie kommt gleich, kann sein, erst morgen früh. Ich glaube, sie will mich eines Tages dabei erwischen, wie ich auf ihrer Terrasse sitze, ihren Sekt genieße und eine ihrer Zigaretten rauche. Aber so was mach ich nicht.«

»Kennen Sie auch Corinna, ihre Tochter?«

»Was? Sie hat eine Tochter? Corinna? Nein! Von der hat sie noch nie gesprochen. Seltsam, wo Eltern doch sonst meist gern über ihre Kinder erzählen!« Sie lächelte nachsichtig. Setzte dann hinzu: »Frau Schulz ist ohnehin nicht sehr kommunikativ, wissen Sie?« Sie schwieg. Kaute an ihrer Unterlippe.

Dachte, wenn der Eindruck nicht täuschte, intensiv über etwas nach. Nachtigall wartete.

»Ja. Sie ist nicht da. Aber ihr Mann ist vorhin gekommen. Er wartet in der Küche. Möchten Sie vielleicht mit ihm sprechen?«, erkundigte sie sich dann.

Die beiden Ermittler nickten synchron.

Wurden ins Haus gebeten. In die Küche geführt.

Dort, mit dem Rücken zu den Besuchern, saß ein Mann. Unbewegt. Unbehaglich. Versuchte, nicht besonders aufzufallen. Nachtigall bemerkte dennoch, wie sich die Muskulatur des Mannes anspannte. Als müsse er sich auf einen brutalen Angriff vorbereiten.

»Hier sind zwei Beamte von der Polizei.«

Der Mann atmete vernehmlich auf. Wandte sich zu den unerwarteten Besuchern um, hob entschuldigend die Hände in die Luft. »Es tut mir leid. Ich bin sonst nicht unhöflich. Aber sehen Sie, ich dachte meine Frau … Ex-Frau. Sie muss auch manchmal klingeln. Schusselig. Vergisst gern den Schlüssel, ihre Brille und alles andere, was eigentlich wichtig wäre. Äh, ich rede zu viel. Was kann ich für Sie tun?«

»Peter Nachtigall und Michael Wiener von der Kriminalpolizei Cottbus«, stellte der Hauptkommissar sie erneut vor.

»Hmhm. Und was hat meine Frau ... also Ex-Frau mit der Kriminalpolizei zu tun?« Der schwere Mann erhob sich müde, gab den Besuchern flüchtig die Hand. Ohne Druck, ohne Interesse.

»Guten Tag, also. Mein Name ist Brunner.«

Schon wieder ein neuer Name, überlegte Nachtigall, Mutter Schulz, Vater Brunner, Tochter Waller. Dem mussten sie nachgehen, es gab sicher eine logische Erklärung dafür.

»Sie haben eine Tochter. Corinna Waller. Das ist richtig?«

»Ja. Corinna wohnt wieder in Cottbus. Habe ich zumindest gehört. Ist irgendetwas passiert?«

»Was ist Corinna für ein Mensch?«, schoss Nachtigall gleich die nächste Frage nach.

»Sie machen wohl Witze! Sind ein Spaßvogel, ja? Erstens ist Corinna nicht meine leibliche Tochter. Ich habe sie auf Wunsch meiner Frau ... also Ex-Frau adoptiert. Damit wir eine echte Familie sein konnten. Den biologischen Vater habe ich nie kennengelernt. Angeblich hat Corinnas Mutter mit ihm eine wilde Nacht verbracht, und am nächsten Morgen war er weg. War mir egal. Und zweitens ist die junge Dame schon vor Jahren ausgezogen. Mit 16! Gelegentlich hat sie sich wohl bei ihrer Mutter gemeldet. Mit mir wollte sie keinen Kontakt. Inzwischen ist sie mir vollkommen fremd geworden.« Leise setzte er hinzu:

»Begegneten wir uns zufällig auf der Straße – wir würden aneinander vorübergehen, ohne uns zu erkennen.«

»Warum hat sie den Kontakt zu Ihnen abgebrochen?«, bohrte Wiener nach.

Der Mann deutete auf die Stühle auf der anderen Seite des Tisches. »Setzen Sie sich doch. Ist sonst irgendwie bedrohlich.« Er plumpste wieder auf seinen Platz zurück, ächzte, fuhr sich mit beiden Händen durchs Gesicht, als wolle er es wecken. »Tja, ich habe ein Leben lang für das Kind bezahlt. Habe dem Prinzesschen jeden Wunsch von den Augen abgelesen, ihr nach Möglichkeit alles geboten, wovon sie träumte. Doch als sie von ihrer Mutter erfuhr, dass ich nicht ihr leiblicher Vater bin, ließ sie mich fallen. Von einem Moment auf den anderen war ich in ihren Augen nichts mehr wert. Nun, und meine Frau wurde Ex. Nahm sogar ihren Mädchenamen wieder an. Ich stimmte zu, dass die Kleine auch umbenannt wurde. Ist ja sonst alles schwierig fürs Kind. Also wenn die Mutter nicht wie die Tochter heißt. So wurde aus den beiden Waller. Nach einer Jahresehe heißt meine Frau ... also Ex, nun verwitwete Schulz.«

Was für ein Durcheinander, dachte Nachtigall.

»Ihre Tochter konnte nicht akzeptieren, adoptiert worden zu sein?«

»Ja. So muss das wohl gewesen sein. Irgendwann hat sie mal gesagt, sie wollte auch ein Kind der Liebe sein und keines, das man fertig übernimmt. Fertig ist gut. Sie war nur so groß wie ein Landbrot! Mehr nicht. Von wegen fertig.« Er starrte auf seine großen Hände. Schwieg, offensichtlich bedrückt.

»Ihre Tochter ist seit ein paar Tagen nicht in ihre

Wohnung zurückgekehrt. Ihr Freund ist sehr besorgt«, bot Nachtigall eine Kurzfassung an. »Könnte es typisch für Corinna sein, für ein paar Tage nicht nach Hause zu kommen? Abzutauchen, ohne jemanden über ihre Pläne zu informieren?«

Der Vater zuckte ratlos mit den Schultern. »Die Jugend von heute. Wer versteht denn noch, was die so treibt.«

»Also«, ertönte die Stimme der Haushaltshilfe vom Flur her, »hier ist sie nicht. Das wäre mir aufgefallen. Ich kenne die Kleidung von Frau Schulz. Wären hier fremde Klamotten, ich hätte es bemerkt.«

»Sie können ja warten, bis meine Frau ... also Ex-Frau wiederkommt. Lange kann das ja nicht mehr dauern – oder, Sylvia?«

Nachtigall stöhnte lautlos. Ihm ging die Formulierung schon auf die Nerven.

»Bei Ihrer Ex weiß man das nie. Manchmal trifft sie sich noch mit Kollegen auf einen Drink«, wusste die Haushaltsperle.

»Im Tierpark wurde heute Morgen der Arm einer Frau im Tigergehege gefunden. Wir möchten ausschließen, dass es sich um den Ihrer Tochter handelt.« Das war ruppiger ausgefallen als geplant. Der Hauptkommissar machte eine entschuldigende Geste.

Der Vater wurde blass. »Oh, mein Gott!«

»Wir wissen weder, wie er dorthin kam, noch wem er gehört. Wenn wir sinnvoll ermitteln möchten, müssen wir nun versuchen auszuschließen, dass wir einer falschen Fährte folgen«, erklärte der Ermittler besänftigend.

Der Vater nickte. Er verstand. Wünschte sich, dass es nicht Corinnas Arm sein möge, wusste zugleich, er wäre froh zu hören, eine andere Frau sei gestorben – und schämte sich sofort dafür.

»Was wollen Sie also hier? Meine Frau ... also meine Ex-Frau bitten, einen Arm zu identifizieren? Sicher haben die beiden sich auch schon lange nicht mehr gesehen. Aber Hände verändern sich nicht stark – oder? Und selbst wenn es nicht Corinnas Arm ist, wie soll sie das Bild dann je wieder loswerden? Das ist doch wie geschaffen für Albträume.« Er verstummte. Flüsterte: »Ihre letzte Therapie hat Jahre gedauert. Wahrscheinlich braucht sie nach so einem Anblick eine neue!«

»Haben Sie nicht noch eine Bürste von Corinna aufbewahrt? Oder ein Kuscheltier?«

»Nein! Sie hat alles mitgenommen. Nichts von ihr blieb zurück. Die Pubertät, Sie kennen das vielleicht. Und bei ihr war es doppelt schlimm. Viele Kinder glauben, ja, hoffen sogar in dieser Phase, sie seien adoptiert, fühlen sich fremd in der eigenen Familie. Und bei uns stimmte es zur Hälfte. Sie hielt uns für Lügner, regte sich nur noch auf. Eine schreckliche Zeit. Ich denke, wir waren beide froh, als sie ausgezogen war.«

»Normalerweise könnten wir eine Vergleichsprobe aus der Wohnung Ihrer Tochter nehmen. Aber das geht im Augenblick nicht. Es gab einen kleineren Brand dort, und der Einsatzleiter lässt uns nicht rein. Dort wird nach Spuren für die Ursache des Brandes gesucht.«

Die Stimme aus dem Flur fragte: »Das geht doch auch anders? Ich habe das gesehen, im ›Tatort‹ am Sonn-

tag. Da hat man die DNA der Eltern genommen, um zu vergleichen. Können Sie das nicht auch machen?«
»Doch. Das können wir auch. Dazu bräuchten wir eine Probe. Haare aus der Bürste oder eine Zahnbürste.«
»Na, dann versuchen Sie es doch auf diesem Weg«, meinte der Mann erleichtert. »So muss sich niemand den Arm ansehen. Ich scheide ja leider aus.«
Nachtigall fragte sich, wie der Vater auf die Idee kommen konnte, man wolle den abgetrennten Arm rumzeigen wie ein wertvolles Sammlerstück. Zu viele Fernsehkrimis, schlussfolgerte er.
Sylvia eilte an der Gruppe vorbei zu einer Schublade und riss einen Tiefkühlbeutel von der Rolle.
»Hier kann ich die Zahnbürste reinpacken.«
Michael Wiener sprang auf. »Moment. Ich begleite Sie ins Bad.«
Schnell kehrten sie zurück, den Beutel mit der einsamen Zahnbürste wie eine Trophäe vor sich hertragend.
»So. Vielen Dank für Ihre Unterstützung«, verabschiedeten sich die beiden Ermittler höflich und beeilten sich auf dem Weg zum Auto.

»Hallo, Thorsten. Ich schicke dir die Zahnbürste der Mutter. Vielleicht können wir …«Nachtigall ruckelte sich auf dem Beifahrersitz zurecht. Wiener fädelte sich in den Feierabendverkehr ein.
»Ja, mir ist bewusst, dass die anderen Körperteile noch fehlen. Ja! Natürlich ist das eine grausige Vorstellung. Spielende Kinder, die irgendwo ein Bein oder etwa einen Kopf finden. Wir suchen den Wald in der

Umgebung ab, besonders auch im Park gegenüber. Bisher wurde nichts gefunden.«

Wiener unterdrückte ein Grinsen.

»Okay. Dann bis morgen!«

Zu seinem Freund gewandt meinte der Hauptkommissar: »Ich mag gar nicht daran denken. Wenn Kinder nach Hause kommen und ihren Eltern zeigen, was sie beim Spielen gefunden haben – und das ist eine menschliche Hand. Brrrr! Was für ein Schock für alle. Und denkbar ist ja auch, dass wir nie den kompletten Körper finden. Was für eine Belastung für die Eltern, wenn sie das eigene Kind zum Beispiel ohne Kopf beerdigen müssen.«

»Wir sollten dann wenigstens den Täter vorweisen können, meinst du nicht?« Wiener gab Gas.

14. KAPITEL

Bei Morgenanbruch zogen sie los.

Tim und Nele machten sich auf in den Wald.

Aus der Perspektive Neles eine spannende Abwechslung, weg vom Gehöft, den nervigen Hühnern und dem kläffenden Köter, der jeden kleinen Fehltritt sofort verpetzte.

Aus Tims Sicht war es ein Schulungslauf. In seiner Bauchtasche wartete das Trainingsmaterial auf seinen Einsatz.

Nele wusste das natürlich. Sie konnte den penetranten Geruch ohne Probleme wahrnehmen, wusste, was von ihr erwartet wurde. Schließlich war sie klug und gelehrig, auch wenn man das nicht immer merkte, was durchaus in ihrer Absicht lag. Sie trottete neben ihm her. Die Leine behinderte sie ein wenig, der Gurt scheuerte.

»Na sieh mal, was für ein wunderbarer Morgen das ist! Die Sonne wird uns bald auf den Rücken brennen! Zumindest wenn wir später auf dem Rückweg die große Lichtung überqueren. Aber du musst dich nicht sorgen, hier im Wald bleibt es kühl. Und eingecremt habe ich dich auch. Wir wollen ja keinen Sonnenbrand riskieren!«

Nele tat, als höre sie zu. Sah zu Tim auf, legte Klugheit und Verstehen in ihren Blick.

Es wirkte.

Er streichelte über ihren Rücken. Einmal. Kurz. Aber Nele spürte die Liebe in dieser Berührung. Tänzelte.

»Ja, ich weiß, du magst das. Wir sind zum Arbeiten hier, das verstehst du doch, oder? Das mit dem Kuscheln können wir später nachholen.«

Nele trottete weiter neben ihm her. Sie mochte den Geruch des Waldes, der aufstieg, wenn die Sonne sanft den Boden erwärmte. Erdig. Modrig. An manchen Stellen kräuterwürzig. In der Nähe der Spree auch schon mal brackig. Wunderbar.

Wie erwartet steuerte Tim einen Baum an. Artig setzte sie sich. Trainingsprogramm eben.

»So. Du bleibst hier. Und keinen Laut! Erst wenn ich dich hole, legen wir richtig los.« Damit band er die Leine fest, drehte sich um und verschwand mit großen Schritten aus Neles Blickfeld.

Hören konnte sie ihn noch eine ganze Weile. Leider ließ die Leine keinen großen Bewegungsradius zu. Nele, der das Warten schnell zu langweilig wurde, sah sich trotzdem im Umkreis ihres Baumes um. Stöberte hier, guckte dort, entdeckte eine Maus, die verträumt in der Sonne döste, keine Lust auf neue soziale Kontakte hatte und schnell floh, als Nele sie genauer in Augenschein nehmen wollte.

Es wurde wärmer. Bald würde die Sonne aufgehen.

Und schnell konnte sich der brackige Geruch nicht mehr gegen einen viel interessanteren Duft durchsetzen. Der leichte Wind wehte ihn in Wellen heran. Nele hätte gern gewusst, woher er kam. Doch die Leine …

Endlich! Tiefes Schnaufen kündigte die Rückkehr Tims an.

Er war nicht gerade der geborene Sportler. Eher untersetzt. Die Arme zu kurz, die Beine ebenfalls, die Augen schlecht. Jede Form von Bewegung eine Herausforderung. Lästig.

Ungeduldig erwartete sie, seine Gestalt an der Wegbiegung auftauchen zu sehen.

»Na, hast du dich schon gelangweilt? Ich habe es diesmal ein bisschen weiter weg versteckt. Damit es für dich eine wirklich spannende Aufgabe wird! Ich glaube nämlich, dir ist das Suchen schon viel zu wenig aufregend«, hechelte er, noch bevor er sie erreicht hatte. »So. Hier hast du eine Geruchsprobe. Eigentlich denke ich ja, dass du längst weißt, was ich von dir erwarte. Du bist nämlich ziemlich schlau, meine Süße, nicht wahr? Und gemeinsam werden wir die Haushaltskasse ins Plus bringen!« Er hielt Nele ein verschrumpeltes, erdig braunes Etwas hin. »Hier. Das ist unsere Finanzierung fürs ganze Jahr. Also dann los!«

Ungelenk band er die Leine vom Baum los, und Nele spürte, dass er ihr Bewegungsfreiraum lassen würde. Die Leine war viele Meter lang – wenn er es erlaubte. Viel zu selten.

Tim war verblüfft.

Irritierend war, dass Nele in die, seiner Meinung nach, falsche Richtung loslief. Was nun? Zurückhalten? Nele konnte durchaus eigensinnig sein, würde am Ende für heute jede Mitarbeit einstellen, wenn er jetzt korrigierend eingriff. Und während er ihrem niedlichen, runden Hintern nachsah, keimte ein völlig neuer Gedanke in ihm. »Sag bloß, du hast eine viel ergiebigere Stelle entdeckt! Du Wahnsinnspartnerin! Ein Rekordfund!«, jubelte er und gab Leine nach.

Nele rannte. Flog förmlich über das Gras. Dieser wunderbare Duft.

Als Tim angehetzt kam, war er von dem Anblick nicht begeistert. »Du dumme Sau! Raus da!«

Nele dachte gar nicht daran.

»Los, du blödes Schwein! Für deinen privaten Spaß ist

nachher noch Zeit!« Zornig ließ Tim die Leine zurückschnurren. Nele wurde erbarmungslos mitgerissen.

Rappelte sich auf. Schüttelte den Kopf, um die Gedanken neu zu ordnen.

»Du sollst Trüffel suchen! Und was machst du? Suhlst dich in irgendeinem stinkenden Dreck!« Nele hörte verständnislos die Wut in Tims Stimme. Wusste nicht, warum er so zornig auf den tollen Duft reagierte.

»Was ist das hier überhaupt?« Er beugte sich über den zerwühlten Haufen. Stutzte. Warf der kleinen Sau einen langen Blick zu. Als Küchenchef wusste er nur zu genau, was da vor ihm lag: erlegtes, zerteiltes Wild, nicht mehr ganz frisch, menschlich. Rege von fliegenden und krabbelnden Insekten besucht. Er räusperte sich, schüttelte den anschwellenden Unwillen ab, rappelte sich auf. Atmete flach. Bekämpfte das Herzrasen.

Alles wieder im Griff.

Nur keine Panik. Es gab sicher eine ganz natürliche Erklärung, redete er sich ein. Nur einfallen wollte sie ihm nicht. War der Jäger noch hier? Saß im Gebüsch und beobachtete ihn und Nele?

Gänsehaut. Vom Nacken über die Kopfhaut zur Stirn. Und in die andere Richtung bis zum Oberschenkel. Nimm dich zusammen!, mahnte er. Du darfst dich vor dem Schweinchen nicht so gehen lassen!

»Wir beide gehen jetzt zum Wehr. Da gibt es an der Seite einen befestigten Bereich. Dort wirst du gewaschen. Ich weiß, dass du das nicht magst, noch weniger als Trüffel. Aber solange du so stinkst, nehme ich dich nicht mit ins Auto«, erklärte er tapfer mit überraschend fester Stimme.

Während das ungleiche Paar sich auf den Weg zum Wasser machte, überlegte Tim, ob er nicht doch besser Harro abgerichtet hätte. Der Hofhund des Landgasthofs war wesentlich leichter im Umgang. Und doch: Nele hatte ihn von schräg unten aus ihren blauen Augen angesehen – und er wusste, er wollte sie besitzen. Er bezahlte, ohne auch nur einen Versuch des Feilschens zu unternehmen.

Dieser Blick! Seither gab sie sich redlich Mühe, ein gutes Trüffelschwein zu werden. Aber sie erlebten häufig Rückschläge. So wie heute wieder.

Er telefonierte. »Polizei? Ja. Tim Kramtschyk. Ich war mit meinem Schwein unterwegs. Auf der Suche nach Trüffeln. Aber wir haben da etwas ganz anderes gefunden. Am Spreewehr, Kiekebusch. Links, den Weg auf dem Deich lang. Etwa 200 bis 300 Meter. Richtung Tierpark, rechts über die Planken. Ja, genau. Über den kleinen Wasserlauf am Fuß des Deichs. Lauter menschliche Leichenteile!« Er lauschte der Antwort.

»Woher ich das weiß? Na, Mann! Rotlackierte Zehennägel! Wird wohl kein Reh gewesen sein!«

Danach hob er Nele vorsichtig unter dem Bauch hoch und schaufelte mit der freien Hand literweise kaltes Wasser über ihren Körper. Spürte ihr Zittern.

»Ist dir zu eisig, wie? Was musst du dich auch in so was wälzen.« Natürlich versuchte er, ein wenig böse zu klingen. Doch als er sein zartrosa Schweinchen an sich drückte, es in seine Jacke hüllte, war die Welt wieder in Ordnung.

»Wir müssen hier warten. Die Polizei möchte sehen, was du gefunden hast. Und natürlich wollen sie unsere Namen, unsere Adresse. Ist schon eine komische Sache. Wenn du meine ehrliche Meinung hören willst: Die hat sich glasklar nicht selbst umgebracht. Ich bin mir in diesem Punkt ziemlich sicher, weißt du? Man kann sich nicht selbst in so viele kleine Teile zerlegen – da stirbt man, bevor man damit fertig ist. Die Karriere als Leichenspürschwein kannst du trotzdem vergessen. Du suchst gefälligst Trüffel! Manche sagen, die riechen ganz ähnlich. Sollte also für dich kein Problem sein.«

Er schielte unter die Jacke. Nele war eingeschlafen. Ihm kam es vor, als lächle sie im Traum.

15. KAPITEL

Peter Nachtigall träumte wirr in dieser Nacht. Sicher trug auch das Bild dazu bei, das er bei seiner Heimkehr vorgefunden hatte.

Conny im Wohnzimmer vor der geschlossenen Terrassentür, in Sportkleidung, erklärte den beiden Katzen, die mit untergeschlagenen Vorderbeinen auf dem Sofa saßen, was sie da bei lauter Musik übte. Im Ausfallschritt stand sie vor der Terrassentür, schob mal den einen, mal den anderen Arm vor, ballte dabei die Faust und schlug sie dem imaginären Gegner ins Gesicht. Immer wieder. Mal schneller, mal langsamer. Jedes Mal voller Kraft. Behielt dabei ihr Spiegelbild feindselig im Blick.

Irritiert sah er seiner Frau zu.

Casanova bemerkte den Heimkehrer als Erster. Schnurrend strich er um Nachtigalls Beine, presste sich fest an den linken Unterschenkel. Der Hausherr streichelte artig. Und der Kater schnurrte beglückt.

»Oh! Da bist du ja!«, entdeckte ihn nun auch endlich die Dame des Hauses. »Fall schon gelöst? Im Internet kursieren tolle Fotos von den Tigern und ihrem spektakulären Fund im Gehege!« Sie legte ihre Arme um seinen Nacken, zog sanft den Kopf zu sich herab und küsste ihn. »Guten Abend! Wie gut, dass dir deine Erfahrung mit Raubkatzen mal zugutekommt!«

»Nun, eher nicht. Die Tiger wurden nicht befragt. Wenngleich sie natürlich wertvolle Hinweise hätten geben können.«

»Schade. Wisst ihr denn schon, um wessen Arm es sich handelt?«

»Sicher ist es nicht. Wir haben eine Vermisstenmeldung. Eine Journalistin.«

»Was wollte sie im Tigergehege? Eine Reportage über die größte Raubkatze?«

»Nein, wohl nicht. Außer dem Arm wurde nichts gefunden. Sie ist nicht eingestiegen, um neue Erfahrungen zu sammeln. Sieht eher so aus, als habe jemand den Arm über den Zaun geworfen.«

»Spinner?«

»Wir stehen noch ganz am Beginn der Ermittlung. Du weißt, wenig Information, kaum Spuren. Sag mal, was treibst du da eigentlich? Sah aus, als habest du vor, jemanden niederzuschlagen.« Er lachte leise, nahm ihre Hand in seine Pranke, formte eine Faust daraus. »Und mit diesem Fäustchen?«

Conny lachte gutwillig zurück. »Hausaufgaben. Mein Selbstverteidigungskurs, du weißt doch. Und der Trainer hat uns zum Üben aufgefordert. Also mach ich das. Den Katzen gefällt es. Ich glaube, innerlich lachen sie so laut, dass man es über ganz Sielow hören könnte.«

»Ach, der Kurs! Stimmt ja. Scheint Spaß zu machen.«

»Ja. Aber es ist eben auch interessant zu sehen, wer zu solch einem Kurs kommt. Lauter Frauen. Junge und ältere. Ein paar eingestreute Männer. Ebenfalls junge und ältere. Sehr unterschiedliche Berufsgruppen. Eine Journalistin ist auch dabei, sie ist neu in der Stadt und sucht Kontakt. Eine Kindergärtnerin, eine Bankangestellte … Und die meisten haben irgendetwas in der Tasche, um sich zu wehren, falls sie angegriffen werden.«

»Ach, die Damen haben also schon mal präventiv aufgerüstet? Angst?«

»Tatsächlich ist das so. Sie haben Taschenalarmsysteme in der Jacke, Pfefferspray in der Tasche, manche sogar Schlagringe, die sie heimlich überstreifen.«

Nachtigall räusperte sich.

»Ja. Die Polizistengattin weiß, dass das nicht erlaubt ist. Aber ein paar Teilnehmer waren schon in kritischen Situationen. Fühlten sich hilflos und wollen das nicht noch einmal erleben.«

»Okay. Und nun lernt ihr, wie man sich professionell prügelt. Prima.«

»Warum klingt das eigentlich so, als würdest du gern mit den Katzen lachen?« Conny löste sich aus der Umarmung. »Komm, ich mach dir schnell was zu essen.«

Während sie Speckwürfel anbriet und Eier verquirlte, kümmerte sich der Hauptkommissar um die beiden Katzen, die intensiv um seine Aufmerksamkeit buhlten. Er streichelte sie, kraulte zwischen den Ohren und am Kinn, genoss die friedvolle Atmosphäre.

»Corinna, das ist die Journalistin, meint, es läge am Auftreten, ob man Opfer wird oder nicht. Sie hat Erfahrungen mit Stalking. Eine sehr energiegeladene junge Frau, voller Pläne.«

Nachtigall zuckte zusammen. »Corinna? Und wie weiter?«

»Corinna Waller. Groß, schlank, gut aussehend. Und sehr sehr sportlich. Sie hat keine Vorkehrungen getroffen und wirkt nicht so, als habe sie Angst. Weder bei Tag noch in der Dunkelheit. Auf mich wirkt sie ausgesprochen wehrhaft.«

Ihr Gatte schwieg.

Conny sah von der Pfanne auf. »Drei?«

Er nickte, streichelte weiter, wirkte plötzlich angespannt.

»Ist was?«

»Eine vermisste junge Frau ... Corinna Waller.«

»Nein!«

»Doch. Ihr Freund hat sie vermisst gemeldet.«

»Ach herrjeh! Das muss dieser junge Mann sein, mit dem sie zusammenziehen wollte! Sie waren sehr verliebt. Ich hoffe, sie ist es nicht, deren Arm ihr gefunden habt.«

»Wir haben noch keine Ergebnisse. Vielleicht ist sie ja nur einer Story auf der Spur und taucht in ein paar Tagen wieder auf.« Nachtigall legte mehr Zuversicht in seine Stimme, als er tatsächlich empfand.

Conny häufte ihm das Rührei auf den Teller und schnitt zwei Scheiben Brot ab.

Nachtigall bedankte sich bei den beiden Fellträgern mit je einer angemessenen Portion Leckerli und verschwand im Bad. »Bin gleich zurück. Händewaschen!«

»Die Katzen bekommen Bonbons – und ich?«, rief Conny ihm amüsiert hinterher. Und zu den beiden Katzen meinte sie lachend: »Na, Ziel erreicht? Ihr seid so was von manipulativ! Und der Mann fällt jedes Mal auf euren treuherzigen Blick und das gezielte Schnurren plus Anwanzen rein!«

Kaum hatte sich der Hauptkommissar hinter seinen Teller geschoben und zur Gabel gegriffen, klingelte das Handy. »Hallo, Thorsten?«

»Kurze Rückmeldung. Die Analyse läuft. Aber Ergebnisse habe ich noch keine. Die Fingerabdrücke habe ich genommen und an die Kollegen gemailt. Wenn die etwas in der Datenbank finden, melden sie sich sicher bei dir.«

»Dankeschön! Wir haben keine neuen Informationen. Bisher.«

»Ich bin sicher, das wird sich ändern. Ein Arm bleibt nicht lang allein. Ich spreche da aus jahrelanger Erfahrung. Bis morgen!«

Als Nachtigall aus seinem Traum erwachte, war er ganz dankbar dafür. Raubtiere, die einen Kadaver zerrissen, Frauen in Tigergestalt, die auf der Pirsch waren, um endlich Männer überfallen zu können, Flammen, die alles verzehrten und keine Beweise für die Existenz einer Journalistin in der Wohnung übrig ließen. Als habe es Corinna Waller nie gegeben. Sie war eine Wahnvorstellung, die sich in den Köpfen Einzelner breitmachte, nichts weiter als eine vage Idee. Als er ihr zusah, wie sie einen in eine Zeitung gewickelten Arm über dem offenen Feuer briet, schreckte er endlich auf.

Müde schlich er in die Küche, trank ein Glas Milch, schüttelte sich in Erinnerung an die surrealen Bilder. Casanova und Domino kamen vorbei und leisteten ihm liebevoll Gesellschaft.

»Ich weiß, ihr würdet mir gern helfen. Aber leider habe ich nicht genug Informationen, um aus den Bröckchen ein Bild zu legen. Natürlich möchten nun alle wissen, wessen Arm gefunden wurde, wie er … nun ja. Und ich kann nichts dazu anbieten. Sehr unbefriedigend.«

Die Katzen signalisierten Verständnis, rollten sich zusammen und zeigten so, dass sie sich eben gedulden würden, bis eindeutige Befunde vorlagen. Danach stünden sie jederzeit zur Verfügung.

Nachtigall schmunzelte.

Gegen vier Uhr klingelte sein Handy.

»Was hat er gefunden? Ein Gebilde aus Leichenteilen? Und was zum Henker hat er um diese Zeit da draußen gemacht? Aha. Trüffelschweintraining. Wo? Ja, wir sind gleich da.«

Dann wählte er Michael Wieners Nummer.

»Guten Morgen. Sieht so aus, als habe ein Trüffelsucher Leichenteile gefunden. Am Kiekebuscher Wehr.«

»Hm. Dir auch einen Guten Morgen! Mann! Um die Zeit? Muss man Trüffel im Dunkeln suchen?«

»Keine Ahnung, damit kenne ich mich nicht aus. Er hatte ein Schwein dabei – und das hat die sterblichen Überreste gefunden. Nicht weit vom Wehr entfernt, im Unterholz, gegenüber der Spree, wenn ich den Kollegen richtig verstanden habe. Der war sehr aufgeregt. Spricht für einen ziemlich ungewöhnlichen Fundort.«

»Bin in zehn Minuten bei dir.«

»So, nun kommt Schwung in die Sache«, erklärte Nachtigall den beiden Mitbewohnern. »Bis später!«

Dann war er verschwunden. Ein wenig enttäuscht sahen die Fellträger ihm nach.

16. KAPITEL

»Morgen! Hat sich noch was ergeben?«, fragte Wiener, als der Freund sich auf den Beifahrersitz schwang.
»Nein. Zumindest hat mich niemand mehr angerufen.«
»Zum Wehr fahre mir am beschte quer durch die Stadt. Richtung Kahren – oder? Bei der Kreuzung, an der der Gebrauchtwagenhandel war, biege mir ab, fahren dann zum Wehr, halte uns davor links. Die Kollegen sind vor Ort. Tierpark. Mir habe se gsagt, isch Richtung Tierpark. Mir werde des leicht finde.«

Nachtigall schmunzelte. Immer, wenn der Kollege aufgeregt war, kam der Dialekt durch. Er freute sich darüber, mochte den besonderen Klang.

Die Straßen waren um diese Zeit wie leer gefegt. Nur vereinzelt trafen sie auf andere Autos, den einen oder anderen Radfahrer, zwei Taxen.

»Jetzt isch außer uns koiner unterwegs. Und mir warte brav an der rote Ampel«, maulte Wiener an der Kreuzung nach Kahren. »Isch doch unglaublich. Hat die koinen Sensor?«

»Ich glaube, du solltest lieber noch ein wenig durchatmen, bevor wir den Fundort erreichen«, meinte Nachtigall düster. »Wenn ich den Kollegen richtig verstanden habe, werden wir eine sehr unappetitliche und bizarre Situation vorfinden.«

»Unappetitlich? Nun ja, die Leiche ist nicht mehr frisch, das wissen wir doch schon. Bizarr? Wäre nicht das erste Mal. Weißt du noch, diese aufgebahrten Körper in unserem ersten gemeinsamen Fall? Hu! Oder die Vogelscheuche auf dem Feld, in der ein Körper ... Ganz ehrlich: Grusel pur.«

»Der Kollege war jedenfalls ziemlich aufgewühlt. Wir werden es ja gleich sehen. Hier! Links.«

Wenig später trafen sie auf die Einsatzfahrzeuge der Kollegen, deren Blaulichter die Szenerie um sonderbare und unheimliche Effekte bereicherten. Wenn sie über die hochgewachsenen Bäume huschten, rückten diese plötzlich näher, bildeten einen enger werdenden Kreis und beschworen im Betrachter ein Gefühl von Bedrohlichkeit der Lage herauf.

Ein junger Beamter erwartete sie bereits.

»Guten Morgen. Der Fundort ist etwa 200 Meter weiter nach rechts, den Weg entlang Richtung Tierpark. Auf der rechten Seite, jenseits des kleinen Wasserlaufs im Dickicht. Dort liegen Planken, die Stelle ist gut zu finden. Wir haben alles so gut wie möglich ausgeleuchtet, der Fotograf ist schon da, der Erkennungsdienst auch. Der Staatsanwalt ist benachrichtigt.«

»Danke. Wer hat die Leichenteile gefunden?«, fragte der Hauptkommissar.

»Der junge Mann dort drüben.« Der Kollege zeigte auf ein Häufchen Elend, das am Spreewehr auf den Planken einer Anlegestelle kauerte.

»Was hat er da im Arm?«

»Oh. Das ist Nele. Sie hat die Stelle gefunden. Er wollte das Minischwein als Trüffelsuchschwein abrichten. Und dabei ...«

»… wurde die Supernase von einem neuen Duft abgelenkt?« Nachtigall nickte verständnisvoll. »Der Ärmste. Das muss ja ein ziemlicher Schock für ihn gewesen sein.«

»Ja. Er hat sofort bei der Leitstelle angerufen. Ihm war gleich klar, dass er diesen Fund melden musste. Koch. Er hat immerzu gemurmelt, es sei eine Schande, so könne man doch einen Körper nicht zerlegen. Bisschen verpeilt, würde ich meinen.«

»Danke. Haben Sie schon seine Personalien aufgenommen?«

»Ja.«

»Dann muss er nicht unbedingt warten. Lassen Sie ihn zu uns bringen. Und das Schweinchen natürlich auch.« Nachtigall grabbelte sein Telefon aus der Tasche, rief Silke an. »Ich hoffe, der Besuch im Theater war ein schönes Erlebnis. Wir müssen nämlich jetzt ein wenig schönes nachlegen. Die Kollegen bringen dir einen Zeugen ins Büro. Mit einem winzigen Schwein. Die beiden haben die Leichenteile gefunden. Er ist wohl ein bisschen durch den Wind, braucht einen Kaffee und Zuspruch. Wir sehen uns die Sache an und kommen nach.« Zu Wiener gewandt sagte er: »Sie macht sich auf den Weg. Na, dann lass uns mal nachsehen, was das Trüffelschwein entdeckt hat!«

Nach wenigen Schritten konnte man schon riechen, was zu finden sein würde.

Die beiden Ermittler warfen sich einen schnellen Blick zu.

»Du liebe Güte.« Wiener zog die Mundwinkel nach unten. »Frisch isch hier nichts.«

»Kein Wunder, dass dieses kleine Schwein angelockt wurde«, meinte Nachtigall. »Wahrscheinlich verführerisch.«

Ein Kollege wies ihnen den Weg über den schmalen Wasserlauf. »Da über die beiden Planken. Dann sind es nur noch ein paar Schritte. Ist nicht zu verfehlen.«

»Normalerweise riecht es hier brackig. Immer. Aber jetzt …« Nachtigall versuchte sich zu wappnen, während er sich seinen Weg durchs dichte Unterholz bahnte. Plötzlich blieb er unvermittelt stehen. »Verdammt!«

Wiener lief ungebremst auf den Freund auf. »Entschuldige, ich konnte ja nicht wissen, dass du …«

Nachtigall trat wortlos zur Seite und gab den Blick auf das frei, was sein massiger Körper verborgen hatte.

»Verflucht!« Auch Wiener erstarrte mitten in der Bewegung. »Was ist das?«

Der Täter hatte einen hohen Turm aus Knüppelholz aufgeschichtet, der sich nach oben deutlich verjüngte. Aus den Lücken ragten menschliche Extremitäten in die Luft. Offensichtlich bewusst angeordnet und hineingesteckt. Zwei Füße und eine Hand waren deutlich zu erkennen. Dazwischen Fleisch. Ganz oben auf dem Gebilde: ein Schränkchen. Etwa 60 mal 80 cm. Die Tür geschlossen. Vielleicht ursprünglich für Schlüssel, Medikamente oder Schnaps gedacht. Ein Schloss war nicht vorhanden, nur ein hölzerner Knauf.

All diese Details registrierte Nachtigall in Bruchteilen einer Sekunde.

Er stöhnte leise. Hatte eine diffuse Ahnung von dem, was ihn erwartete. »Oh Gott. Ich will überhaupt nicht wissen, was da drin ist!« Widerstrebend trat er näher heran. Streifte Handschuhe über. Fasste langsam nach dem Knopf. Schloss für einen kurzen Moment die Augen – und zog.

Musik brandete auf. Aida. Der Triumphmarsch.

Gleichzeitig schwang das Türchen auf und gab den Augen preis, was sie sehen sollten.

Mit einem heiseren Ächzen fuhr Nachtigall zurück. Was für ein Schreckensbild!

»Wo kommt diese Musik her?«, schrie er über den ohrenbetäubenden Lärm, der in dieser Umgebung surreal wirkte.

»Mach die Tür zu!«, rief Wiener ihm zu.

Von Ferne war ein deutliches »Was zum Teufel?« zu hören. Dr. März, registrierte Nachtigall, schloss eilig das Schränkchen.

Tatsächlich. Der Krach verstummte sofort.

Stille.

Sobald die Tür zur Kammer des Grauens zufiel.

»Kann das bitte mal jemand abstellen!«, forderte der Hauptkommissar. »Sonst kann ich das Ding nicht aufmachen!«

Sofort wuchs ein Kollege des Erkennungsdienstes aus dem Boden, so schien es Nachtigall jedenfalls. »Klar. Ich bin schon dran. Aber wir müssen das alles sorgfältig dokumentieren, vielleicht ist die Konzeption ungewöhnlich. Wir wollen alles möglichst ›unbeschadet‹ bergen, könnte ja sein, es verrät uns etwas über den Konstrukteur. Es dauert nicht mehr lang.«

»Es kommt aus der Tiefe des Stapels?«

»Ja, ich denke, wir werden dort ein kleines Gerät

finden, das mit der Tür verbunden ist. Sehen Sie, hier.«
Damit leitete der andere einen kleinen Exkurs über
die Technik ein. Der Fotograf sicherte jeden weiteren
Schritt für die Akten.

Nachtigall räumte das Feld, überließ es den Kennern
der Materie. Schüttelte sich. »Mann! Er triumphiert
über sein Opfer, über uns, über die ganze Welt! Was
ist das nur für ein Kerl?« Er drehte sich hektisch im
Kreis, sah intensiv in jede Richtung. »Möglich, dass er
uns jetzt bei unseren unbeholfenen Versuchen zusieht,
ihm auf die Spur zu kommen. Er lehnt irgendwo an
einem Baum und lacht.«

»Ich verstehe, was Sie meinen.« Dr. März trat aus dem
Dunkel. »Ganz schön zynisch.« Der Staatsanwalt warf
seinem Ermittler einen prüfenden Blick zu. Er kannte
Nachtigall lang genug, um zu wissen, wie sehr ihm ein
solcher Tatort zusetzte. Dr. März zog ein Taschentuch
hervor, presste es sich theatralisch und völlig sinnlos
vor Nase und Mund. »Wie Sie diesen Gestank nur aushalten können!«, kam es nun gedämpft. »Was denken
Sie? Warum hat er den Arm zu den Tigern geworfen
und den Rest hier arrangiert?«

»Das wissen wir noch nicht. Noch ist nicht einmal die
Identität des Opfers zweifelsfrei geklärt. Bisher haben
wir gar nichts!«, stellte Nachtigall klar.

»Hm. Ich denke, das ist wieder ein Fall für die operative Fallanalyse, meinen Sie nicht auch? Ich werde mich
darum kümmern.« Damit drehte Dr. März sich um und
verschwand. Auf eine Antwort wollte er wohl nicht
warten. Bevor ihn das Gestrüpp gänzlich verschlang,
meinte er noch: »Emile Couvier kennt sich ja mit den

Verhältnissen hier schon bestens aus. Ihr Schwiegersohn käme uns ja nicht zum ersten Mal zu Hilfe.«

»Hier. Ich hab's jetzt. Sie können das Ding öffnen.« Der Techniker wedelte mit der Elektrozange. »Alles abgeklemmt. Dürfte nichts mehr passieren.«

Nachtigall trat misstrauisch näher an den Stapel heran. Für einen Moment sah er aus, als müsse er alle mentalen Kräfte bündeln, um sich zu überwinden, dann zog er erneut am Knopf. Die Tür schwang bereitwillig auf, ohne dramatische musikalische Untermalung.

»Um Himmels willen! Wie soll man da noch was erkennen?«, keuchte der Hauptkommissar. Der kleine helle Kegel der Lampe zitterte über das, was bisher verborgen geblieben war. Nachtigall bekämpfte den Impuls, der ihn weglaufen lassen wollte. Fort von diesem Anblick, den Vorstellungen, die seine Fantasie ihm über die Leiden der getöteten Person bereitstellte, von den ungehörten Schreien, der Hilflosigkeit des Opfers. Dem vollkommenen Ausgeliefertsein. Natürlich war ihm bewusst, dass es zu seinem Beruf gehörte, aber schließlich war er auch Mensch. Und als solcher litt er mit.

»Ist sie das?«, fragte Wiener leise. »Meinst du?«

»Kann ich nicht sagen. Er hat das Gesicht vollkommen zerstört. Nur die Haare, die könnten zu der Frau vom Foto passen. Jetzt haben wir die Leiche, und es hilft erst mal nicht weiter!«

»Wie hat er das Gesicht so …?«

»Das wird Dr. Pankratz uns sagen, denke ich. Sieht jedenfalls so aus, als habe er tiefe Krater ins Gewebe geschnitten. Und die Augen! Du liebe Güte!«

»Das könnten Hälften von Plastikeiern im Schokomantel sein. Ich kaufe die manchmal für die Kinder«, erklärte Wiener flüsternd.

»Er wollte, dass wir genau diesen Anblick zu sehen bekommen. Aber weshalb?« Nachtigall schüttelte ratlos den Kopf. »Entwürdigend? Es erinnert ein bisschen an ein Gemälde von Bosch. Eine Darstellung der Leiden in der Hölle. Soll das eine Warnung sein? An wen?«

»Brauchen Sie mehr Licht?« Ein Kollege leuchtete das Schränkchen mit einer leistungsstarken Lampe aus.

Genau in dem Augenblick, in dem Dr. März zurückkehrte. Der Staatsanwalt warf einen Blick auf den geschundenen Kopf, das entstellte Gesicht. Würgte. »Oh mein Gott!«, stöhnte er dann. »Morgen früh ist er da. Couvier hat zugesagt.«

»Er hat das so geplant. Erst den Arm, den sollten die Zoobesucher zusammen mit den beiden Tigern finden. Und danach hat er diesen Turm gebaut. Der kann unmöglich schon vorher hier gestanden haben, der Verwesungsgeruch wäre Spaziergängern nicht verborgen geblieben.« Nachtigall spürte, wie die Energie wieder in seinen Körper zurückkehrte und die Schwäche vertrieb, die diese schreckliche Szenerie ausgelöst hatte. »Zeit, Ort, Auffindesituation: durchdacht, durchorganisiert.«

»Aber er hat vergessen, dafür zu sorgen, dass die Identität des Opfers zu erkennen ist«, dachte Wiener laut. »So erschwert er uns die Ermittlungen, ja, das ist wahr. Aber er verhindert auch, dass wir einen Namen haben und verstehen, warum diese Person so zur Schau gestellt werden musste.«

Äste knackten.

Sie fuhren herum, sahen eine hagere, hochgewachsene Gestalt aus dem Dickicht kommen. Die Glatze schimmerte wie polierter Stein im Licht der Scheinwerfer.

»Thorsten! Du bist schon hier?«, staunte Nachtigall.

»Nun. Ist ja nicht das erste Mal, dass ich mit dir zusammenarbeite, nicht wahr. Und, wie gesagt, wo ein Arm auftaucht, da folgen die anderen Teile meist nach. Also bin ich am späten Abend schon mal nach Cottbus gekommen. Und wie ich sehe, keinesfalls zu früh. Ihr habt den Körper gefunden.«

»Könnte sein.«

»Das kann ich ja klären. Aber so viele Tote, deren Teile irgendwo unverhofft auftauchen, wird es ja in Cottbus nicht geben. Deshalb erscheint es sehr wahrscheinlich, dass diese Teile zu dem Arm gehören.«

»Hm«, blieb Nachtigall einsilbig.

»Rigor Mortis ist nicht mehr vorhanden. Dieser Körper ist schon länger tot. Und hier ist nicht genug Blut. Getötet wurde das Opfer anderswo, erst später hierher gebracht.« Er war an den Stapel herangetreten und demonstrierte an der herausragenden Hand, was er meinte. Alle Finger beweglich. »Ich war schon vor euch hier. Zufall. Naja, nicht ganz. Ich habe ja so etwas erwartet und habe darum gebeten, sofort benachrichtigt zu werden.«

»Und das Gesicht?«, fragte Wiener gespannt.

»Tja«, machte der Rechtsmediziner und beleuchtete es gründlich von allen möglichen Positionen. »Ein scharfes Messer. Oder ein ähnliches Instrument. Die Augen habt ihr nicht gefunden?«

»Nein. Aber wir haben ja auch noch nichts abgetragen. Das geschieht Schicht für Schicht.«

»Ja. Ich bin dabei und sorge dafür, dass so wenig Artefakte wie nur möglich entstehen. Wenn ich zugucke, weiß ich genau, welche ›Verletzung‹ beim Abräumen entstand und welche schon vorher da war, also von den Aktivitäten des Täters stammt.«

»Die Techniker vermuten unten im Stapel eine ›Musikanlage‹.«

»Ja. Ich habe es gehört. Aida. Nun ja, über Geschmack kann man nicht streiten. Mir persönlich ist das alles zu dick aufgetragen.« Der Mediziner zuckte mit den Schultern. »Aber vielleicht hat der Täter ja extra deutlich werden lassen wollen, was ihn bewegt hat. Und da er nicht wusste, wer …«

»Du meinst, er hat so versucht, die Deutungshoheit über sein Werk zu behalten?«, fragte Nachtigall nach.

»Ja. Keine Chance zur Fehlinterpretation. Triumph. Nicht Gier, nicht Lust, nicht Trieb.«

»Morgen wird Emile Couvier zu Ihnen allen stoßen. Halten Sie sich also bereit, wie ich ihn kenne, wird er sie alle einzubinden versuchen. Je schneller wir den Täter fassen, desto besser!« Dr. März wandte sich zum Gehen. »Berichte wie immer. Halten Sie mich auf dem Laufenden. Die Presse hat sich ja schon auf die Sache mit dem Arm gestürzt und wird sicher an diesem Thema dranbleiben. Besonders nach diesem Fund hier!«

Die drei sahen dem Rücken des Staatsanwalts nach, bis der heranbrechende Tag ihn in Dämmerung hüllte.

»Kannst du uns noch was sagen?«, fragte Wiener.

»Ja. Die Teile wurden gekühlt aufbewahrt. Ob sie eingefroren waren, weiß ich erst nach der Obduktion, aber er muss sie gekühlt haben, sonst wären sie Nachbarn oder Passanten aufgefallen. Als ich in den Stapel geleuchtet habe, konnte ich erkennen, dass an manchen Stellen das Gewebe beschädigt wurde, als er die Stücke zwischen die Holzknüppel schob. Er hat das erst heute aufgebaut. Vielleicht gehofft, dass es im Laufe des Tages von Kindern oder Hunden gefunden wird. Nun wart ihr ein wenig schneller, als er dachte. Wieso überhaupt?«

Nachtigall erzählte von Tim und seinem Schwein.

»Aha. Ein Trüffelschwein auf Abwegen. Ihr habt nun einen kleinen Vorsprung, von dem der Täter nichts ahnt. Wenn er nicht Polizeifunk abhört, wie ich das gelegentlich tue. Allerdings fürchte ich, wird euch das nichts nützen. Ich bleibe hier und überwache das Abbauen, nehme sofort alle Teile mit und melde mich dann bei euch.«

Damit ließ er die Freunde stehen und gab erste Kommandos an die Helfer.

»Okay. Wir fahren ins Büro«, entschied Nachtigall.

17. KAPITEL

Silke Dreier erwartete die Kollegen bereits.

»Guten Morgen. Ich habe den jungen Mann und sein Schwein dort hinten auf die Stühle gesetzt. Ins Abseits. Kaffee wollte er nicht, nur ein bisschen Brot für Nele. Das ist der Name des Schweinchens. Sie sind inzwischen eingeschlafen. Hat ihn ganz schön mitgenommen, was er da gefunden hat.«

»Was soll ich sagen? War keine Inszenierung für schwache Gemüter. Die Fotos kommen sicher bald, da wirst du sehen … und das Ganze mit dramatischer Musik untermalt. Unfassbar.«

»Und offensichtlich war Verwesung im Spiel. Man riecht es euch an«, stellte Silke fest.

»Wir werden jetzt mal unseren Schweineführer befragen«, meinte Nachtigall und marschierte los.

Auf zwei zusammengeschobenen Stühlen: Tim und Nele. Aneinander gekuschelt.

Für einen sehnsuchtsvollen Moment wanderten die Gedanken Nachtigalls zu seinem Bett, seiner Frau und dem Kater. Er seufzte. Wie schön wäre es … und überhaupt, was musste der Kerl auch mitten in der Nacht im Wald umherkriechen! Schließlich könnte ich noch wohlig im Bett liegen, wäre dieser entsetzliche Fund nicht gewesen!, dachte er übellaunig und ungerecht. Rief sich zur Ordnung. Der junge Mann konnte nichts dafür, schuld war der Täter, der dieses grausige Gebilde erschaffen hatte, korrigierte er seinen Gedankengang.

»Wir werden die beiden wohl wecken müssen!«

»Sicher. Aber ein bisschen Leid tut es mir schon. Sie sehen so wunderbar friedlich aus. Und mit dem Wachwerden kommen die furchtbaren Bilder zurück, Tim wird sich dem Erlebten stellen müssen. Das Schweinchen wird damit weniger Probleme haben, schätze ich«, meinte der Hauptkommissar mitfühlend. »Uns wird das auch noch lange verfolgen, glaube ich. Thorsten wird uns sicher später genau erklären können, was das Gesicht des Opfers derart zerstört hat, wie er die Leiche zerteilt hat, wie er getötet hat.«

»Na dann.« Michael Wiener rüttelte den Schläfer möglichst sanft an der Schulter. Sofort schlug der Mann die Augen auf.

Der erste Blick galt Nele. Erleichtert atmete er auf, streichelte liebevoll über den Rücken des Tierchens, das die spektakulär blauen Augen aufschlug und sich neugierig umsah.

»Hallo, Nele, meine kleine Sau. Alles in Ordnung. Kein Grund zur Sorge«, erklärte er beruhigend. »Wobei man ja sagen muss, dass du uns das alles irgendwie eingebrockt hast, nicht wahr?«

Wie zum Protest grunzte Nele.

»Sie verstehen, dass wir ein paar Fragen an Sie haben, nicht wahr?«, eröffnete Nachtigall freundlich das Gespräch, stellte sich und Wiener vor.

»Natürlich. Klar.« Der junge Mann streckte den Rücken und setzte sich aufrecht, zog Nele auf den Schoß, wo sie sich zusammenrollte, fast wie eine Katze.

Offensichtlich war sie noch müde, hoffte, auf diese Weise der allgemeinen Aufmerksamkeit entfliehen zu können.

»Wir brauchen Ihren vollständigen Namen und Ihre Anschrift.«

»Tim Kramczyk. Ich arbeite als Chefkoch im ›Restaurant zum ›Gurkenglück‹ in Lübbenau. Dort wohne ich auch. Es ist ruhig bei uns, das schätzen die Gäste sehr, neben der eleganten und exquisiten Küche, versteht sich. Alles erste Qualität zu erschwinglichen Preisen, das ist unser Konzept.«

»Freut mich für Sie. Und was machen Sie mitten in der Nacht im Wald? In Cottbus? Obdachlos sind Sie ja nun nicht.«

»Ja, ich verstehe, dass Sie sich wundern.« Der Schweinchentrainer wurde kleinlaut. »Das ist klar.« Er atmete tief durch. »Aber eigentlich wäre es mir lieber, ich müsste nicht mehr daran denken! Ich möchte mich lieber nicht erinnern.«

»Das möchten wir alle nicht, doch fürchte ich, es geht nicht anders.« Nachtigall sah Kramczyk auffordernd an. »Fangen Sie doch damit an, mir zu erzählen, was Sie dort wollten. Warum sind Sie mit Nele zum Kiekebuscher Spreewehr gefahren?«, half er dem Zeugen beim Einstieg.

»Nele.« Wieder strichen die Finger liebevoll über den zartrosa Körper auf seinem Schoß. »Sie ist talentiert. Könnte ein richtig gutes Trüffelschwein werden. Und das wird sie auch! Aber wir müssen trainieren. Immer wieder. Nur so kann sie ein spitzen Trüffelsucher werden. Deshalb sind wir gestern an der Spree gewesen.

Wegen der Ablenkung, wissen Sie? Brackiges Wasser, duftende Blüten, Füchse, Ameisen. Nele muss lernen, sich auf den wesentlichen Duft bei der Suche zu konzentrieren. Der Pilzgeruch des Trüffels muss für sie der wichtigste werden.«

»Nachts?«, staunte der Hauptkommissar.

»Nun ja. Ein Freund von mir trainiert seine Schweine in Baden-Württemberg. Sehr erfolgreich übrigens. Und der schwört auf die Suche bei Vollmond. Er hat mir erzählt, die Sinne seiner Rieke und der anderen Schweine seien bei Vollmond super geschärft. Und die versteckte Probe verströme einen intensiveren Duft in solchen Nächten. Die Schweine würden regelrecht geprägt. Sie verstehen doch, wie wichtig das ist, oder?«

Die beiden Ermittler nickten unbestimmt.

»Es ist so: Wenn das Schwein den Trüffel findet, bekommt es eine Belohnung. Je mehr Belohnungen bei der Suche abfallen, desto motivierter das Tier. Logisch. Und deshalb waren Nele und ich kurz vor Mitternacht dort. In der Stunde der Geister.« Kramczyk lachte leise.

»Ich band sie am Ufer der Spree an und bin dann los, um den Köder zu verstecken. Sehen Sie, es gibt ja in der Gegend keine natürlich vorkommenden Trüffel. Aus diesem Grund hätte Nele die Probetrüffel ganz leicht finden müssen. Trotz der anderen Düfte. Die erste Belohnung wäre schnell fällig gewesen, und mein Schwein hätte bei jedem Versuch hoch motiviert weitergeschnüffelt. Ein paar Stunden lang vielleicht. Alles perfekt. Aber so ist es nicht gekommen.«

»Nele hatte andere Pläne.«

Das Schweinchen kannte offensichtlich seinen

Namen. Es stupste gegen Tim Kramczyks Hand, die zur Ruhe gekommen war. Er streichelte sofort weiter. Diesmal auch an den großen Ohren. Selig schloss das Tier die Augen, entspannte sich. Nachtigall sah den beiden amüsiert zu.

»Sie bekommt Hunger. Frühstückszeit. Ich muss mich mit dem Erzählen ein bisschen beeilen. Wenn Nele schlechte Laune bekommt, hat keiner was davon. Dann versteht sie nämlich wirklich keinen Spaß mehr.« Er lächelte die Trüffelsucherin verliebt an. »Nun. Als ich sie zum Suchen schickte, lief sie nicht dort entlang, wo sie den versteckten Pilz hätte finden können. Sie schlug eine völlig falsche Richtung ein. Die aber voll Begeisterung.« Er schwieg. Zeigte seine Leine. »Damit kann sie viele Meter vor mir herlaufen. Nele mag nicht so gegängelt werden, sie liebt es, sich frei entscheiden zu können.« Ein sehr nachdenklicher Blick streifte über das zufrieden im Schlaf grunzende Tier. »Das Erste, was ich dachte, war: Wow!, nun findet sie mal wirklich einen echten, großen Supertrüffel. Den ersten dort an der Spree. Erschnüffelt von meiner Nele! Aber nein. Sie haben ja gesehen, was wir in Wahrheit entdeckt haben.« Er seufzte tief. Es klang bitter enttäuscht. »Ich habe Nele natürlich sofort da weggezogen. Und die Polizei verständigt. Wir haben nichts angefasst, sind nicht näher herangetreten. Nele hat sich nur ganz kurz unten am Turm gewälzt – dann war ich schon zur Stelle und konnte verhindern, dass sie etwa alles zum Einsturz bringt.« Wieder der nachdenkliche Blick. »Ganz ehrlich: Ich fürchte inzwischen, Nele mag im Grunde keine Trüffel. Möglicherweise ist es keine gute Idee, ihr das mit dem Aufstöbern beizubringen.« Dann setzte er mit Bedauern hinzu: »Ich wollte so gern, dass meine Nele berühmt wird. So richtig! Sie ist ein so wunderbares, liebenswertes Schwein. Aber davon müssen wir uns wohl verabschieden. Nicht alle Träume lassen sich verwirklichen.« Erneut griffen seine Hände nach Neles zarten Ohren, begannen sie zu kneten und zu kosen. »Aber ich habe dich trotzdem lieb. Du wirst ein Leben als glückliches Hausschwein genießen, das verspreche ich dir«, erklärte er Nele tapfer, und Nachtigall glaubte sogar, Tränen in seinen Augen zu sehen. »Muss ja nicht jeder ein Star sein.«

»Ihre Nele ist wirklich ein besonders hübsches Schweinchen. Und Trüffel sind nicht jedermanns Geschmack. Ich habe neulich einen Bericht gehört, in dem man vom Beimpfen der Wirtsbäume gesprochen hat. Die Forscher waren überzeugt davon, Trüffel in wenigen Jahren regelrecht anbauen zu können. Dann geht man einfach zum Ernten in den Garten, weiß genau, unter welchem Baum man zu graben hat. Trüffelschweine braucht man dann nicht mehr.«

»Davon habe ich auch gehört. Aber ich bin sicher, die waren viel zu optimistisch. Der Keimling des Lieblingsbaumes wird beimpft und an einer günstigen Stelle im Garten gepflanzt. Und dann heißt es warten. Jahrelang. Lauter Unwägbarkeiten bedrohen den Baumwinzling. Zum Beispiel Wühlmäuse. Und dann geht die Rechnung am Ende nicht auf.«

»Als Sie den Köder versteckt haben, ist Ihnen da jemand begegnet?«, bohrte Nachtigall.

»Nein.«

»Vielleicht ist Ihnen etwas aufgefallen, als Sie zu Nele zurückkehrten? Oder ist Ihnen etwas eingefallen, das Sie jetzt im Nachhinein mit diesem grausigen Fund in Verbindung bringen würden?«

Tim Kramczyk überlegte. Gründlich.

»Nein«, antwortete er dann gedehnt. »Neben unserem Auto stand noch ein anderes auf dem Parkplatz. Aber warum auch nicht? Es ist Sommer! Ein Liebespärchen? Ein Angler? Oder jemand, den die Freundin kurzerhand rausgeschmissen hat. Gründe kann es viele geben.«

Nachtigall zeigte dem jungen Mann ein Foto von Corinna Waller. Immerhin, es ist einen Versuch wert, dachte er dabei. »Kennen Sie diese junge Frau?«

Der Koch betrachtete die Aufnahme genauer, lächelte warm. »Ja. Die junge Frau kenne ich tatsächlich. Nele und ich sind ihr vor ein paar Tagen begegnet. Nele muss ja auch ohne Trüffel trainieren. Laufen zum Beispiel. Über längere Strecken.«

»Und da ist sie Ihnen begegnet?«

»Ja. Ganz zufällig. Sie saß auf einer Bank und genoss es, das Gesicht in die Sonne zu halten. Nun ja. Nele hatte mit ihrer Leine einen ziemlichen Abstand zwischen uns gebracht, und offensichtlich war die Frau für sie interessant. Jedenfalls waren die beiden schon richtig ins Gespräch vertieft, als ich ankam.«

»Aha«, machte Wiener geringschätzig.

»Ja. Das kann man nur verstehen, wenn man Haustiere hat und sie liebt«, schnupfte Kramczyk zurück.

»Worüber haben die beiden Frauen denn gesprochen?«, mischte sich Nachtigall schnell ein.

»Über Berufstätigkeit. Wie schwer Frauen es haben, einen gut bezahlten Job zu finden, wie Abhängigkeiten vom Arbeitgeber den Lohn drücken, wie schwer es sein kann, Privates und Berufsleben unter einen Hut zu bringen. Frauenthemen halt.«

»Sie haben dann mitdiskutiert?«

»Ja. Schließlich geht das ja die ganze Gesellschaft an! Frauen müssen sich verwirklichen dürfen. Für gleichen Lohn arbeiten. Die gleiche Wertschätzung für ihr Tun einfordern!«

»Sie waren sich schnell einig. Und dann? Haben Sie Frau Waller wiedergesehen?«

»Ja. Sie war von Raubkatzen fasziniert. Erzählte mir, sie wäre gern Tierfilmerin geworden. So wie Andreas Kieling. Am liebsten hätte sie eine Reportage über die Menschenfressertiger in Indien gemacht. Wir kannten beide diesen Film: ›Der Tiger von Eschnapur‹. Da ist es leicht, im Gespräch zu bleiben. Und das Buch ›Der Tiger‹ kannte sie ebenfalls. Begeisterung verbindet! Und Corinna Waller ist eine wirklich faszinierende Frau. Lebensfreude sprüht da aus jeder Pore. Erst dachte ich, es könne was aus uns werden. Langsam. Behutsam. Doch sie erzählte von ihrem Verlobten. Sie wollten zusammenziehen.«

»Hm. Wie schade für Sie.«

»Ja, sicher. Aber wir wollen Freunde bleiben. Alles gut.« Kramczyk sah den großen, massigen Hauptkommissar schweigend an. Lange. Dann setzte er die überraschte Nele auf den Boden und fragte mit bibbernder Stimme: »Sie denken, ich habe Corinna gef...« Er schaffte es bis zum Mülleimer in der Ecke. »Sie meinen ...«, würgte er. »Sie denken, es ist Corinna?« Seine Stimme versagte. »Oh nein!« Er würgte erneut.

Nachtigall besorgte ihm ein Glas Wasser.

Als Tim Kramczyk sich wieder auf den Stuhl setzte, war er bleich, wirkte um Jahre gealtert.

Nele sah ihn von schräg unten an. Stupste ihre Nase gegen seinen Unterschenkel, als wollte sie ihm zeigen, dass er nicht allein im Leben stand.

»Sie kannten sie also näher?«

»Ich denke, ich war verliebt in sie«, antwortete der Koch tonlos. »Ich verliebe mich nicht oft. Eigentlich noch nie. Bei ihr war das vom ersten Moment an irgendwie besonders. Aber sie war nicht an einer Beziehung interessiert. Wegen des Verlobten.«

»Sie kannten ihre Joggingstrecke.«

Tim nickte.

»Sehen Sie, wäre ich an jenem Abend dort gewesen, hätte ich sie retten können! Was für ein Gedanke! Nicht im richtigen Moment zur Stelle gewesen zu sein, um das Leben der Liebsten ...« Er begann zu weinen.

»Er ist verdächtig.« Wiener legte die Akte zur Seite.

»Naja. Er könnte dort gewesen sein. Es gibt eine Beziehung zwischen ihm und dem Opfer. Prüfen wir sein Alibi.«

»Der Freund könnte davon gewusst haben. Hielt es vielleicht wirklich für eine Beziehung. Enttäuschung, Hass. Wäre ja nun nicht ungewöhnlich.« Wiener spitzte die Lippen, als wolle er pfeifen.

»Hm. An der Hand aus dem Tierpark steckte kein Ring. An der, die wir heute Morgen gesehen haben, auch nicht.

Ist es nicht mehr üblich, einen Verlobungsring zu verschenken? Konnte man auf dem Foto einen Ring sehen?«

»Stell dir vor, er glaubte, sie sei untreu, habe einen anderen. Dann hat er den Ring vielleicht zurückgefordert. Und sie danach umgebracht.«

»Wir versuchen herauszufinden, wann er in die Stadt gekommen ist. Bisher haben wir ja nur seine Aussage dazu.« Nach zwei Schritten über den Gang blieb er stehen. »Auf der anderen Seite muss man den toten Körper ziemlich viel bewegen, wenn man ihn so zerstückelt. Saß der Ring locker, ist er möglicherweise nur vom Finger gerutscht, und er hat es nicht bemerkt.«

»Ich habe eine Mail von der Zeitungsredaktion bekommen. Corinna Waller hat tatsächlich an einer Reportage über starke Frauen gearbeitet. Aber das Thema war in einen unerwarteten Kontext gebettet. Es ging nicht um gesellschaftliche Veränderung, politische Meinung oder solche Dinge. Sie wollte eine Story über Frauen schreiben, denen es gelungen ist, ihren Stalker loszuwerden. Sie hat über die sozialen Netzwerke einen Aufruf gestartet. Laut Chefredakteur hatten sich viele Betroffene gemeldet. Von denen wählte Corinna einige aus. Besuchte sie und führte Interviews mit ihnen. Wehrhafte Frauen, keine Opfertypen. Ab Herbst sollten die ersten Geschichten in der Zeitschrift erscheinen. Geplant war eine pro Ausgabe, angereichert mit Tipps der Polizei, Analysen von Psychiatern und Psychologen.«

»Aha. ›Stark‹ war vielleicht auch konkreter gemeint? Frauen, die eine körperliche Auseinandersetzung nicht scheuen mussten?«, fragte Wiener nach.

»Charakterstärke, Mut, Entschlossenheit – und vielleicht auch Muskelkraft. Kann schon sein. Leider weiß man nicht, nach welchen Kriterien Frau Waller ihre Gesprächspartnerinnen ausgesucht hat.«

»Wie weit war sie mit ihrer Serie gekommen? Die ersten drei Ausgaben schon fertig getippt? Vielleicht schon abgegeben? Oder nur das Projekt umrissen und noch nicht geliefert?«, wollte Nachtigall wissen.

»Laut Redaktion war die erste Story fertiggestellt. Das hatte Frau Waller jedenfalls bei der letzten Besprechung angegeben. Abgegeben war der Text noch nicht. Deadline läuft in drei Tagen ab.«

»Dann ist sie möglicherweise doch nur einfach abgetaucht, um in Ruhe arbeiten zu können.« Wiener schüttelte den Kopf. Verständnislos. »Sagt niemandem Bescheid. Vergisst die Verabredung mit ihrem Freund. Der muss die Arbeit ja wirklich sehr wichtig sein!«, schnaubte er.

»Du vergisst den Hund. Nach Angaben aus ihrem Umfeld hätte sie das Tier niemals unversorgt zurückgelassen«, warf Nachtigall ein, dachte an all die Dinge, die er vor einer Reise für die beiden Katzen regelte. Die bezogen ihren eigenen Urlaubsplatz in einer Katzenpension, und weil Domino so einen empfindlichen Magen hatte, bekam sie sogar Proviant mit.

»Vielleicht wollte ja die erste ›starke Frau‹ ihre Geschichte plötzlich zurückziehen. Angst vor der eigenen Courage? Damit war das ganze Projekt gefährdet, und Corinna Waller musste sofort handeln.« Silke dachte pragmatisch. »Keine Zeit. Oder sie dachte, es ließe sich schnell regeln, und sie brauche keine Lösung für den Hund.«

»Naja. Es wäre auch denkbar, dass sie es den älteren Damen sehr wohl gesagt hat. Mag sein, in einer ungünstigen Situation. Hektik. Und die Damen haben es einfach vergessen.« Wiener kannte sich mit dieser Problematik besser aus, als ihm lieb war. »Der Vater eines Studienkollegen tut auch immer so, als habe er alles verstanden. Kaum dreht sich mein Freund um, schon hat der Vater alles vergessen, behauptet, niemand habe ihm etwas von einem geplanten Urlaub des Sohnes gesagt, lamentiert, weil man ihn seit Wochen nicht besucht habe. Nervig.« Er atmete hörbar aus. »Unglaublich nervig.«

»Das ist denkbar. Vor allem, falls sie über ihr Handy angerufen haben sollte. Dann ist die Verbindung möglicherweise schlecht, und die Hälfte der Informationen verrauscht auf dem Weg zum Ohr des Gesprächspartners. Der ergänzt, was er gehört zu haben glaubt. Klassische Kommunikationskatastrophe«, räumte Nachtigall ein.

Silke lachte warm. »Meine Großtante vergisst auch so allerhand. Zum Beispiel vereinbarte Termine. Ich sitze irgendwo und warte. Sie erscheint nicht. Ich rufe sie an, frage nach, und sie behauptet vehement, seit Ewigkeiten nichts mehr von mir gehört zu haben. Ist nicht zu ändern, ich liebe sie dennoch. Aber nun rufe ich sie an, bevor ich zu unserem Treffen aufbreche. Dann klappt es meistens.«

»Die Verbindungsnachweise für Corinna Wallers Handy bekommen wir?«

»Ja. Aber das dauert noch. Und die Kollegen vom Erkennungsdienst sind fertig. Unten im Stapel haben sie die Kleidung der Toten gefunden. Der Täter hatte sie in Brand gesetzt, bevor er sie dort deponierte. Vielleicht um seine Spuren zu verwischen. Denkt ihr, er wollte das Ganze wie einen Scheiterhaufen abbrennen?« Silke schauderte sichtbar zusammen.

»Nein«, antwortete Nachtigall entschieden. »Er wollte, dass die Musik spielt, wenn wir die Tür öffnen. Diesen Effekt hätte er nicht erhalten können, wenn er alles in Brand gesteckt hätte. Vielleicht sind Fingerspuren auf dem Gerät. Weiß man schon, wie er …«

»Ja. Die Kollegen sprechen von einem handelsüblichen Abspielgerät und einem kleinen Lautsprecher, in das man das Teil stecken konnte. Alles verkabelt. Zwei Neun-Volt-Blöcke zur Energieversorgung.« Sie schüttelte den Kopf. »Bloß gut, dass ich nicht dabei war. Herr Kramczyk hat mir beschrieben, was er gefunden hat. Schauderhaft!«

»Ja. Uns wird dieser Anblick auch bis in den Schlaf verfolgen.« Wiener klang genervt.

»Entschuldigung. So habe ich das ja nicht gemeint. Natürlich war es für euch und die Kollegen vor Ort schrecklich. Aber für diesen armen Koch war es die erste Leiche! Und dann so etwas!«

Nachtigall knurrte: »Früher hat man den kontaktgestörten jungen Männern geraten, sich einen Hund anzuschaffen. So käme man leicht ins Gespräch mit dem anderen Geschlecht. Und könnte auch die Herzen viel schneller erobern. Doch nun müssen wir das wohl korrigieren. Man braucht ein zartrosa Minischwein mit blauen Augen hinter langen Wimpern. Und schon klappt es mit der Beziehungsanbahnung.«

»Denkst du darüber nach, deine Katzen zu ersetzen?«, lachte Silke leise.

»Niemals!«, gab der Hauptkommissar empört zurück.

»Ein Hund ist ein vollkommen anderer Mitbewohner als eine Katze! Oder eben ein Schweinchen. Nein!«

Wiener unterdrückte ein Grinsen. Peter und seine Katzen! Ein unzertrennliches Team!

»Wir fragen mal bei Thorsten nach. Ach, Dr. März hat uns Emile Couvier angekündigt. Er wird also sicher auch ins Büro kommen. Gib ihm die Akte, die Bilder und sag ihm, wir kommen gleich zurück.«

Damit schob Nachtigall Wiener auf den Gang hinaus.

»Wir sollten uns beeilen. Ich habe ein mulmiges Gefühl«, meinte der Hauptkommissar. »Jemand, der sich so viel Mühe macht, plant vielleicht weitere Morde.«

18. KAPITEL

»Oh, wie schön, dass ihr gerade kommt!«, freute sich Dr. Pankratz, als er die beiden Ermittler über den schmalen Gang eilen sah. »Wir haben die Leichenteile schon hier. Und ich kann sagen, dass sie vom selben Täter bearbeitet wurden wie der Arm aus dem Tierpark. Sieht nicht aus, als habe der Täter anatomische Kenntnisse. Oder er hat mit Absicht so unprofessionell gearbeitet, damit wir nicht herausfinden, dass er Metzger ist.«

»Guten Morgen, die Zweite.« Nachtigall versuchte, den Blick nicht allzu lang auf dem verweilen zu lassen, was sich auf dem Edelstahltisch befand. Suchte dann die Augen des Rechtsmediziners, fixierte sie.

»Guten Morgen. Tja. Ein guter ist es nicht für uns alle, fürchte ich«, gab der schlaksige Mediziner zurück und fuhr mit der Rechten über die makellose Glatze, als wolle er eine Tolle zurückstreichen. Erwischte sich dabei und lächelte schwach. »Benutzt wurde ein haushaltsübliches Messer mit Wellenschliff. Die Klinge ist etwa 20 cm bis 24 cm lang. Das Opfer ist schon seit mindestens drei Tagen tot. Wahrscheinlich hat er den Körper in einem kühlen Raum gelagert, vielleicht einem Keller. Die Analyse der DNA aus der Wohnung zeigt eine perfekte Übereinstimmung. Die mütterliche allerdings nicht.«

»Was soll das heißen?«, fragte Nachtigall irritiert. Dabei glitt sein Blick unbeabsichtigt über den Gesichtsschädel des Opfers, die schrecklichen Verletzungen, die augenlosen Höhlen und er zuckte wie unter einem Schlag zusammen.

Dr. Pankratz tat als habe er es nicht bemerkt. »Es bedeutet, dass die Mutter nicht die Mutter ist. Nur das.«

»Dass man gelegentlich Vätern Kinder unterschiebt, die nicht von ihnen gezeugt wurden, ist ja bekannt. Und wie schiebt man einer Frau ein Kind unter?«, staunte auch Wiener.

»Entweder sie hat eines geboren und die Kinder wurden vertauscht, die Tochter ist adoptiert oder gestohlen«, fasste Dr. Pankratz die Alternativen emotionslos zusammen. »Sicher ist, dieser Körper gehört zu der Person, die in der ausgebrannten Wohnung gelebt hat.«

»Warum stellt mir der Nicht-Vater eine Probe der Mutter zur Verfügung, wenn sie überhaupt nicht die Mutter ist? Wusste er das nicht? Hat er es im Lauf der Jahre vergessen, verdrängt?«

»Alles möglich. Du wirst es herausfinden.«

Dr. März stand unerwartet hinter seinem Ermittlerteam. »Guten Tag, meine Herren.« Auch er vermied einen intensiven Blick auf den Leichnam. »Ist der Körper nun vollständig gefunden?«

»Sie wollen wissen, ob noch etwas fehlt?«

»Genau. Müssen wir damit rechnen, dass harmlose Spaziergänger weitere Teile finden?«

»Es ist alles da. Auch die inneren Organe. Der Täter hat den Torso nicht ausgeräumt, um es mal so zu formulieren.«

»Irgendwelche Befunde?«

»Woran denken Sie? Schwangerschaft? Sie war nicht schwanger. Und bisher gibt es auch keinen Anhalt für irgendeine Erkrankung. Aber ich bin ja noch dabei. Was wir entdeckt haben, ist ein Chip. Im unteren Mittelfingergelenk. Ich habe einen Freund, der sich mit solchen Dingen auskennt, der meint, in Amerika sind diese Helfer total in. Man kann sie programmieren und dann damit die Haustür öffnen, das Auto starten, die Heizung einschalten – oder eben Dateien öffnen. Er erzählte mir, die Technik sei noch nicht ganz ausgereift. Wenn ich ihn richtig verstanden habe, benötigte man zunächst für jede

Funktion einen extra Chip. Man musste sich also überall einen ›unterschieben‹ lassen, sich dann merken, wo der steckt, der die Haustür öffnet – oder eben die Datei.«

Dr. März' Miene war nicht zu entschlüsseln. Sein langes Schweigen allerdings war beredt.

»Ja, ist unpraktisch. Aber offensichtlich wurde an der Technik gefeilt. Heute kauft man den Chip fertig in einer Spritze mit passender Kanüle. Damit geht man in ein Tattoo-Studio. Dort wird das kleine Teil implantiert. Ist wirklich winzig. Es gibt ein Verschlüsselungsprogramm, das einen Code generiert und auf dem Chip speichert. Es ist nicht einmal notwendigerweise so, dass der Besitzer den Code kennt. Man könnte ihn also foltern, doch er wäre nicht in der Lage, den Code zu verraten.«

Dr. März warf dem Rechtsmediziner einen ungläubigen Blick zu. »Wie? Man kennt nicht einmal selbst das Passwort?«

»Es ist nicht unbedingt ein Wort. Das Programm generiert einen Code aus Buchstaben und Zeichen. Die müssen nicht unbedingt einen Sinn ergeben. Zusätzlich kann man das Ganze noch mit einem Passwort sichern – aber das ist gar nicht nötig. Zum Auslesen der frühen Chips reichte manchmal ein Smartphone. Man hielt es über die Stelle mit dem Implantat, und im Display erschien die Nummer. Habe ich schon ausprobiert. In diesem Fall funktioniert das nicht oder eben nicht mit meinem Handy. Man braucht wohl doch ein spezielles Lesegerät.«

»Gut. Herr Nachtigall, Emile Couvier ist in Ihrem Büro. Bericht an mich. Nicht vergessen. Die Presse läuft sich schon heiß. Die Pressestelle muss ihnen was anbieten, bevor die abenteuerlichsten Gerüchte ins Kraut schießen.« Er nickte den Männern knapp zu, machte kehrt und verließ mit raumgreifenden Schritten den Obduktionssaal. Nachtigall kam es wie eine Flucht vor. Neidisch sah er dem verschwindenden Rücken nach. Er hätte sich gern angeschlossen.

»Nehmt euch Kittel. Dann legen wir los.«

»Legen los? Und die Sache mit der Schwangerschaft? Da warst du dir schon sicher. Oder müssen wir nachher korrigieren?«, fragte Nachtigall beunruhigt.

»Nein, da bin ich sicher. Nach meinen Erfahrungen mit den Fällen, die du bearbeitest, habe ich das sofort überprüft.«

Statt einer Antwort zog der Hauptkommissar eine Grimasse.

Zwei Stunden später hatte Peter Nachtigall eine ungesunde graugrünliche Blässe angenommen.

Daran war nicht nur der Verwesungsgeruch schuld, den die Körperteile ausdünsteten. Dr. Pankratz war sehr gründlich, und so waren sie mit allen Einzelheiten des Sterbens dieser jungen Frau konfrontiert worden.

Als er mit der Säge die Schädeldecke abtrennte, fanden sie ein lädiertes Hirn.

Für Nachtigall einer der schlimmsten Anblicke bei der Autopsie. Wenn der Rechtsmediziner das Gewebe abscherte und Haare und Stirn über das Gesicht klappte, um die Schädeldecke betrachten, untersuchen und eröffnen zu können.

Der Kopf sah schmerzlich einsam aus, so ganz ohne Anbindung an den Körper. Im Sinne des Wortes: verloren. Er warf dem zweiten Rechtsmediziner einen sonderbaren, nachdenklichen Blick zu. Dem Mann schien es nichts auszumachen, dass er den Kopf halten musste, weil er nicht auf die Körpererhöhung gelegt werden konnte, die dazu diente, den Hals zu überstrecken. Für einen kurzen Moment war Nachtigall froh und dankbar, dass Thorsten nicht etwa ihn darum gebeten hatte.

»Sie hat im Laufe des Angriffs einen heftigen Schlag auf den Kopf bekommen. Hier könnt ihr das Trauma sehen. Dabei wurde die Schädeldecke gebrochen bis zum Schläfenbein. Ein Schlagwerkzeug. Stumpfe Gewalt.« Dr. Pankratz nahm den Kopf und legte ihn auf den Edelstahltisch zurück.

»Das war die Todesursache?«

»Nein. Das war auch nicht die initiale Verletzung. Zwei Stichwunden im Torso belegen einen Angriff auf den Unterbauch und einen auf den Brustbereich. Beide waren nicht tödlich. Die Brüche der Rippen, die Frakturen der Oberschenkelknochen, die kamen auch später. Ziemlich viel später.«

»Hat sie das bewusst erlebt?« Nachtigall dämpfte die Stimme, als wolle er verhindern, dass die junge Frau aufwache.

»Das kann ich nicht genau sagen. Dazu müssen wir uns das Hirn ansehen. Der Schlag gegen den Schädel kann zu einem subduralen Hämatom geführt haben, Verdrängung von Hirnsubstanz kann zum Tod führen. Möglicherweise hat sie das Bewusstsein nach dem brutalen Angriff gegen den Kopf nicht wiedererlangt. Die Fesselungsspuren lassen den Schluss zu, dass der Täter den Körper kopfüber aufgehängt hat. Die Arme wurden mit grobem Tau am Thorax festgebunden. Wozu sollte das dienen, wenn sie zu diesem Zeitpunkt nicht mehr gelebt hätte? Gehen wir also davon aus, dass dem so war – und sie möglicherweise bei Bewusstsein blieb.«

»Kannst du feststellen, ob er sie auf diese Weise aufgehängt hatte?«

»Durch das Aufhängen des Opfers an den Beinen kommt es zu einer Drucksteigerung im Kopf, hierbei können kapilläre Blutungen nicht nur im Gesicht und den Augen, sondern auch im Hirn auftreten.«

»Wie beim Bungee Jumping?«

»Genau.«

Dr. Pankratz griff in die Haare des Opfers und zog die übers Gesicht geschlagene Kopfschwarte wieder zurück.

»Leider sind ja die Augen nicht beurteilbar. Aber wir finden sicher Spuren von der Stauung im Kopfbereich. Meist führt so eine Aufhängung nicht zum Tod, es sei denn, man leidet unter einer Gefäßanomalie. Einem Aneurysma. Solch eine Gefäßaussackung kann durch die Drucksteigerung rupturieren und eine massive intrazerebrale Blutung verursachen.«

»Wie bei einem Schlaganfall?«

Nachtigall wollte sich das lieber nicht vorstellen.

»Falls sie zu diesem Zeitpunkt bereits das Bewusstsein verloren hatte, stellt sich logischerweise die Frage, warum er oder sie weitergeprügelt hat.«

Er klappte die Schwarte wieder übers Gesicht.

»Verstehe ich nicht.« Wiener betastete mit dem behandschuhten Finger vorsichtig die Bruchstelle am

Schädel, was ihm einen missbilligen Blick des Rechtsmediziners eintrug.

»Wenn ein Täter so auf sein Opfer eindrischt, hat er vielleicht Freude daran, ihm Schmerzen zuzufügen. Es gehört zu seiner Erwartungshaltung, dass es schreit, weint, wimmert. Bei Bewusstlosigkeit kann das Opfer nicht geschrien haben. Dann ist es sinnlos weiterzuprügeln. Verstehst du?«

»Ungern«, räumte der Hauptkommissar entwaffnend ehrlich ein. »Aber: Ja, ich denke, ich weiß, was du mir damit sagen möchtest. Wäre er ein Sadist, hätte ihm was Entscheidendes gefehlt. Wahrscheinlich hätte er mit dem Schlagen aufgehört. Wäre enttäuscht gewesen.« Seine Stimme klang belegt. Thorsten sah ihn kritisch an. »Nun geh schon.«

Nachtigall zwang sich, ruhig zu gehen, nicht zu rennen. Erreichte rechtzeitig die Toilette.

»Ist nichts für einen schwachen Magen«, murmelte der zweite Obduzent und wandte sich den vielen Schalen mit entnommenen Organen zu, wog sie aus und notierte die Gewichte.

»Möchten Sie mal sehen?«, fragte er dann, und Dr. Pankratz warf einen Blick durch das Mikroskop.

»Gut. Davon fertigen wir ein Bild an.«

»Ja. Kann nicht jeder ertragen, was wir hier machen.«

»Besser einer, der mitfühlen kann, als einer, der das nicht mehr tut. Dem fehlt dann nämlich auch das Gespür für den Täter, für seine Situation, für sein Denken. Wir sollten uns also freuen, dass er kotzt«, stellte Dr. Pankratz klar und diktierte selenruhig weiter seinen Bericht. »Wie erwartet fand sich eine Einblutung zwischen linkem Schläfenbein und harter Hirnhaut im Bereich der Schädelfraktur. Wegen der minimalen Ausdehnung ist diese nicht todesursächlich. Bei der mikroskopischen Untersuchung des Hirngewebes lassen sich punktförmige Einblutungen nachweisen, die ebenfalls nicht todesursächlich sind.«

»Und diese Verletzungen im Gesicht? Einige sind so tief, dass man die Zähne sehen kann.«

»Diese kraterförmigen Ausschneidungen sind prämortal erfolgt. Der Täter setzte das Messer an und schnitt schräg einen Kreis aus. Etwa so, wie man ein Auge aus der Kartoffel entfernt. Ich habe mir die Wundränder schon genau angesehen. Er verwendete das Messer mit dem Wellenschliff. Eigentlich etwas unhandlich dafür. Möglich, dass er kein anderes zur Hand hatte. Und er hat ihr diese Wunden in den letzten Stunden vor ihrem Tod beigefügt.«

»Er hat sie überwältigt, dann geschlagen, gequält, am Ende zerstückelt und auf sehr eigene Art aufgebahrt. In gewisser Weise entwürdigend. Ist doch so, oder?« Wiener hatte noch die Bilder des frühen Morgens vor Augen.

»Ja. Das ist eine mögliche Sicht auf die Dinge.«

»Welche gibt es noch?«

»Ihr solltet klären, wie es sein kann, dass Mutter und Tochter nicht miteinander verwandt sind. Der Vater gibt euch eine Probe seiner Frau, ich denke, er wusste nicht, dass sie nicht ihr Kind ist. Die Identität ist geklärt. Corinna Waller. Ihr könntet ja mal nachforschen, ob es ein besonderes Vorkommnis bei ihrer Geburt gab, das alles erklären könnte.«

»Ja«, ächzte Nachtigall, dessen Gesicht eine unnatürlich grünliche Färbung angenommen hatte. »Genau das werden wir tun. Wer weiß, ist ja möglich, dass wir ein ganz neues Motiv finden. Ich habe schon mit Silke telefoniert. Sie recherchiert.«

»Ihr solltet euch ein bisschen sputen«, mahnte Dr. Pankratz ernst.

»Warum?«, wollte Wiener wissen.

»Weil der Mörder noch nicht fertig ist.«

19. KAPITEL

»So, mein Freund«, begann Bernhard das Verhör, wie er meinte, besonders geschickt. Stellte er doch auf diese Weise sofort eine Beziehung zwischen ihnen beiden her, das schuf eine vertrauensvolle Basis. »Bei den Diebstählen wurden Dinge geklaut, die zum Teil einen hohen ideellen Wert für die Besitzer haben. Die brauchen wir auf jeden Fall zurück. Wenn du uns sagst, wo das Zeug ist, vergessen wir dich und die Polizei, die Einbrüche und alles andere. Deal?«

Doch offensichtlich verfing sein Charme bei dem Gefangenen nicht. Im Gegenteil.

»Ich bin nicht Ihr Freund! Und geklaut habe ich noch nie! Ich nehme nur, was man mir freiwillig zu geben bereit ist.« Die Stimme energisch, unbeugsam, laut. Selbstbewusst. Unerschütterlich. Dieser Mann würde freiwillig nichts von Bedeutung preisgeben, wenn sich der Verhörende nicht besonders geschickt anstellte.

»Ach – und geben es an die Armen weiter? Ein moderner Robin Hood. Wow! Ich bin tief beeindruckt.«

»Von Weitergeben war nicht die Rede!«, protestierte der Gefesselte besserwisserisch.

Bernhard kannte diese Art von seinem Vater. Geschichtslehrer. Er konnte diese Haltung schon als Kind nicht ausstehen.

»Ach ja? Dann ist ja doch noch alles in deinem Besitz, du Arsch! Sag mir, wo. Wir nehmen ein paar Dinge wieder an uns. Der Rest ist uns egal. Also noch mal: Deal?«

»Du is nicht! Höfliche Behandlung ist ja wohl das Mindeste, kann auf keinen Fall zu viel verlangt sein. Sie!«

»Okay. Sie Arsch! Klingt das nun besser?«

»Unbedingt.«

»Wo haben Sie«, nun betonte Bernhard die drei Buchstaben, als habe er eine tote Ratte im Waschbecken gefunden, die er nun entsorgen müsste, »die Dinge versteckt?«

»Ich weiß nichts von gestohlenen Dingen!«, behauptete der Gefangene dreist.

Bernhard überlegte. War der Typ nun einfach zu blöd, seine Situation zu erkennen? Hatte er wirklich nichts mit den Einbrüchen zu tun?

»Okay, hören Sie: Noch haben Sie nur mit mir Kontakt. Ich bin von ruhigem Naturell, neige nicht zu unkontrollierten Ausbrüchen. Aber natürlich werde ich demnächst abgelöst. Und dann sieht das für Sie vielleicht ganz anders aus.«

»Wollen Sie mir drohen?«, lachte der Kerl rau. »Das, was Sie hier treiben, ist Freiheitsberaubung. Eine Straftat! Egal aus welchem Grund, welcher Irrtum dem zugrunde liegen mag. Sie wandern in den Knast!« Der Gefesselte sah sehr zornig aus. »Ich habe noch nie in meinem Leben etwas gestohlen oder geraubt.« Selbstbewusst reckte der Kerl sein Kinn in die Luft.

Bernhard wurde schwankend.

Der Mann hatte natürlich vollkommen recht, und seiner persönlichen Meinung nach hätte auch sofort die Polizei involviert werden müssen. Aber die anderen wollten ja nicht auf seine Stimme der Vernunft hören! Das Ende vom Lied wird wohl sein, dass wir alle vor Gericht landen, na prima, dachte er entnervt. Und sicher würden ihn dann die anderen auch noch anmeiern, weil er den Kerl ja gefasst hatte! Tolle Aussichten! Er war demnach der Haupttäter! Verdammte Scheiße. Nur wegen des blöden Rings von Alfreds verstorbener Frau! Hätte der sich mal selbst um die Angelegenheit gekümmert, statt die ganze Siedlung mit in die Sache zu verwickeln. Die anderen hatten ja kein solch großes Geschrei um ihre Verluste gemacht.

Bernhard wusste natürlich um den Haken: Alfred

konnte nicht. Weder jemanden verhören oder überwältigen noch auf sein Gut aufpassen. Er war alt und schwach. War auf die Hilfe anderer angewiesen, zum Beispiel die von Bernhard, der so etwas durchaus mal eben erledigen konnte.

Scheiße! Ganz große Scheiße!

»Warum schleichen Sie dann hier herum, wenn Sie nichts Böses im Schilde führen, hä? Rechtschaffene Besucher kriechen nicht nachts durchs Gebüsch!« Bernhard fixierte den anderen entschlossen. Sollte der ruhig merken, dass er was auf der Kirsche hatte, ganz im Gegensatz zu den meisten, die ihm nachfolgen würden. »Und kommen Sie mir jetzt bloß nicht wieder mit blöden Ausreden!«

Der Fremde zögerte. Wand sich. Augenscheinlich war ihm die Antwort peinlich. Schließlich rang er sich zu einem: »Das kann ich nicht sagen. Es bringt jemanden in Schwierigkeiten« durch.

»Ach. Es gibt also einen Komplizen unter uns! Einen, der unsere Wochenpläne kennt, weiß, wer auf der Lauer liegt und ab wann! Jemanden, der weiß, wann andere nicht zu Hause sind und wo ohne Gefahr der Entdeckung eingebrochen werden kann! Das erklärt so manches!« Warum auch immer – Bernhard musste dabei spontan an Jochen denken. Der den Gefangenen zu ewigem Schweigen hatte bringen wollen. Damit der seinen Spitzel in der Siedlung nicht mehr verraten könnte?

»Nein, nein. Das habe ich so gar nicht gemeint!«, widersprach der Einbrecher für den Geschmack seines Aufpassers viel zu eilig und zu heftig.

»So? Ach, wie sollte ich es dann verstehen?«, fragte er mit triefender Süße in der Stimme.

Nun schwieg das Gegenüber verstockt. Presste gar die Lippen zu einem fadendünnen blassen Strich zusammen.

Die Tür wurde einen Spaltbreit geöffnet. »Ablösung!«, grölte eine Stimme, die nach Tatendurst und Lösungsdrang klang.

Bernhard erhob sich ächzend von dem unbequemen Stuhl. Der Gefangene wurde blass.

»Tja. Sie hatten Ihre Chance.« Er verließ den Einbrecher nur ungern. Wo er doch schon fast das Geständnis von ihm bekommen hatte! Nur fünf Minuten länger und er …

»Ablösung!«

»Ja! Ja. Ich komm ja schon«, murrte er und trat auf den Gang hinaus.

Der mächtige Schlag gegen den Kopf kam völlig unerwartet.

20. KAPITEL

»Wir haben nichts. Zumindest nicht viel«, eröffnete Peter Nachtigall die erste Zusammenkunft der »großen Runde«. »Und was wir haben, wirft nur neue Fragen auf.«

Emile Couvier, der stets wie aus einer Modezeitschrift entsprungen wirkte, sah in müde Gesichter. Der Fachmann für operative Fallanalyse wusste, in der ersten Phase der Ermittlung brauchte man Geduld. Schnell waren die Mitarbeiter frustriert, wenn sich keine greifbaren Ergebnisse einstellen wollten. Denn natürlich wussten alle, dass die ersten Stunden nach der Tat entscheidend für die Ermittlung des Täters waren – und hier war schon viel zu viel Zeit ungenutzt vergangen, das Opfer schon seit mindestens drei Tagen tot und bisher hatte sich niemand gemeldet, der eine Beobachtung in der Nähe des Fundorts gemacht hatte.

»Sicher ist, dass der Arm zur Mieterin der Wohnung in der Bahnhofstraße gehört«, begann der Rechtsmediziner. »Die Zahnbürste bot trotz des Feuerwehreinsatzes nach dem Brand noch genug genetisches Material. Zeitgleich haben wir eine Analyse der mütterlichen Probe durchgeführt und wissen nun immerhin, dass die beiden Frauen nicht miteinander verwandt sind. Das ist zu klären.«

»Es gibt ja manchmal Berichte über Paare, die ein genetisch fremdes Kind aufgezogen haben. In der Klinik vertauscht. Wenn du genau weißt, dass du ein Mädchen geboren hast und du beim Wechseln der Windel feststellst, man hat dir einen kleinen Jungen ans Bett gebracht, okay. Aber so einfach ist das gar nicht immer zu entdecken«, erklärte Silke. »Einen Adoptionsvorgang überprüft das Jugendamt. Auf den ersten Klick hin haben sie nichts gefunden.«

»Ist unsere Corinna Waller überhaupt Corinna Waller? Die Mieterin muss ja gar nicht unbedingt mit dem Ausweis übereinstimmen.« Wiener signalisierte, dass er in diesem Fall nichts mehr als gegeben hinnehmen würde.

»Das haben die Kollegen überprüft. Es ist Corinna Waller. Der Vermieter hat sich alles vorlegen lassen. Sehr pingeliger Mensch. Er ist sich sicher.« Silke lachte leise. »Früher musste man ja nur den Ausweis fälschen. Heute findet man dein Profil mit Bild in den sozialen Netzwerken. Da ist dann eine Menge zu faken. Ich habe sie auch auf einem Abschlussfoto ihrer Schulklasse gefunden.«

»Sie hat einen Account?«, hakte Couvier nach.

»Ja. Einen bei Facebook und einen bei Instagram. Eigentlich klar, dass man das braucht, wenn man Journalist ist. Schnell mal Fotos verschicken. Ach, bei WhatsApp ist sie natürlich auch. Ihr Handy wurde bisher nicht gefunden, oder?«

Kopfschütteln.

»Sie hatte einen Freund, mit dem sie in eine gemeinsame Zukunft starten wollte, war offensichtlich erfolgreich im Beruf, ihre Mutter ist nicht mit ihr verwandt – der Ziehvater wusste das nicht oder hat es vergessen. Eine junge Frau eben. Warum musste sie sterben?«

»Die Redaktion der Zeitung vermag auf den ersten Blick in der Artikelserie kein Mordmotiv zu entdecken. Das Opfer hatte eine grobe Planung eingereicht, der Rest sollte dann nach und nach folgen. Die Redaktion meint, die Inhalte seien vorhersehbar gewesen. Kein Gefährdungspotenzial. Aber da sie noch nicht einen Text wirklich bekommen haben, fällt es ihnen schwer, das realistisch zu beurteilen.«

»Vielleicht hat sie einer Freundin den Verlobten weggeschnappt.«

»Oder eine Kollegin bei der Artikelserie rauskatapultiert.«

Nachtigall schrieb am Flipchart mit. Wirkte unzufrieden. Gereizt.

»Es ist doch so, dass der Täter ihren Körper ein paar Tage aufbewahrt hat. Wozu?«

Emile stand auf, schlug das Blatt über den Rand und schrieb »Täter/Tat« auf eine neue Seite des Blocks.

»Sortieren erleichtert es, mit den Notizen weiterzuarbeiten«, schmunzelte er dabei.

Dann fragte er: »Wie groß war Corinna Waller, wie schwer, wie trainiert?«

»1,74 groß, 65 Kilo schwer, gut trainiert«, antwortete Dr. Pankratz prompt. »Ich denke, sie war durchaus wehrhaft. Der Täter könnte also kräftiger und entschlossener gewesen sein. Deshalb halte ich es für wahrscheinlich, dass wir es mit einem männlichen Täter zu tun haben. Er hat die Frau vom Wirtschaftsweg weggebracht und verladen. Kraft ist gefragt. Sollte ihm die fehlen, hat er sie vielleicht in einer für sie ungünstigen Situation überrascht. Sofort zugestochen. Auch hier: kraftvoll und entschlossen. Das Messer wurde bis zum Anschlag in den Körper gestoßen. Es gibt keine Abwehrverletzungen. Wäre er ihr körperlich unterlegen gewesen, musste er auf solch eine Chance warten, sie zu überraschen.«

Couvier notierte Stichworte.

»Die beiden kannten sich? Sie sah in ihm keine Gefahr und konnte deshalb derart überrumpelt werden? Ein weiterer wichtiger Punkt ist, dass er die Leiche so grob zerteilt hat. Keine Ahnung vom Handwerk ist eine Möglichkeit. Vielleicht auch Verachtung. Sie sollte nicht einmal ›gut‹ zerlegt werden«, erklärte er und notierte auch das. »Wäre es nur um Transport gegangen, hätte es diese skurrile Inszenierung nicht gegeben. Vielleicht wären die Leichenteile in die Spree geworfen worden oder er hätte sie vergraben.«

»Er hat den Arm zu Tangse und Masat hineingeschleudert. Tatsächlich ist dafür eher Geschick denn Kraft notwendig«, griff Nachtigall einen anderen Punkt auf. »Und üben konnte er das vorher schlecht.«

»Hat er sie zerstückelt, weil er die Show mit dem Arm unbedingt wollte? Mediale Aufmerksamkeit in allen Kanälen? Oder ging es ihm darum, die Todesursache zu verbergen – die Idee mit den Tigern nur ein zusätzlicher Effekt?« Couvier sah in die Runde. »Immerhin hat der Täter die Reihenfolge festgelegt, in der die Polizei Corinna entdecken sollte. Zum Triumphmarsch aus Aida. Es läuft nach seiner Regie.«

»Es könnte ja einen Grund dafür geben, dass er ausgerechnet dieses Gehege gewählt hat – und nicht das der Wildschweine. Tiger verbindet man mit Kraft,

Geschwindigkeit. Menschenfresser, fällt mir noch ein. Und die Tatsache, dass sie eben sehr erfolgreiche Jäger sind. Wenn sie eine Beute erst mal haben …«

»Welche Beute hatte Corinna Waller?«

»Wäre denkbar, dass sie bei der Recherche zu dieser Artikelserie auf ein gut gehütetes Geheimnis gestoßen ist. Oder sie hat etwas Verdächtiges beobachtet. Sie hat jemanden erpresst, und der hat nun über sie triumphiert. So abwegig klingt das in meinen Ohren gar nicht«, meinte Silke. »Wir wissen nicht viel über die junge Frau. Außer der Tatsache, dass ihr Freund sie liebt, sie den Hund wie einen Prinzen behandelt hat und erst vor Kurzem aus Magdeburg zu uns gezogen ist. Mehr nicht.«

»Sie muss keine Nette gewesen sein? Das meinst du?« Wiener schrieb mit. »Aber die WG fand sie sympathisch.«

»Die kannten die junge Frau auch noch nicht lang«, gab Nachtigall zu bedenken. »Und ältere Damen finden leicht Gefallen an jungen, freundlichen Damen.«

»Wir sollten unbedingt mit den Kollegen in Magdeburg Kontakt aufnehmen. Die könnten für uns in Erfahrung bringen, was die frühere Nachbarschaft über das Opfer dachte, ob es beliebt war, Besuche hatte. Wir brauchen unbedingt Hintergrundinformationen. Silke?«

Die Kollegin nickte.

»Laut Tatortbericht findet sich eine Blutlache in der Nähe des Zauns zum Wirtschaftsweg am Tierpark. Ich möchte, dass wir uns überlegen, was vorgefallen sein könnte. Die Tat ist für uns der Startpunkt. Von hier aus können wir auch etwas über den Täter erfahren.« Couvier brachte die Gruppe wieder auf Anfang. »Alles Weitere ist noch rein spekulativ.«

»Der Stalker ist doch angeblich immer auf dem Damm weitergelaufen, wenn sie in den Wirtschaftsweg abbog. War er nicht der Mörder? Hat er die Tat beobachtet und traut sich nicht, mit uns Kontakt aufzunehmen?«, fragte Wiener.

»Oder ist es ihm gelungen, sich unbemerkt anzuschleichen?«, hakte Nachtigall nach. »Vielleicht, als das Opfer vor dem Zaun stehen blieb. Er lief hinter ihr durch, sie war abgelenkt, er stand plötzlich unmittelbar neben ihr, stach zu.«

»Wenn sie dort am Zaun überrascht und getötet wurde, muss der Täter sie abtransportiert haben.«

»Hm. Dazu brauchte er sicher ein Auto. Er hatte schließlich mit dem Körper noch einiges vor. An einem geheimen Ort, ungestört von Nachbarn oder Spaziergängern. Das Opfer muss gellend geschrien haben, als es ihm noch möglich war.« Dr. Pankratz klang besorgt. »Wenn er nicht aus sadistischen Motiven gehandelt hat, wollte er vielleicht etwas in Erfahrung bringen. Hat das geklappt?«

»Wurde eine Tatwaffe gefunden? Hat der Täter die Waffe mitgebracht?«

»Das kann ich beantworten«, schaltete sich der Rechtsmediziner ein. »Er hat für den tiefen Stich in ihren Körper dasselbe Messer benutzt wie zur Verunstaltung des Gesichts. Er hat es mitgebracht. Es ist nicht vorstellbar, dass er es zufällig im Unterholz gefunden hat. Er hat absichtsvoll und durchdacht gehandelt, würde ich meinen.«

»Wenn die Tat geplant war, hat er dort in der Nähe auch das Fahrzeug abgestellt. Wo?«, fragte Couvier.

»Der Wirtschaftshof des Tierparks, der ist nur wenige Schritte entfernt. Allerdings stehen einige Gebäude um den Platz, das Risiko, beobachtet zu werden, ist ziemlich hoch. Er könnte seinen Wagen dennoch dort unauffällig abgestellt haben. Das Tor steht offen. Und ich bin nicht sicher, ob jemand registriert hätte, dass dort ein Fremder parkt. Schließlich nutzen auch Zulieferer den Parkplatz.«

»Fragen lohnt sich dennoch. Dort liegen ein Verwaltungsgebäude und der hintere Zugang zur Gaststätte. Wir fragen nach«, entschied Nachtigall. »Wir brauchen jemanden, der von dem Stalker weiß, vielleicht hat sie es ja einer Freundin erzählt. Silke, bitte frage nach einer Teilnehmerliste dieses Selbstverteidigungskurses. Möglich, dass sie sich dort mit einer der anderen Kämpferinnen unterhalten hat.«

»Die Finanzen checke ich gerade. Bisher ist mir nichts aufgefallen«, meinte Silke. »Um die Kollegen und die Selbstverteidiger kümmere ich mich.«

»Wichtig ist, ob die Strecke am Tierpark entlang ihre normale Laufroute war. Wenn ja, wer wusste davon? Täter und Opfer kannten sich gut? Deshalb ist sie nicht davongelaufen, als der andere sich näherte? Er musste nah ran, um sie niederzustechen«, gab Dr. Pankratz zu bedenken. »Oder schien er ihr körperlich so unterlegen, dass sie in ihm deshalb keine Bedrohung sah? Wenn das stimmt, wie hat er sie dann weggebracht? Und wird er auch andere ›befragen‹?«

21. KAPITEL

Die WG der alten Damen saß im Wohnzimmer beisammen. Man prostete sich mit einem Glas Sekt zu, feierte, dem Tod auch dieses Mal von der Schippe gesprungen zu sein. Immerhin hätte ja auch ihre Wohnung Feuer fangen, sie selbst alle an einer Rauchvergiftung sterben können. Aber so: nichts, was nicht durch hartnäckiges Lüften und Waschen wieder zu entfernen gewesen wäre.

»Auf uns! Und darauf, dass auch sonst nichts passiert ist!«, formulierte Christa einen Toast und hob ihr Glas. »Es ist allemal ein besonders guter Morgen!«

»Ja, noch mal gut gegangen«, freute sich Luise. »Sogar im Radio haben sie darüber berichtet. Mein Enkel war ganz aus dem Häuschen vor Sorge. Er hat sofort auf meinem Handy angerufen – aber ich konnte ihm nur sagen, dass alles gut ist. Mehr nicht. Die Feuerwehrleute standen ja um mich herum. Da konnte ich ja nicht gut ins Detail gehen, nicht wahr, Mädels?«, kicherte sie und zwinkerte fröhlich in die Runde. »Bei uns scheint am Ende alles gut auszugehen. So gut wie immer! Manche haben ja allgemein nicht so viel Glück bei ihren Belangen. In der Lausitzer Rundschau stand neulich ein Artikel über einen Kunsthistoriker, dessen erfolgreiche Cannabiszucht aufgeflogen ist. Denkt mal: 19.000 Pflanzen! Der hat gezüchtet, um zu verkaufen. Andere verführen – das ist unmoralisch!« Luises Miene verfinsterte sich für einen Moment, dann kehrte die gute Laune

Ließ keine Regung erkennen – nur eine spontane Erweiterung der Pupillen bewies eine emotionale Beteiligung.

»Aha.« Sie wandte sich um. Die ungebetenen Besucher werteten das als Aufforderung, ihr zu folgen.

»Setzen Sie sich. Ich hoffe, es stört sie nicht, dass Sie in der Küche mit mir reden müssen – aber ich bin im Außenhandel tätig, hatte bis spät am Abend einen schwierigen Kunden, bin deshalb gerade erst von der ›Nachtschicht‹ nach Hause gekommen und habe noch nichts gegessen. Wenigstens eine Kleinigkeit muss ich mir machen, sonst kann ich nicht schlafen. Mein Magen mag beschäftigt werden.«

Ein wenig irritiert nahmen die beiden Ermittler Platz, beobachteten, wie die Hausfrau vier Eier verquirlte, Speck in Würfel schnitt und Öl in eine Pfanne gab. Dann säbelte sie ungeschickt dicke Scheiben von einem Laib Brot und bestrich sie großzügig mit Butter.

»Sie haben ihren Arm gefunden, nicht wahr?«

»Ja. Im Tigergehege des Tierparks. Corinnas Leichnam lag an der Spree«, antwortete Nachtigall unbehaglich.

»Was wollte sie dort? Zoos waren nicht ihr Ding. Tiere hinter Gittern, die man anglotzen durfte. In ihren Augen unfair. Die armen Tiere hätten schließlich niemandem etwas getan. Und an der Spree war sie nur zum Joggen. Sie hat sich immer über den Gestank beschwert. Modrig.«

»Wir wissen noch nicht genau, was passiert ist.«

»Wo ist sie getötet worden?« Die Speckwürfel fanden ihren Weg in die Pfanne, es zischte, und ein würziger Duft zog durch die Küche.

Nachtigall empfand die ganze Situation als unwirklich, wie aus einem anderen Universum. Schlimmer noch. Es kam ihm vor wie ein entsetzlicher Traum, aus dem man nicht erwachen konnte.

»Wir stehen noch am Beginn der Ermittlungen«, gab Wiener zurück und warf seinem Freund einen besorgten Blick zu.

»Dann ist nicht klar, wo sie getötet wurde?«

»Wir versuchen herauszufinden, wen sie in den letzten Tagen getroffen hat«, erklärte Wiener tapfer, ohne auf die Frage der Mutter einzugehen.

»Mich nicht!«

»Sie hatten keinen Kontakt zu Corinna?«

»So kann man das auch nicht sagen. Nein.« Der Wender fuhr durch den Speck, das Ei wurde darüber gegossen. »Gelegentlich telefonierten wir mal. Aber nicht häufig oder gar regelmäßig. Ich kenne Mütter, die sprechen täglich mit ihren Kindern, einmal in der Woche, einmal im Monat. So war es bei uns nicht.«

»Gab es Streit?«

»Nicht direkt. Die Pubertät kam. Ich bin nachtragend, behauptet mein Ex. Aber von dieser Phase hat sich meine Beziehung zu Corinna nie wieder erholt.« Sie seufzte. »Falsche Freunde, krude Ansichten, provozierendes Verhalten. Das volle Programm. Na ja. Ich habe dann einen Schlussstrich unter unsere Verbindung gezogen. Reiner Selbstschutz.« Sie hob die Eier auf den Teller mit den Brotscheiben und setzte sich ebenfalls an den Küchentisch. »Entschuldigung, aber ich muss jetzt essen!« Sprach's und begann damit, die Eier in sich hineinzuschaufeln, biss gierig vom Brot ab.

Nachtigall und Wiener versuchten, die Mutter des Opfers nicht anzustarren.

»Mag sein, dass Ihnen mein Appetit seltsam vorkommt. Kann ich verstehen«, nuschelte sie mit vollem Mund. »Aber wenn ich viele Termine habe, bleiben die Pausen schon mal auf der Strecke. Und ich hatte eine ewig lange Autofahrt zu absolvieren. Nicht alle Kunden wohnen und arbeiten in der Nähe.« Sie zuckte mit den Schultern. »Und Corinna stört es jetzt eh nicht mehr. Sie ernährte sich gern vegan. Diese Mahlzeit: wieder ein Streitpunkt.«

In Nachtigalls Magen entstand eine kleine, steinharte schmerzende Faust. Wie konnte diese Mutter nur so verfressen und kaltschnäuzig sein, wo doch die Nachricht vom Tod ihres Kindes noch so frisch war?

Sicher, nicht alle Hinterbliebenen trauerten auf die gleiche Weise. Vielleicht würde der Schmerz über den Verlust des einzigen Kindes erst später einsetzen.

»Corinna hat mit Ihnen über aktuelle Projekte gesprochen, an denen sie arbeitet?«, erkundigte er sich, ohne jede Hoffnung, dass es so gewesen könnte.

»Sie meinen diese Artikelserie über starke Frauen?«

»Zum Beispiel.« Er war erstaunt. »Was hielten Sie von der Idee?«

»Ich warnte sie. Ist ein schlüpfriger Grund, das mit den starken Frauen. Da ist sorgfältige Recherche notwendig. Nicht, dass am Ende Zitate auftauchen, die ein völlig anderes Licht auf die Beschriebene werfen. ›Starke Frauen‹ ist nicht definiert, liegt im Auge des Betrachters. Unwegsames Gelände. Enorme Sturzgefahr.«

Sie schob das letzte Stück Brot über den Teller, nahm alles Fett damit auf, stopfte es in den Mund.

»Corinna sah das anders?«

Die Mutter schluckte schnell.

»Ja. Die Tretminen wollte sie nicht sehen. Ist wohl typisch für krankhaften Ehrgeiz.«

»War sie das? Krankhaft ehrgeizig?«

»Klar. Journalismus ist ein hartes Brot, ein knallhartes Geschäft. Man muss sich mit jedem Artikel Anerkennung verdienen. Andere von der Stange picken. Egoismus und Narzissmus.«

»Andere von der Stange picken konnte Ihre Tochter gut?«, hakte Wiener nach.

»Aber ja. Keine Frage. Leichen pflasterten ihren Weg, bildlich gesprochen natürlich. Sie war rücksichtslos, nachtragend, ohne jedes Mitgefühl.«

»Kennen Sie ihren Verlobten? Florian?«

»Nur aus Nebensätzen. Sie sprach nicht gern über Privates. Als schwebe sie permanent in der Gefahr, dass all diese Informationen gegen sie verwendet werden könnten. In diesem Punkt war sie sehr eigen, geradezu paranoid.«

»Dann hatte sie keinen Facebook- oder Twitter-Account?« Ein Versuchsballon von Wiener, um die tiefe der Beziehung zwischen den Frauen zu überprüfen. Silke hatte die Profile der Journalistin längst in allen sozialen Netzwerken gefunden.

»Woher soll ich das wissen?« Frau Schulz stand abrupt auf und stellte den Teller in die Spüle. Trank ein Glas Leitungswasser. »Wahrscheinlich nicht. Wegen der Geheimnisse, die dann gleich alle Welt kennt. Wenn überhaupt, dann hatte sie sicher nur eine Werbeseite dort.«

»Die Nachbarn sprechen freundlich über Corinna«, erklärte Nachtigall leise.

»Mag sein. Die kennen die junge Dame ja auch erst seit ein paar Wochen. Glauben Sie mir, das hätte sich sehr schnell verloren.«

Sie schwiegen sich einen Moment an.

»Da gibt es noch etwas anderes zu klären«, begann Nachtigall und dehnte die Pause bis zum zweiten Teil des Satzes. Beobachtete das Gesicht der Mutter. Es blieb regungslos. »Wir konnten den Arm durch einen DNA-Abgleich mit einer Probe aus der Wohnung Ihrer Tochter zuordnen.« Wieder eine Pause. »Allerdings konnten wir Ihre Tochter Ihnen nicht zuordnen.«

23. KAPITEL

Bernhard erwachte in den Armen seiner Kathi. Blinzelte verstört. Versuchte mit wachsender Verzweiflung herauszufinden, wo er war. Das Fixieren wollte nicht klappen, alles blieb verwaschen, unscharf. Lag er wirklich auf dem Kellergang des unbewohnten Hauses? Es roch vertraut. Ja, entschied er, eine von den Türen, die sich die Wand entlang zogen, führte zu dem Gefangenen! Als er sprechen wollte, klang es eher wie ein Röcheln.

Kathi drückte ihm einen Kuss auf die Stirn. »Mein Gott, da bist du ja wieder. Bin ich vielleicht erschrocken.«

»Wieso bist du überhaupt hier?«

»Ach, na ja. Ich wollte mich entschuldigen. Ist doch blöd, wenn wir uns derart streiten. Du bist ja nun der Held der Gemeinschaft.«

Held? Hart durchzuckte das Wort Bernhards Körper, Held. Na klar!

»Wo ist der Typ? Etwa abgehauen?«

Kathis Augen wanderten den Gang entlang. »Nein. Er wollte schon gerne, aber da war der Jochen vor.«

»Jochen!«, Bernhard versuchte sich aufzurappeln.

»Ja. Der passt jetzt bis zur nächsten Ablösung auf den Kerl auf.«

»Quatsch! Aufpassen. Umbringen will er ihn! Das hat er mir gesagt. Guck mal lieber schnell nach, ob bei den beiden alles in Ordnung ist.« Bernhard bemühte sich noch immer hartnäckig, seine Beine zur Mitarbeit zu bewegen. Doch die weigerten sich, das Gewicht des Mannes nach oben zu stemmen.

»Wenn das jetzt so wichtig für dich ist«, maulte Kathi, wand sich unter ihrem Mann hervor, kam mit Mühe auf die Beine und ging ganz langsam los, weil sie ihre Füße nur kribbelnd spürte.

Von Bernhards Platz kamen Geräusche, die sie an einen Dampfdrucktopf erinnerten, der kurz vor der

Explosion stand, unterlegt mit Röcheln, Stöhnen und Ächzen.

Sie beeilte sich.

Wollte weg von ihm und wusste doch, dass sie besser bei ihm bleiben sollte. Einen Arzt konnten sie in dieser Situation nicht gut anrufen, – dem käme das alles sicher sehr verdächtig vor, und polizeiliche Aufmerksamkeit könnten sie nun wirklich nicht gebrauchen – hatte Jochen argumentiert. Was aber, wenn er schwerer verletzt war, als Jochen dachte? Der hatte schließlich keine Ahnung von Medizin. Wenn Bernhard nun stirbt?, drängte sich ein alarmierender Gedanke in den Vordergrund. Davon hatte sie schon gehört. Stunden nach einem Schlag wurde das Hirn von Blut überschwemmt, und der Patient war nicht mehr zu retten! Mit zitternden Fingern klopfte sie an die Tür.

»Ja!«

»Ist bei euch alles in Ordnung?«, erkundigte sie sich, hörte selbst, wie verzagt das klang.

»Aber sicher!«, tönte Jochens Stimme großspurig.

»Auch mit dem Gefangenen?« Sicherheitshalber genau nachfragen.

»Aber sicher!«

»Bernhard ist besorgt.«

»Braucht er nicht zu sein. Hier ist alles ruhig«, betonte die Stimme hinter der Tür. »Ehrlich. Kein Grund mehr zur Besorgnis.«

Schnell zurück zu Bernhard.

Kathi war fast außer Puste, als sie ihn erreichte. Neben ihm auf den kalten Boden plumpste.

»Und?«

»Alles in Ordnung bei den beiden.«

»Hast du reingesehen? Hat er den Mann etwa gequält?«

»Aber nein. Ich habe beide gesehen. Alles gut«, log Kathi entschlossen.

24. KAPITEL

Florian legte das Buch zur Seite. War ein bisschen ratlos. Er hatte gar nicht gewusst, wie viele Frauen davon betroffen waren. Stalking. War ja fast wie eine Seuche! Von der Polizei wurde es noch immer unterbewertet, prangerte das Fachbuch an. Man hielt Stalker allgemein für eher harmlose Spinner. Mehr als zehn Prozent der Frauen wurden mindestens einmal im Leben Opfer eines Stalkers. Gründe gab es viele. Liebeswahn war nur einer davon. Und wenn man der Literatur glauben konnte, nicht der für die gestalkte Person gefährlichste. Und es gab auch gleichgeschlechtliche Stalker, das hatte er gar nicht geahnt. Allerdings, bei nüchterner

Betrachtung erschien es nur logisch. Gleichgeschlechtliche Liebe – warum dann nicht auch …?

Männer und Frauen waren Opfer, aber auch Täter. Nur die Verteilung war wie befürchtet. Mehr Frauen Opfer, mehr Männer Täter. Nicht überraschend. Meist der Ex-Freund, der Ex-Mann. Und die Folgen für die Opfer waren dramatisch. Sicher, dass eine solche Situation mit einem Mord am Opfer endete, kam selten vor. Aber kam eben vor! Gewalt ohnehin. Die körperlichen und psychischen Folgen konnten extrem sein.

Florian fragte sich, warum dieses doch brennende Thema nicht viel deutlicher thematisiert wurde – man sprach kaum darüber, fast, als handle es sich um ein gesellschaftliches Tabu. Nur gelegentlich, wenn das Opfer eine Berühmtheit war, erschienen Artikel dazu in der Regenbogenpresse.

»Seltsam, was?«, fragte er Hans-Jürgen, der sich neben ihm eingerollt hatte.

Der Hund sah ihn unergründlich an. Vielleicht wollte der Blick andeuten, dass Hunde so ein Verhalten niemals … aber Florian war sich nicht sicher. Vielleicht war der Terrier nur überrascht zu erfahren, dass Menschen anderen so etwas antaten.

Corinna war auch nicht gefeit vor Stalking gewesen. Dabei konnte man nur schwer übersehen, dass sie eine entschlossene Person war, die einzuschüchtern eine schwierige Aufgabe sein würde. Warum also sie? Nun schon zum zweiten Mal? Welche Art Männer suchten sich ausgerechnet so eine Frau aus? Machtgierige? Solche, die sich beweisen wollten, dass sie jede knacken konnten?

Er schauderte, griff nach seiner Fleecejacke, schlüpfte hinein.

Es klopfte.

Florian brauchte einen Augenblick, um in die Realität des Hotelzimmers zurückzufinden. Dann faltete er sich aus dem Sessel und öffnete.

Silke Dreier.

»Es tut mir leid, es wird wohl kein guter Tag für Sie. Wir sind nun sicher, dass es sich bei dem Mordopfer um Ihre Verlobte handelt.«

Der junge Mann taumelte in den Raum zurück, fiel in den Sessel. Hans-Jürgen schaffte es gerade rechtzeitig, die Flucht anzutreten.

»Es ist eine schreckliche Nachricht. Doch ich dachte, Sie wollten es sicher nicht erst aus der Presse erfahren.«

»Nein. Danke!« Er legte sein Gesicht in die Handflächen. Schwieg.

»Wer es war, wissen Sie noch nicht?«, fragte er leise, als er sich etwas gefangen hatte. »Haben Sie denn mehr als den Arm?«

»Wir haben Corinna Waller gefunden. Und ermitteln in alle Richtungen. Einen konkret Verdächtigen gibt es noch nicht.«

»Abgesehen von mir, nicht wahr? Der Verlobte ist immer verdächtig. Das ist klar. Motive lassen sich doch hier allemal finden: von Eifersucht über Freiheitsdrang bis zu Befreiungsschlag – alles denkbar.«

»Wie gesagt, wir ermitteln in alle Richtungen.« Silke musterte den jungen Mann nachdenklich. »Können Sie mir noch ein bisschen mehr erzählen? Zum Beispiel über den Stalker, der sie schon vor längerer Zeit belästigt hatte.«

»Darüber hat sie nicht gern gesprochen, für sie war es ein Spinner. Lästig, nervig. Corinna war nicht leicht aus der Fassung zu bringen. Sie ist ihn am Ende losgeworden.«

»Und sie hat nie herausgefunden, warum er ihre Nähe suchte?«

»Nicht wirklich. Sie meinte, er sei eben verliebt gewesen. Pubertät. Aber in meinen Ohren klang das nicht überzeugend. Kennen Sie das, wenn Sie den Eindruck haben, jemand lügt sich in die eigene Tasche, weil er Angst hat vor dem, was er sonst finden könnte?«

Silke nickte.

»So. Mir schien, sie wählte die von allen am ehesten zu akzeptierende Erklärung, um nicht weiter nachdenken zu müssen.«

»Warum erzählte sie es Ihnen überhaupt? Warum behielt sie es dann nicht für sich, wenn es ihr eigentlich unangenehm war, die Wahrheit auch nur zu streifen?«

»Vielleicht hätte sie es auch verschwiegen. Die eine Interviewpartnerin für diese Artikel, die kannte sie von früher. Sie trafen sich im Café, ich saß am Nebentisch, um nicht zu stören. Und diese Frau fragte so was wie ›Na, wie bist du denn damals mit deinem Stalker fertig geworden?‹ Da wurde ich hellhörig und fragte später nach.«

»Aber diesmal erzählte sie es Ihnen aus eigenem Antrieb, ja? Ich habe da wieder einen an den Fersen kleben?«

Florian überlegte ziemlich lang. Dann: »Nein. Im Grunde nicht. Sie lachte über einen Mann, der versuchte, ihr beim Laufen zu folgen, mitzuhalten. Es aber nicht schaffte. Er lauerte wohl so ziemlich jeden Abend in der Nähe ihrer Strecke und war plötzlich hinter ihr. Sie schüttete sich aus vor Lachen, weil er so schwer atmete wie eine Dampflok. Sie hörte ihn, bis sie zum Tierpark abbog. Ich weiß, dass sie gern gegenüber dem Gehege von Kara anhielt. Die Faszination für diese Raubkatze hatte auch schon etwas von krankhafter Heldenverehrung.«

»Sie ging davon aus, dass der Verfolger auf dem Damm weiterlief, weil sie sein Schnaufen nicht mehr hörte, ja?«

»So habe ich das verstanden, ja.«

»Hm. Das finde ich irgendwie sonderbar. Warum blieb er nicht dran?«

Florian zuckte mit den Schultern.

»Vorne, am Ende des Wirtschaftswegs, muss Corinna auf den Fußweg neben der Straße abgebogen sein – oder ist in den Park gelaufen. Er wollte nicht riskieren, von jemandem gesehen zu werden. Möglich, dass es gar kein Stalker war – sondern von Anfang an ein Mörder, der nur auf seine Chance wartete.«

Als Florian mit Hans-Jürgen vom Badesee in Madlow aus zu einer ausgiebigen Bewegungsrunde aufbrach, kreiste sein Denken um Corinna und den Fremden. Der Hund spürte mit der Sensibilität des Freundes, dass sein Begleiter Trost brauchte. Immer wieder kehrte er zu ihm zurück, stupste gegen sein Bein, presste den kleinen Körper gegen die Wade.

»Ich weiß, du meinst es gut mit mir.« Florian beugte sich hinunter und strich Hans-Jürgen über das kurze, glatte Fell. Der Kleine nutzte die Gelegenheit und fuhr dem Traurigen mit der warmen, rauen Zunge ausgiebig über die kraulenden Hände. Er sollte merken, dass er nicht allein in der Welt stand, hier jemand war, der sich bereitwillig um ihn kümmerte. Jederzeit.

»Weißt du, ich kann einfach nicht glauben, dass sie tot sein soll. Es ist doch völlig daneben, einen solchen Sonnenschein umbringen zu wollen. So ein liebenswertes Wesen, voller Humor und bis zum Scheitel gut gelaunt.«

Er lief an der Wehranlage hinunter zum Anlegesteg am Ufer der Spree, kniete sich auf das warme Holz, schaufelte sich das kalte Wasser ins Gesicht. Hans-Jürgen setzte sich, legte den Kopf schief und beobachtete das seltsame Treiben.

»Geht gleich weiter. Ich bin ein bisschen angeschlagen, aber das wird wieder. Angeblich hilft die Zeit bei der Heilung. Mal sehen, ob sie es vor meinem Tod noch hinkriegt«, keuchte er etwas atemlos. »Ich weiß, zum Laufen hat sie dich nicht gern mitgenommen, aber den Weg kennst du, oder?«, fragte er den Hund und strich über dessen Flanken. Der bebte bei jeder Berührung mit der kalten Hand, wich aber nicht aus. »Wir gehen jetzt an der Kreuzung nach links, das müsste der richtige Weg sein. Meinst du, der Kerl hat hier irgendwo auf sie gewartet? Verstecke gibt es ja ohne Ende. So viel Buschwerk, und im Dunkeln, da fällst du niemandem auf, wenn du nicht gerade blinkende Sportklamotten trägst.« Er verzog grimmig das Gesicht. »Und das würdest du ja wohl nicht, wenn du jemandem auflauern möchtest, sogar seinen Tod planst. Also, gehen wir weiter.«

Hans-Jürgen tänzelte neben ihm her, lief voraus, kehrte zurück, tobte ein Stück in die Wiese, schnupperte aufgeregt. Bewältigte insgesamt das etwa vierfache Laufpensum. Sporthund, dachte Florian anerkennend.

Wenige Hundert Meter von der Wegbiegung entfernt parkte ein Streifenwagen schräg in der Böschung. Absperrband hinter einem Brettersteg über das kleine Nebengewässer. Zwei Beamte in Uniform.

Florian schluckte hart. War dies hier der Fundort?

Er holte die Leine etwas ein, damit Hans-Jürgen nicht zu weit ins Gelände laufen konnte.

»Guten Abend«, grüßte er artig.

»Guten Abend. Bitte lassen Sie Ihren Hund nicht von der Leine. Hier darf nicht gestöbert werden.«

»Ach, das ist aber neu. Warum denn nicht?«

»Leichenfund.« Der Beamte machte dabei ein Verschwörergesicht. »Behalten Sie es für sich. Massenaufläufe Schaulustiger können wir hier nicht brauchen. Ist kein schöner Fundort. Obwohl er ja schon fast völlig beräumt ist, alle Leichenteile abtransportiert sind.«

Florian nickte dem Mann zu, zwang seine Beine, den Weg fortzusetzen.

Leichenteile abtransportiert, dimmte es in seinem Kopf nach. Der Mörder hatte also nicht nur den Arm abgetrennt sondern den ganzen Körper zerlegt. Er erbrach sich hinter einen Busch. Hans-Jürgen wartete in angemessener Distanz, sah diskret zu Boden, drängte sich nicht auf. Was vielleicht nur an dem unangenehmen Geruch lag.

Florian spülte sich den Mund mit Spreewasser, hoffte, dass er nicht daran sterben würde, rang die Schwäche in seinem Körper nieder und ging langsam weiter.

An der zweiten Abzweigung bog er in Richtung Tierpark ab. Bis hierher war der Keucher ihr gefolgt, dann hatte er regelmäßig aufgegeben. Florian sah sich um. Ganz so viel schützendes Gestrüpp gab es hier nicht mehr. Der Kerl war besonders geschickt?

Linker Hand lag der Parkplatz für die Mitarbeiter des Tierparks. Daran schloss sich ein hoher Zaun mit nach außen krängendem Rand an. Wohl gegen Füchse und Marder, überlegte Florian. Eingelassene Tore für Transportfahrzeuge des Zoos. Der junge Mann strengte sich an, konnte die Tigerin aber nicht sehen, ihr neues Gehege nur erahnen. Schon auf dem Weg zum großen Doppeltor hatte man einen guten Blick auf das Gehege, welches die beiden Sumatratiger nun bewohnten. Zu sehen waren auch sie nicht. Aber er wusste, dass dort das Gelände lag, in dem Corinnas Arm gefunden wurde. Man konnte bei schönem Wetter von hier aus die Tigerkater beim Streifen über ihr Gelände beobachten oder ihnen beim Sonnenbaden zusehen. Aug in Aug mit ihnen. Corinna hatte das immer sehr genossen, war von den beiden fast so begeistert gewesen wie von Kara.

Ein dunkler Fleck auf dem Asphalt, drumherum eine Farbmarkierung. Von der Spurensicherung? War das Blut? Corinnas Blut?

Doch Hans-Jürgen wirkte nicht interessiert. Er hielt die Nase an einer anderen Stelle direkt über den Boden und schnupperte aufgeregt. Wahrscheinlich wurden für ihn alle anderen Düfte vom durchdringenden Geruch nach Raubkatze überdeckt.

So waren die beiden vollauf beschäftigt, und es entging ihrer Aufmerksamkeit, dass sie bei ihrem für einen

Außenstehenden bizarren Treiben von jemandem beobachtet wurden.

Der Jemand wartete schon eine ziemliche Weile im Unterholz. Geduldig harrte er aus, wusste, dass die beiden kommen würden.

Mit ein bisschen Glück bekäme er es diesmal. Wo sollte es sonst sein? Bei ihr nicht, also blieb er. Logische Schlussfolgerung.

Seine Anspannung stieg, als er die beiden am Zaun entlangkommen sah. Jetzt war es endlich so weit, seine Stunde gekommen. Er beugte sich leicht vor, um besser sehen zu können. Was trieben die denn da? Der Typ benahm sich ja ähnlich wie seine verstorbene Verlobte. Er schmunzelte bei dem Gedanken an den Schmerz, den dieser Mann empfinden musste, wenn er den Weg abging, die Steine unter seinen Schuhen spürte, die sie gespürt hatte, das sah, was auch sie zuletzt gesehen hatte. Oder auch nicht. Die Tiger. Von hier aus konnte man sie meist nicht sehen. Spät abends schon deshalb nicht, weil sie für die Nacht im Raubtierhaus waren. Und doch: immer das gleiche Ritual. Stehen, gucken, spüren. Kein visuelles, nur ein spirituelles Erlebnis.

Die Vorfreude auf das, was nun unweigerlich folgen würde, pumpte Adrenalin durch seinen Körper, die Hände wurden feucht. Er zog unendlich langsam die Handschuhe über die Finger. Der Knüppel sollte ihm nicht entgleiten. Es gäbe für den anderen weder eine Chance auf Flucht noch zur Gegenwehr. Sein Puls kam in Fahrt, die Atmung beschleunigte sich. Hund und Mann ließ er nicht einen Moment aus den Augen.

Ja, dachte er böse, sieh es dir an, guck ganz genau hin. Es ist ihr Blut! Du hast die Stelle gefunden, bravo, höhnte er in Gedanken. Gleich wird dein Blut sich mit ihrem mischen. Nicht ganz so, wie ihr das wohl langfristig geplant hattet – aber immerhin. An dieser Stelle vereint, auf dem Asphalt. Romantisch.

Florian beobachtete amüsiert, wie der Terrier nach dem Abenteuer witterte, das hier irgendwo sein müsste. Den Kopf gesenkt, nur noch Nase und Augen für das tolle Erlebnis.

Hinter ihnen knackte ein Ast.

Der junge Mann warf reflektorisch einen Blick über die Schulter in die einsetzende Dunkelheit.

Ein Reh? Oder gar ein Hirsch? Unscharf erinnerte er sich an Geschichten über Wildschweinrotten, die in diesen Wäldern wohnten und durchaus einem späten Spaziergänger gefährlich werden konnten. Würde er etwa die Nacht auf einem der Bäume verbringen müssen, Hans-Jürgen unter den Arm geklemmt, belagert von einer zornigen Wildschweinfamilie oder einem aggressiven Keiler?

Er bückte sich, strich mit den Fingern über den Fleck auf der Straße, als wolle er Abschied nehmen, ließ seinen Tränen freien Lauf.

Jemand tauchte urplötzlich neben ihm auf.

Florian schoss hoch.

»Ah wie gut, dass wir uns ausgerechnet hier treffen!«

Die Stimme klang jugendlich, der Schemen, den er kaum erkannte, wirkte dagegen ältlich, sonderbar verwachsen. Verfallen!

»Warum? Kennen wir uns?«

»Nein. Und das sollte auch besser so bleiben. Ihre Freundin hat nicht begriffen, welchen gravierenden Fehler sie beging, war nicht bereit, ihn auszumerzen. Vielleicht sind Sie klüger. Also: Wo ist es?«

Der schwere Knüppel traf Florians Arm. Es knackte. Er konnte die Leine nicht mehr halten, und sie klapperte zu Boden. Ein heißer Schmerz brandete durch den Arm in die Brust, die Finger waren kraftlos. Doch ihm blieb keine Zeit, sich darüber Gedanken zu machen, denn schon sauste das grobe Stück Holz gegen seinen Oberkörper, traf ihn beim dritten Mal am Kopf. »Wo ist es?«

»Was?«, nuschelte der junge Mann, versuchte, auf allen vieren zum Wald zu entkommen.

»Du weißt das ganz genau! Verkauf mich nicht für blöd! Wo ist es?«

»Ich weiß nicht.«

Der Prügel traf das linke Bein. Blut lief Florian übers Gesicht, tropfte aus dem Mund. Das Atmen fiel schwer. Er hatte jede Orientierung verloren. Wie durch Watte hörte er das Knurren Hans-Jürgens, der offensichtlich zu Hilfe kam und sich mit dem Fremden anlegte. Warum kam ausgerechnet jetzt hier nicht ein einziges Auto vorbei?

Wieder traf ihn ein Schlag am Kopf. »Wo ist es? Ihr kommt her und wollt meine Welt zerstören. Das lasse ich nicht zu. Wo ist es?« Erneut donnerte der Knüppel auf ihn nieder.

Erstaunlich, dass ich noch immer lebe, schoss ihm durch den schmerzenden Kopf. Das wird sich gleich ändern, wusste er zuversichtlich. Dies war Corinnas

Mörder, und der würde nun auch ihn auslöschen. Wehrlos und schutzlos wartete er auf den finalen Schlag.

Das letzte Fühlen waren Schmerz und Kälte.

25. KAPITEL

Lotte war auf dem Heimweg.

Der musikalische Abend im Konservatorium am Puschkinpark hallte wohlig in ihr nach, die Gespräche mit Freunden, die man viel zu selten traf, der Sekt, dem sie viel zu eifrig zugesprochen hatte – ein wunderbarer Abend, ein behaglicher Ausklang.

Doch nun war es auch genug mit der Belustigung. Das Bett lockte mit gemütlicher Bequemlichkeit.

Eilig, wenngleich ein wenig schwankend, strebte die Dame dem Park zu. In Gedanken ganz verzückt, im Kopf noch die letzten Klänge.

Sie brauchte über den Heimweg nicht nachzudenken, den fanden ihre Beine von ganz allein. Und weit war es ja nun wirklich nicht.

Ein ungewöhnliches Bild streifte ihr alkoholgeschwängertes Unterbewusstsein und stoppte sie abrupt in der Vorwärtsbewegung.

Lichter. Körperlos. Sie schwebten in unterschiedlicher Höhe über dem Rasen!

Lotte spürte ihr Herz bis in den Hals. Rumpeln. Pochen. Hämmern. Es arbeitete so heftig, dass sie das Gefühl hatte, vom eigenen Puls kräftig durchgeschüttelt zu werden.

»Es ist also doch wahr«, flüsterte sie tonlos. »Sie kommen, wenn es dunkel ist, und suchen nach Opfern. Genau wie in der Reportage neulich. Es stimmt! Sie machen Jagd auf Menschen für ihre Analysen – oder brauchen Organe der Erdlinge, um unter uns leben zu können. Ihre eigenen funktionieren hier nicht.«

Hektisch sah sie sich um, ein Versteck gab es allerdings nicht.

Eines der Lichter hielt nun direkt auf sie zu! In erreichbarer Nähe.

Das Stampfen der Beine. Der seltsam rasselnde Atem. Keuchend. Qualvoll.

Wahrscheinlich kamen die Eindringlinge mit der irdischen Luftzusammensetzung nicht klar. Logisch, dachte sie, die wollen meine Lungen! Sie riss sich von dem gespenstischen Anblick los. Rannte. Um ihr Leben. Dann kam der höllische Schmerz.

Verloren!

»Hilfe!«, flüsterte die Stimme heiser. »Hilfe!« Luise starrte verblüfft auf das Display. Schüttelte genervt den Kopf.

»Lotte, was ist passiert?«

»Hilfe! Ich bin auf dem Heimweg von Außerirdischen angegriffen worden. Im Park. Ich werde sterben.«

»Wo sind die jetzt? Deine Angreifer?«, fragte Luise sachlich. »Noch in der Nähe?«

»Ich denke nicht. Es ist jetzt ruhig hier. Aber sie haben mich schwer verletzt.«

»Kannst du dich zum Klosterplatz schleppen? Ich komme dich mit dem Auto abholen. Fünf Minuten!«

Die Freundin ächzte nur.

Luise sauste los.

Sie entdeckte Lotte sofort. Sie lehnte an der Wand der Jugendherberge. Schwankte, war bleich und hielt die Augen geschlossen. Die Sache war ernst, das war unschwer zu erkennen.

»Herrjeh, Lotte! Komm, stütz dich auf mich, ich bring dich zum Wagen.«

Die Verletzte nickte dankbar, stöhnte laut auf, als sie gehen musste.

Ächzte. »Es tut so weh, Luise! Ich denke, die haben ein Stück aus mir herausgerissen. Für die Analyse. Gentechnische Untersuchung. Und dann holen die mich!«

»Lotte! Überleg mal eine Sekunde! Wie sollten die dich denn wiederfinden? Ich schau mir gleich mal dein Bein an.« Resolut ging Luise in kleinen Schritten weiter, nötigte die andere, es ihr gleichzutun. »Es ist nicht weit, ich stehe direkt vor dem Platz. Nun los!«

Lottes Hand krampfte sich um den Oberarm der Freundin. »Die haben mich markiert! Ist doch logisch. Mit Leuchtfarbe, die nur sie sehen können, oder radioaktivem Material. Oder einem Nanosender. Einer Art Chip!« Vor heller Verzweiflung krallte sie sich noch fester an Luises Arm, bohrte sie ihre Nägel ins Fleisch ihrer Retterin.

»Au! Nun beruhige dich! Ich bin hier und passe auf dich auf.« Sie musterte die andere kritisch. »Sag mal, Lotte, hast du was genommen?«, erkundigte sie sich argwöhnisch.

»Aber nicht doch! Mit Daniela und Markus unterwegs zu sein, schließt das ja wohl völlig aus. Du weißt doch, wie die beiden drauf sind«, entrüstete sich die Angesprochene. »Wir haben die Musik genossen, ein Glas Sekt getrunken – nur noch eines, weil die beiden nie mehr trinken! Und nachdem wir uns verabschiedet hatten, wollte ich nur stracks nach Hause. Und nun das!«, jammerte sie.

Luise stellte die Mitbewohnerin unter eine Laterne und inspizierte die Unterschenkel.

Pfiff anerkennend durch die Zähne.

»Okay. Wir fahren auf dem Heimweg noch schnell in der Notaufnahme vorbei.«

»Was? Sie haben mich doch angegriffen! Ich wusste es. Ich werde sterben, nicht wahr?«, kreischte die hysterische Frau über das Carré hinter der Klosterkirche. »Sie haben mir was implantiert!«

»Nein, nein«, beruhigte die andere. »Im Gegenteil. Es fehlt etwas. Du wirst es wahrscheinlich überleben – aber die teure Strumpfhose ist definitiv hin.«

»Bisswunde.« Der Arzt warf einen gründlichen Blick auf Lottes Wade. »Raubtier. Sicher sehr schmerzhaft. Kennen Sie den Namen des Halters?«

»Ein Auto mit Zähnen?« Lotte grinste dümmlich. Setzte sich auf der Liege aufrecht an den Rand. Ihre Freundin warf ihr einen raschen Seitenblick zu. Vielleicht einfach zu viel Stress, überlegte sie sachlich.

»Nein, nicht der Halter eines Wagens, der Halter eines Tieres, meine Liebe. Ein Hund käme wohl in Betracht.« Sie wandte sich dem Arzt zu. »Das vermuten Sie doch?«

»Ja. Autos sind schon auch gefährlich, besonders, wenn mit ihnen Rennen gefahren werden – aber Zähne haben sie nicht.«

»Hunde? Nein, nein. Die schwebten über dem Boden, weißt du, Luise? Es leuchtete und blinkte in allen möglichen Farben. Das war sicher ein Trick, damit ich stehen bleibe.«

Der Arzt sah seine Patientin merkwürdig an, fragte dann langsam: »Sind Sie nicht vielleicht doch gestürzt?« Er machte sich daran, Lottes Schädel noch einmal behutsam abzutasten. »Hm, evenuell doch lieber ein MRT. Zur Sicherheit.«

»Nein, nein. Ich bin ja nicht gefallen. Nur weggerannt. Weil mir plötzlich klar wurde, was ich da beobachtete und was die von mir wollen!«

Luise griff nach Lottes Hand und drückte kraftvoll zu.

»Aua! Was soll denn das?«, beschwerte sich die Verletzte prompt und laut.

»Kann ich bitte mal kurz mit Ihnen sprechen?« Luise tat, als habe sie den Protest der Freundin gar nicht gehört, und sah dem Arzt bittend in die Augen.

»Naja, Ihre Freundin ist schon etwas verwirrt.«

»Sicher. Aber das liegt nun nicht nur an ihrem Erlebnis von heute Abend. In den letzten Tagen sind einfach viel zu viele Dinge passiert, einige durchaus sehr rätselhafte Ereignisse haben sie wohl heftiger erschüttert, als sie sich eingestehen will. Unsere Nachbarin ist spurlos verschwunden, es hat im Haus gebrannt, inzwischen wissen wir, dass die Nachbarin ermordet wurde. Das war schon alles aufregend. Außerdem glaubt sie fest an die Existenz außerirdischen Lebens, würde gern mal ein solches Wesen treffen. Da mischen sich Wunschdenken und Realität.«

»Aber in ihrer Vorstellung sind Aliens nicht nur freundlich.«

»Nein. Manchmal liest sie Berichte im Internet über ›Konfrontationen‹. Beunruhigende Artikel über außerirdische Intruder, die Menschen entführen, als Geiseln nehmen und all so was. Ist eine Marotte von ihr. Ansonsten kann sie durchaus zuverlässig klar denken! Die einen mögen Wale, die anderen sind von Außerirdischen fasziniert. Muss man so hinnehmen.« Sie lächelte kokett.

»Mehr hat es also Ihrer Meinung nach nicht zu bedeuten. Gut. Sollte sich der Zustand Ihrer Freundin verändern, sie zum Beispiel wirre Dinge erzählen«, er lächelte einen kurzen Moment lang, »also wirreres Zeug, als Sie es von ihr gewohnt sind, dann gehen Sie mit ihr sofort zum Hausarzt. Wenn sie doch gestürzt ist und sich nur nicht daran erinnern kann, wären Symptome wie Übelkeit, Erbrechen, Kopfschmerz oder ein Druckgefühl im Kopf deutliche Alarmzeichen. Sie könnte auch eintrüben. Das dürfen Sie dann nicht auf die leichte Schulter nehmen«, mahnte er eindringlich.

Nachdem die Wunde gereinigt, genäht und verbunden war, durfte Luise Lotte mitnehmen.
Als sie mit ihr zum Wagen ging, knurrte sie die Humpelnde böse an.
»Wie kannst du nur so einen Schwachsinn reden? Um ein Haar, ein raspelkurzes Haar genauer gesagt, wärest du in der Psychiatrie gelandet!« Sie half ihr beim Einsteigen. »Aliens, die über den Boden schweben! Und dann ist es ein Hundebiss!«, fauchte sie weiter. Stieg ein und ließ den Motor an.
»Aber ich habe es doch gesehen«, protestierte die Verletzte. »Ganz genau! Neonfarben schwebten sie über den Boden. Körperlos.«
»Hunde! Was du gesehen hast, waren die Halsbänder. Im Moment sind die der letzte Schrei unter Hundehaltern. Sie sollten die Tiere davor bewahren, überfahren zu werden! Deshalb leuchten und blinken sie. Ob die Hunde das mögen, kann ich nicht sagen. Hund, Lotte, keine Aliens!«
»Och. Hunde? Dann kam das laute Hufgetrappel also von ihnen!« Die Freundin war enttäuscht.
Luise machte den Motor aus. Sah die andere entgeistert an. Wäre es doch besser gewesen, auf den Arzt zu hören? Ein Hirnödem? Doch dann lachte sie nur. Laut. Anhaltend.
Lotte fiel ein.
»Schauspielerin!«, zischte sie ihr zu und hoffte inständig, mit dieser Einschätzung richtigzuliegen.

26. KAPITEL

Peter Nachtigall konnte keinen Schlaf finden. Er rollte sich unruhig vom Bauch über die Seite auf den Rücken und wälzte sich zurück auf den Bauch. Jede Position unbequem! Er ächzte. Sollte jemand die junge Frau getötet haben, weil sie ihm durch ihre Recherchen zu nahe gekommen war? Starke Frauen. Klang nach einem interessanten, aber nicht gerade lebensgefährlichen Thema. Wilde Theorien hatten sich entwickelt. Eine der Interviewpartnerinnen war mit der Mafia liiert. Organe oder Drogen. Und nun stand sie vor der Enttarnung. Aber war das nicht doch zu weit hergeholt? Diese Art, den Leichnam zur Schau zu stellen, war selbstverständlich kein Zufall! Eine Warnung an andere »Abtrünnige«? Warum gab es dann nicht wenigstens ein Schreiben, auf dem der Täter eindeutig weitere Morde in Aussicht stellte, falls …? Er wälzte sich erneut um die eigene Achse. Wenn es je Aufzeichnungen gegeben hatte, so waren die vom Löschwasser ganz sicher vernichtet worden. Einen Laptop hatten die Kollegen von der Wehr nicht gefunden. Aber natürlich musste sie einen besessen haben. Schließlich gehörte der wohl zur Grundausstattung von Journalisten. Er seufzte wieder. Rollte sich ein weiteres Mal auf den Rücken. Casanova, der rot getigerte Familienkater, maunzte leisen Protest.

Dann war da ja noch die Sache mit dem Stalking. Davon hatte der Verlobte gesprochen. War das nun nur ein subjektiver Eindruck einer jungen Frau gewesen, die schon einmal in dieser Situation war und fürchtete, erneut zum Opfer eines Stalkers zu werden? Oder hatte es den Nachschleicher und Auflauerer tatsächlich gegeben?

Conny wurde unruhig. Schlug die Augen auf. »Der neue Fall?«, erkundigte sie sich schlaftrunken mit schwerem Zungenschlag.

»Ja. Wir kommen nicht von der Stelle. Ist alles unübersichtlich und ein bisschen verworren.«

»Erzähl's mir!«

»Ach Conny, du weißt doch, Details außerhalb dessen, was die Presse eh schon druckt …«

»Ja. Nun mach schon!«

»Glaubst du, jemand tötet eine Journalistin, weil sie an einer Story über starke Frauen arbeitet?«

Conny schürzte die Lippen. Schmatzte. Setzte sich auf. »Starke Frauen. Hm. Vielleicht hat sie mit einer Mörderin gesprochen, die noch nicht entdeckt wurde.«

»Das wissen wir nicht. Sieht so aus, als wären die Unterlagen weitgehend vernichtet.«

»Vielleicht hat ihr Tod auch gar nichts mit ihrer Arbeit zu tun?«

»Auch das ist möglich. Noch ist wirklich alles offen.«

»Da wir nun beide wach sind …« Conny kuschelte sich an ihren Hauptkommissar, und schnell wandten sie sich anderen Dingen zu. Nachtigall konnte endlich für einen wunderbaren Moment die schrecklichen Bilder abdunkeln, die durch seinen Kopf spukten.

27. KAPITEL

»Guten Morgen!«

»Dir auch!«, gab Michael Wiener zurück, hörte, dass er seine schlechte Laune nicht verbergen konnte, und schob schnell nach: »War eine extrem kurze Nacht bei uns. 'tschuldigung.«

Silke Dreier nickte nur.

»Die Kollegen haben mich angerufen. Wir können jetzt endlich in die Wohnung. Der Erkennungsdienst ist schon fertig«, erklärte der Hauptkommissar, und Wiener griff nach seiner Jacke.

Kurze Zeit später fädelte er sich über den Kreisverkehr in den steten Fluss der Autos ein.

»Ist was passiert bei euch?«, erkundigte sich Nachtigall vorsichtig.

»Nur das Übliche. Marnie möchte arbeiten. Aber die drei Nestlinge klammern sich an Mutti. Sie beschwert sich, meint, sie habe gar keine Zeit mehr für sich, für Freundinnen, geschweige denn für berufliche Herausforderungen. Ihr Leben reduziere sich auf Windeln, Putzen, Waschen, Kochen, Einkaufen. Sie habe das Gefühl, ganz schleichend zu verblöden. Das ist zurzeit unser Dauerthema!«, schimpfte der Freund voll unterdrückter Wut.

»Das kenne ich. Und wir hatten nur eine Tochter! Vielleicht solltest du dir ein paar Tage freinehmen und Marnie entlasten. Ihr Freizeit schenken.«

»Nicht jetzt. Erst müssen wir den Fall klären.«

»Sei ehrlich zu dir, Michael! Nach dem Fall steht ein neuer an. Du möchtest nicht mit den dreien allein sein.«

Wiener rutschte unbehaglich auf dem Fahrersitz hin und her.

»Ich könnte bei Sabine nachfragen. Ich weiß, dass sie auch gelegentlich eine junge Frau als Kindersitter beschäftigt. Nicht für Leander. Für die Kleine. Und sie nutzt die Zeit, um all die Dinge zu tun, die Frauen eben auch mal gern unternehmen und bei denen Kinder nicht unbedingt Spaß haben. Friseur, Shopping, Kosmetik, Freundinnen zum Gläschen Sekt in der Sprem treffen. Das muss sein. Sabine ist mit diesem Arrangement zufrieden. Johannes auch, der freut sich über gemeinsame Kino- und Theaterbesuche mit seiner Frau. Die Kinder haben einen Ansprechpartner zu Hause, und die Eltern können etwas unternehmen, ohne sich Sorgen machen zu müssen.«

»Ja. Klingt gut.« Wiener klang entmutigt.

»Wo ist das Problem wirklich?«

»Marnie weiß ja, dass Sabine diese junge Frau kommen lässt. Im Prinzip«, er betonte diese beiden Worte speziell, »findet sie das gut. Aber nicht für unsere Kinder.«

»Ich glaube, ich verstehe, was du meinst. Doch vielleicht ist diese Sorge völlig unbegründet. Sicher ist dein Sohn aus der Bahn geworfen worden. Er ist traumatisiert, kämpft jeden Tag mit den Folgen dieser fast tödlichen Attacke. Umgang mit jemandem, der ihm in dieser Hinsicht unbefangen begegnet, wäre möglicherweise hilfreich.«

»So ganz unbefangen kann keiner bleiben. Er weint manchmal mitten aus dem Spiel heraus. Seine Narbe macht Bewegen an manchen Tagen zur Quälerei. Sprachlich hat er Defizite – und seine Ängste! Marnie möchte ihn am liebsten ständig im Auge haben.«

»Verständlich. Ihr hättet ihn fast verloren.«

Wiener zuckte für einen Sekundenbruchteil zusammen.

Du hast das auch längst noch nicht überwunden, dachte Nachtigall bedrückt. Er selbst wurde die Erinnerung an den furchtbaren Abend auch nicht los. Das Bild, als der Mann Wieners Sohn lebensgefährlich verletzt hatte, die Schreie, die Blicke der Ärzte im Klinikum.

»Ich verstehe das nur zu gut! Seht doch den Kindersitter wie ein Medikament, das man einschleichen muss. Sie kommt zu euch zum Kaffee, hilft ein bisschen, während Marnie dabei ist, lernt die Kinder kennen, bleibt dann auch mal mit ihnen allein. Erst kurz, dann etwas länger …«

»Meinst du, da würde die junge Frau mitspielen?«

»Ja!«, behauptete Nachtigall, legte Gewissheit in seinen Ton und hoffte, dass seine Schwester ein gutes Wort für die Wieners einlegen würde. »Ich rufe nachher bei Sabine an. Das wird schon!« Zufrieden beobachtete er, dass Wieners Körper sich etwas entkrampfte, als sie in eine Parkbucht an der Bahnhofstraße glitten.

Die Luft hatte eine lästige Würze, und Feuchtigkeit hing darin.

Der Boden, die Wände – Wasser war überall eingedrungen, hinterließ beim langsamen Trocknen unschöne Spuren auf Tapete und Bodenbelag.

Nachtigall und Wiener hörten eine zornige Stimme

vor der von ihnen entsiegelten Tür, öffneten und trafen auf einen Mittvierziger, der ihnen halb den Rücken zuwandte und wütend in sein Smartphone polterte. »Ich bin der Vermieter! Der Eigentümer! Ich werde ja wohl noch in meine Wohnung hineingehen dürfen, um die Schäden aufzulisten. Schließlich muss ich mit der Versicherung über die Kosten diskutieren! Nein! Die Tür ist nicht versiegelt. Nein! Hören Sie, ich bin doch nicht von Hirnfäule befallen! Ob ein Siegel intakt ist oder nicht, erkenne ich ohne jede Schwierigkeit.«

Die beiden Ermittler sahen sich an, grinsten.

Der tobende Mann auf dem Treppenabsatz hatte sie noch nicht einmal bemerkt.

Nachtigall trat hinter ihn und tippte ihm auf die Schulter.

Abwehrbereit fuhr er herum – sah sich einem Hünen von fast zwei Metern Körperlänge gegenüber und ließ die Faust sinken.

»Wir sind von der Polizei. Peter Nachtigall und Michael Wiener. Fragen Sie Ihren Gesprächspartner, ob Sie mit uns gemeinsam die Wohnung betreten dürfen.«

Der Herr im feinen Zwirn klappte die Kinnlade wieder hoch, schluckte, räusperte sich. »Hören Sie, hier sind zwei Polizisten. Nachtigall und Wiener. Kann ich mit den beiden gemeinsam ... Danke!« Damit schob er das unhandlich große Telefon ins Sakko. »Okay, Sie sollen aber gut auf mich aufpassen, soll ich Ihnen ausrichten.«

»Na dann. Fassen Sie nichts an, halten Sie Abstand zur Einrichtung. Verändern Sie nichts.«

Still folgte der Vermieter dem Riesen. Schon bald aber ging er laut lamentierend von Raum zu Raum. »Das sind Kosten! Ohweh, ohweh. Hier ist ja alles unbrauchbar gemacht. Das werden zähe Gespräche mit der Versicherung. Ohweh, ohweh. Und das gerade jetzt.«

»So was passt nie«, gab Wiener zu bedenken. »Wer will schon sein Geld zum Fenster rauswerfen?«

»Na ja, die Wohnung kann ich gut vermieten. Zentrale Lage, nah am Bahnhof, Straßenbahn vor der Haustür. Aber jetzt muss ich natürlich die Miete anheben. Ist ja alles zu renovieren. Das dauert ewig, bis ich das Geld wieder drin habe. Wahrscheinlich nicht vor der nächsten fälligen Sanierung! So eine verdammte Scheiße, um es mal auf den Punkt zu bringen!«

»Es war eindeutig Brandstiftung. Da sind sich unsere Ermittler sicher. Ihre Mieterin hat nicht leichtfertig mit offenem Feuer hantiert. Sie trifft keine Schuld!«, mischte sich nun Nachtigall ein, stellte sich schützend vor das Mordopfer. »Sie war bereits tot, als man ihre Wohnung in Brand steckte.«

Der Anzugträger wurde blass, wiggelte an seinem Krawattenknoten, als sei ihm plötzlich übel geworden.

»Die arme junge Frau. Ich verstehe nicht, warum jemand sie umgebracht haben soll. So nett und freundlich. Immer gut gelaunt. Wurde sie hier … getötet?«

»Das können wir noch nicht sagen. Die Ermittlungen laufen.«

»Wenn man sie hier umgebracht hat, oweh, dann wird es schwierig. Wer möchte schon in eine Wohnung ziehen, in der ein Kapitalverbrechen stattfand?«

»Bekam Frau Waller eigentlich häufig Besuch?«, erkundigte sich der Hauptkommissar.

»Naja. Die Damen aus der WG meinen, nein. Aber die Mieterin unten in der Parterrewohnung sieht das anders. Sie erzählte mir neulich, es lungere häufig ein junger Mann vor dem Haus herum, ein komischer Kauz, den sie sogar im Haus angetroffen habe. Er sei aus dem Keller gekommen. Der sei womöglich ein Psychopath. Ihr sei der jedenfalls eindeutig so vorgekommen.«

»Und der ging zu Frau Waller?«

»Nun, das wusste sie nicht genau. Es ist ohnehin so, dass sie all diese Dinge erst seit wenigen Wochen registriert. Sie arbeitet normalerweise – aber nun ist sie wohl krankgeschrieben und hat jede Menge Zeit zu bemerken, worüber sie sich ärgern könnte.« Er zwinkerte. »Sie verstehen schon.«

Michael Wiener zögerte nicht.

Spurtete entschlossen die Treppe hinunter.

Erst nach dem dritten Klingeln öffnete ihm eine Frau jenseits der 50 mit frustriert genervtem Blick und müden Augenlidern.

»Michael Wiener, Kriminalpolizei Cottbus. Wir ermitteln im Mordfall Waller. Das war die Mieterin über Ihnen, deren Wohnung gestern ausgebrannt ist.«

Es schien, als könne die Mieterin der Parterrewohnung dem Wortschwall nur schwer folgen. Sie wirkte ratlos. Ihre Hände waren pausenlos in Bewegung, strichen über die Ärmel der Jacke, über die Oberschenkel, fanden zum Hals, flatterten über das

Dekolleté, strichen die Haare zurück – alles seltsam unkoordiniert, als wisse die eine Hand nicht, was die andere plante.

»Geht es Ihnen nicht gut?«, erkundigte sich der Kommissar besorgt.

Doch die Frau wich vor seiner hilfsbereit ausgestreckten Hand zurück. Fast angstvoll.

»Nein, nein. Wie sollte es? Erst kündigt man mir ohne Vorwarnung, und nun wurde auch noch Corinna ›Opfer eines Verbrechens‹, wie es in den Nachrichten hieß. Mir geht es wunderbar!«

»Können Sie sich erinnern, wann Sie Frau Waller das letzte Mal gesehen haben?«

»Nein!«

»Ist es schon länger her?«

»Das ist eine für normale Menschen leicht zu beantwortende Frage, nicht wahr? Aber seit man mir gekündigt hat, kann ich die Wochentage nur noch schwer voneinander unterscheiden. Wahrscheinlich war es vor dem letzten Gespräch mit meinem Arbeitsberater. Mit dem war ich für Montag verabredet, 15 Uhr. Davon hätte ich ihr sonst sicher erzählt. Ich glaube aber nicht, dass ich seither jemanden getroffen habe. Ich habe nämlich bisher niemandem davon erzählt!«

Wiener nickte. »Sie haben sich hier vergraben.«

Die Mieterin zischte böse: »Was sonst? Mein Berater meint, ich sei nicht mehr vermittelbar! Ha! Arbeiten durfte ich aber bis vor Kurzem noch. Nun will man mich in die Frührente abschieben. Mit Abschlägen, versteht sich!«

Sie zerrte die Ärmel der Fleecejacke weit über die

Hände und wischte sich damit unter beiden Augen entlang, suchte dann in den Taschen der ausgeleierten Sporthose nach einem Papiertuch, putzte sich umständlich die Nase.

»Tut mir leid. Sie können nicht reinkommen. Ist nicht aufgeräumt.«

»Nun, ich war ja auch nicht angemeldet«, gab der überraschende Besucher freundlich zurück.

»Wenn die mich in die Rente zwingen, sind die Abschläge so hoch, dass ich mich fragen muss, ob es sich überhaupt gelohnt hat, je arbeiten gegangen zu sein!« Nach einer Pause fragte sie gereizt: »Sagen Sie mal, was wollen Sie eigentlich von mir?«

»Sie haben angegeben, öfter jemanden vor dem Haus gesehen zu haben. Er ist Ihnen aufgefallen.«

»Ja, ja. Das ist richtig. Erst dachte ich, der sei ein Spion der ARGE, der hier rumlungert, um zu kontrollieren, ob ich auch tatsächlich nicht arbeite. Schwarz. Sie verstehen schon! Aber eine andere Arbeitslose meinte, das sei nicht nur Quatsch, sondern schon paranoid. Gesehen habe ich den Typen aber mehrmals. Und einige Male auch im Haus.«

»Wie ist er reingekommen? Mit einem Schlüssel?«, staunte Wiener.

»Das weiß ich eben nicht so genau. Fakt ist: Der war drin. Er ist mir mindestens dreimal in den letzten Wochen auf der Treppe in den Keller begegnet. Ich hatte den Eindruck, der bewege sich völlig ungeniert durchs ganze Haus. Vielleicht ein Bekannter von Corinna, dachte ich.«

»Warum?«

»Sie wohnt erst seit ein paar Wochen hier. Neue Bekannte, die sie eingeladen hat? Wäre doch möglich.«

»Hm, Frau ...«, er beugte sich zur Seite, versuchte, den Namen der Mieterin zu entziffern, »Kowalski. Würden Sie den Mann wiedererkennen? Oder mit unseren Kollegen an einem Phantombild arbeiten? Das könnte sehr hilfreich für uns sein. Ist ja nicht auszuschließen, dass er mit dem Verschwinden oder gar dem Tod von Frau Waller zu tun hat.«

Frau Kowalski wich einen Schritt in den Flur zurück.

»Nein, nein. Lieber nicht. Ich gehe nicht gern weg, wissen Sie. Man weiß ja nie! Gestern zum Beispiel hat es hier gebrannt! So was gab es in all den Jahren nicht! Und ich wohne schon viel zu lang hier!«

»Zu lang?«

»Nun, wenn ich diese Wohnung verlasse, wird es wohl mit den Füßen voran in einer Kiste sein. Oder als Transport ins Pflegeheim. Da mache ich mir nichts vor. Erst die Rente, dann die Gebrechlichkeit und schließlich der Tod. Hoffentlich muss ich nicht allzu sehr leiden.« Sie seufzte.

»Sie sind noch nicht dran.« Wiener versuchte, Zuversicht und Überzeugung in seinen Ton zu legen.

Sie lächelte fast.

»Und das Feuer gestern wurde ganz gezielt in der Wohnung der Frau Waller gelegt. Sollte sicher unsere Ermittlungen erschweren. Mit Ihnen hatte es nicht unmittelbar zu tun.«

»Aber wenn ich jetzt mitkomme und beim Phantombild helfe, brennt meine Wohnung als nächstes!«

Wiener erkannte, dass sie ihm nun gleich die Tür vor

der Nase zuschlagen würde, und machte einen kleinen Schritt auf Frau Kowalski zu, stand nun halb über der Schwelle.

»Sie könnten eine große Hilfe für uns sein.«

Die Mieterin rang mit sich. Kaute an der Unterlippe. Knotete ihre Finger ineinander, löste sie, verschränkte sie erneut. »Wird das lang dauern?«

»Nein, eigentlich nicht. Kommt drauf an, wie gut Sie ihn beschreiben können.«

»Na gut«, lenkte sie ein. »Sie werden ja nicht drunter schreiben, wer geholfen hat. Oder?«

»Nein. Das bleibt unter uns«, lächelte Wiener aufmunternd. »Ich gebe den Kollegen Bescheid. Es holt Sie jemand ab und bringt Sie auch wieder nach Hause.«

»Bloß nicht! Wenn die Nachbarn sehen, dass ich im Streifenwagen abgeholt werde – wissen Sie, was dann hier los ist? Dann bin ich schon des Mordes schuldig, bevor ich bei Ihnen im Büro sitze!«

»Gut. Wir schicken ein Taxi.«

»Und natürlich muss ich mich noch umziehen!«

»Selbstverständlich. Dafür bleibt Ihnen genug Zeit.«

»Dann nehmen Sie bitte Ihre Füße aus meinem Flur!«, verlangte Frau Kowalski und zog aus Versehen die Tür ein wenig weiter auf.

Wiener erhaschte einen flinken Blick auf Flur und Wohnraum. Er schauderte.

Frau Kowalski hatte mehr Probleme, als sie selbst ahnte.

Schwungvoll schlug die Tür zu.

Wiener bestellte das versprochene Taxi für die Zeugin und gab dem Kollegen Bescheid, der das Phantombild erstellen würde. Warnte ihn vor. Schließlich war die Zeugin ein bisschen kompliziert, die Kommunikation mit ihr nicht ohne Haken und Ösen.

Hinter sich hörte er Nachtigall die Treppe herunterpoltern, der den maulenden Vermieter vor sich herschob.

»Los! Wir müssen hier erst mal abbrechen und ins Klinikum fahren. Florian wurde überfallen.«

28. KAPITEL

»Sehen Sie, er wurde wirklich übel zusammengeschlagen. Würde mich nicht wundern, wenn der arme Kerl gar nicht befragt werden kann.« Der bullige Typ hatte offensichtlich auf die Polizei gewartet. »Als ich ihn gefunden habe, war er mehr tot als lebendig. Und ob die hier noch was dran biegen können, bleibt abzuwarten. Ich bin ja skeptisch. Wunder können die Ärzte auch nicht.«

»Wo haben Sie den Verletzten denn gefunden?«

»In der Nähe des Tierparks. Da hat jemand ganze Arbeit geleistet. Wahrscheinlich ist er abgehauen, als ich aufgetaucht bin. Dieser winzige Hund hat so einen Rabatz gemacht, da fand sich der Weg zur Stelle des Überfalls ganz von allein. Der Terrier sitzt noch unten in meinem Wagen. Kümmern Sie sich um den? Bei mir kann der nicht bleiben.«

»Wir nehmen ihn mit. Gedulden Sie sich noch einen Moment, dann begleiten wir Sie zu Ihrem Wagen und bringen das Tier gut unter.«

»Der hatte wirklich unglaubliches Glück, dass der so laut gebellt hat. Wäre ich nicht gekommen, dann stünden wir alle jetzt nicht hier«, erklärte der Zeuge theatralisch und unterstrich seine Schilderung mit dramatischer Gestik. »Wer weiß, wie lang es noch gedauert hätte, ihn zu töten. Noch einen Schlag oder zwei?«

»Sie konnten den Angreifer sehen?«

»Gesehen hab' ich ihn nicht. Eher gehört. Der hat sich durchs Unterholz aus dem Staub gemacht. Einen Parka hatte der an – das ist mir aufgefallen. Ist ja ein viel zu warmes Kleidungsstück bei diesen Temperaturen. Vielleicht Angst vor Kratzern – oder Zecken. Die gibt es da natürlich reichlich.«

»Trug er eine Mütze?«

Der Zeuge legte die Stirn in dicke Falten.

»Also, wenn Sie so fragen ... Tja, könnte gut sein, dass er so ein Basecap ... dunkelblau oder schwarz würde ich sagen. Der hat noch mal zurückgeguckt. Und da dachte ich, ich hätte auf dem Schild irgendein Emblem gesehen. Im ersten Moment dachte ich noch, ach guck mal, ein Energiefan.«

»Aber wirklich erkannt haben Sie es nicht.«
»Nö. Wenn ich bei mir so denke, das ist das Energiewappen, dann wird das auch so gewesen sein. Das erkenne ich im Schlaf mit geschlossenen Augen. Das ist mal sicher.«
»Lief der Mann normal?«, wollte Nachtigall als Nächstes wissen.
»Nö. Der rannte. Logisch. Der wollte ja eilig weg.«
»Ich dachte mehr an Auffälligkeiten oder Besonderheiten – wie Hinken zum Beispiel.«
»Sehen Sie, wenn da einer durchs Unterholz rennt, können Sie so was nicht genau erkennen. Der muss ja dauernd dem Gestrüpp ausweichen, über Wurzeln springen oder stolpert schon mal. Außerdem war ich ja da schon mit dem Opfer befasst. Blieb nicht wirklich Zeit, dem Fliehenden nachzustarren.«
Peter Nachtigall nickte. Der Erkennungsdienst würde schon was finden. Fasern des Parkas, vielleicht Blut des Angreifers.
»Ein Mal ist der Kerl wohl gestürzt. Da war er schon eine ganze Ecke weg. Aber geschrien hat der. Muss sich ziemlich verletzt haben oder ist eben ein Weichei.«

Der Arzt genehmigte einen Kurzbesuch.
»Wo ist Hans-Jürgen?«, flüsterte das bandagierte Gesicht.
»Wir bringen ihn zu den Damen der WG. Das scheint im Moment für das Tier die beste Lösung zu sein.«
»Danke!«
»Hat der Angreifer etwas gesagt?«
»Sie hat es nicht anders verdient! Und du bist jetzt auch fällig! Das hat er gesagt. Wie ein Mantra.«

»Sie glauben, er meinte Corinna damit.«
»Ja.« Nur noch ein Hauch.
Nachtigall machte Wiener ein Zeichen.
»Gute Besserung. Wir versuchen alle, den Kerl zu finden.«

Der zuständige Oberarzt meinte nüchtern: »Er hat einige üble Schläge abbekommen. Diverse Frakturen. Er hat versucht, den Prügel abzuwehren, den Kopf und das Gesicht zu schützen. Wenn ein dicker Ast auf Arme und Beine, Rippen und Weichteile trifft, dann geht schon einiges zu Bruch. Er hat Glück gehabt.«
»Er wird also länger bleiben.«
»Ganz sicher. Ja. Tatsächlich ist er noch keines Falls über den Berg. Bei solchen Verletzungen können unerwartete Komplikationen jederzeit auftreten.«
»Ich werde einen Beamten vor die Tür setzen. Vielleicht versucht der Angreifer es noch einmal«, erklärte Nachtigall finster. »Er soll keine Chance bekommen!«

Auf dem Rückweg zur Wohnung der Journalistin meinte Nachtigall: »Erst Corinna Waller, jetzt ihr Freund. Es gibt natürlich einen Zusammenhang – den wir nur nicht sehen. Verdammt!«
»Der Freund war erst seit zwei Tagen in der Stadt. Der Täter muss von seinem Kommen gewusst haben. Vielleicht ein Bekannter der beiden.«
»Oder jemand, der sich von beiden bedroht fühlte, weil er davon ausging, dass sie alle Informationen teilten. Auch in beruflichen Themenbereichen.«
»Mag sein. Aber das erklärt nicht, woher er wusste,

dass Florian in der Stadt ist«, schloss Nachtigall fast trotzig. »Vielleicht gab es ja wirklich einen Spion auf Corinna Wallers Handy. Wenn sie dann jemandem vom Besuch geschrieben hat, war die Information für einen Fremden lesbar. Wir befragen noch mal die Damen aus der WG. Danach suchen wir weiter in der Wohnung nach Hinweisen.«

»Vielleicht haben wir bis dahin auch schon ein brauchbares Phantombild des Mannes, den Frau Kowalski vor und im Haus gesehen hat.«

Lotte, Luise, Hanne und Christa saßen schweigend um den Wohnzimmertisch.

»Der arme Junge. Hoffentlich wird er wieder ganz gesund. Wäre doch schrecklich, wenn er irgendwelche bleibenden Schäden davontragen würde.« Christa seufzte empathisch.

»Da kommt er her, will mit seiner großen Liebe zusammenziehen, und dann passieren all diese schrecklichen Dinge! Ist doch unglaublich!«, meinte Luise und streichelte Hans-Jürgen, der sich auf ihrem Schoß eingerollt hatte.

»Tja, wir vermuten einen Zusammenhang zwischen den beiden Taten.« Nachtigall fühlte sich unbehaglich zwischen all den Damen. Er glaubte, spüren zu können, wie sehr sein Eindringen in ihre heile Welt sie verstörte. Gern hätte er sie mit all den brutalen Geschichten aus der Wirklichkeit verschont, doch das war nicht möglich. »Corinna Waller hat Ihnen ein Foto gezeigt. Stimmt das?«, fragte er und dämpfte seine Stimme.

»Ja. Das ist richtig. Sie hatte es unter dem Linoleum

der Küchentür gefunden. Ein Schwarz-Weiß-Foto. Etwas angegilbt.«

»Unter dem Linoleum der Küche?«, hakte Wiener verblüfft nach.

»Ja. Genauer unter dem Belag der Schwelle. Sie wollte gern die Auslegware aus dem Wohnzimmer auch auf den Schwellen haben und die neue, die sie im Flur hatte legen lassen, auf der zur Küche. Und dabei entdeckte sie das Bildchen.«

»Und was sah man auf dem Foto?«, erkundigte sich Nachtigall ungeduldig.

»Ach je. Nichts Besonderes. Ein Pärchen. Sie saß auf einem Heuballen, glaube ich. Er lehnte sich ans Heu und an die junge Dame. Oder war es irgendwas aus Stein? So genau weiß ich das gar nicht mehr. Die beiden Körper berührten sich. Sahen sehr vertraut aus, die beiden.« Luise lächelte milde. »Sonst wäre so ein Foto auch gar nicht möglich gewesen.«

»Verheiratet?«

»Möglich.«

Lotte nickte vehement. »Sicher, würde ich sagen! Sonst hätten sie das Foto niemandem zeigen dürfen. So was war ja damals unschicklich und hätte beide in größte Schwierigkeiten gebracht.«

»Meinst du, deshalb war es unter dem Bodenbelag versteckt?«, ächzte Hanne schockiert. »Und heute würde das niemanden aufregen!«

Nachtigall bohrte weiter. »Von wann, meinen Sie, könnte diese Aufnahme sein?«

Luise schloss für einen Moment die Augen. »Die beiden trugen eine Art Tracht. Ende der 30er-Jahre vielleicht. Damals kamen gerade diese seltsamen Verzierungen an den Joppen auf. Biesen an den Nähten.«

»Ein gut situiertes Paar?«

»Nun, nicht das, was man heutzutage Schickimicki nennt, aber keinesfalls aus ärmlichen Verhältnissen. Sie saß zwar auf einem Heuballen, aber das muss nicht bedeuten, dass sie in der Landwirtschaft gearbeitet haben. War möglicherweise nur eine Idee des Fotografen.«

Wieners Handy brummte. »Oh, da ist das Bild.« Er reichte das Smartphone an Nachtigall weiter.

»Bevor wir gehen, noch eine letzte Frage. Kennen Sie diesen jungen Mann hier? Eine Zeugin hat ihn einige Male vor und im Haus gesehen.«

Er zeigte das Bild herum.

Allgemeines Gekicher.

»Was ist daran so lustig?«, fragte Wiener irritiert.

Luise lachte: »Na, das sieht meinem Enkel sehr ähnlich. Und tatsächlich kommt er mich gelegentlich besuchen. Dann erledigt er auch schon mal ein paar Kleinigkeiten für die Alten-WG. Zum Beispiel holt er Dinge aus dem Keller herauf, bringt den Müll runter und – aber das ist nun wirklich selten – er geht für uns schwere Dinge einkaufen.«

»Genau. Wie zum Beispiel Sektflaschen!«, erklärte Hanne fröhlich.

»Vielen Dank.« Nachtigall reichte jeder der Damen die Hand. »Wie heißt er denn?«

»Felix Sommer. Ist ein netter Enkel, wirklich!«, betonte Lotte und begleitete die beiden Beamten zur Tür.

»So, dann wollen wir mal sehen.« Nachtigall öffnete die Tür zur Wohnung der Journalistin. »Mit ein bisschen Glück finden wir das Foto!«

Wieder schlug ihnen der Geruch nach Feuchtigkeit, Moder, Brand und Fäulnis entgegen.

»Wir sollten lüften«, entschied Wiener, zog die Reste der Vorhänge beiseite und öffnete eines der Fenster. Abgase mengten sich schnell unter das Gemisch.

»Chaos hier. Wie sollen wir da so ein kleines Foto finden?«, maulte er dann mutlos. Ein Blick in die Runde. »Wenn es ihr so wichtig war, hatte sie es sicher bei sich. Dann kramen wir sinnlos.«

»Wir suchen erst mal.«

Auf dem Schreibtisch vor dem Fenster hatten ursprünglich Stapel von Papier gelegen. Das Löschwasser hatte die Schrift zu diffusen Schatten verschmiert und einzelne Seiten zu festen Platten verbacken.

»Also, wenn das hier die Story war, dann ist sie verloren.« Wiener hob demonstrativ eine der dicken Schichten mit Daumen und Zeigefinger an.

»Sie hat doch mit einem Laptop geschrieben. Hier sehe ich keinen.« Nachtigall ging in die Hocke, suchte unter dem Tisch. »Und ein Ladekabel ist auch nicht hier.«

»Den könnte sie auch bei sich gehabt haben. Wollte beim Kaffee irgendwo noch an den Texten feilen. Selbst im ›Lauterbach‹ sitzen die Studenten und tippen eifrig.«

»Ist doch ziemlich schwer. Auf dem Foto sah sie eher zierlich aus. Denkst du wirklich, sie hat das Ding grundsätzlich mitgeschleppt?« Nachtigall war skeptisch. »Ich bekäme davon Rückenprobleme.«

Wiener schmunzelte. Drehte sich eilig um, doch der Freund hatte es dennoch bemerkt. »Ja! Stimmt. Sie war viel jünger als ich!«

»Wenn du das sagst«, feixte Michael Wiener und kicherte unterdrückt.

»Die junge Frau, die in dieser Wohnung in eine neue Zukunft starten wollte, wurde brutal ermordet, zerstückelt, entwürdigt. Ihr Verlobter liegt schwer verletzt im Klinikum. Ehrlich, Michael, Zeit für Scherze haben wir nicht! Wir wissen von der Story, wir kennen die Sache mit dem Foto, wir wissen, dass die Mutter nicht die Mutter ist. Aber wir haben noch niemanden, der für diese Taten verantwortlich sein könnte, geschweige denn eine Erklärung für das ›Mutterproblem‹. Frau Schulz war nicht bereit, uns aufzuklären!«

Wiener schwieg, wusste er doch, dass Nachtigall nur schlecht mit pietätlosem Verhalten an Mordschauplätzen umgehen konnte.

»Conny hat mir erzählt, eine Corinna Waller sei in ihrem Selbstverteidigungskurs. Eine Journalistin. Ich werde ihr heute ein Foto zeigen – vielleicht ist es ja unsere Corinna. Ich bin mir eigentlich schon sicher. Deshalb hatte ich Silke auch gebeten, die Teilnehmerliste zu checken und zu klären, ob sie mit jemandem ein engeres Verhältnis hatte, vielleicht von dem Stalker erzählt hat.«

»Selbstverteidigungskurs? Hat ihr Verlobter nicht erwähnt. Im Gegenteil, er behauptete doch, Corinna habe keine Angst und lasse sich auf ›Spielchen‹ mit dem Stalker ein. Wie passt das denn nun wieder zusammen?« Wiener schüttelte ratlos den Kopf.

Nachtigall zuckte mit den Schultern. »Recherche? Sie

selbst war vielleicht wirklich nicht ängstlich, wusste, dass das ungewöhnlich ist, und wollte Frauen treffen, die sich sehr wohl in ihrem Alltag fürchten. Wegen der Authentizität ihrer Artikel.«

»Hm.« Wiener zog die Schreibtischschublade auf.

»Hat sie nicht einen Stick benutzt? Wichtige Texte sichert man doch bestimmt auf einem externen Datenträger – schon für den Fall, dass jemand den Rechner hackt oder der sich aus anderen Gründen nicht hochfahren lässt.«

»*Verwirrtes Windows* hat das mal einer der Techniker bei Topas genannt. Er konnte die meisten meiner Dateien retten. Aber das war ein ziemlicher Schreck – nichts ging mehr!« Michael Wiener tastete sich durch den Inhalt des Schubfachs. »Hier liegt keiner. Im Bericht der Spurensicherung steht vielleicht was.« Er griff nach seinem Handy und rief Silke an.

Nachtigall forschte sich inzwischen durch einen Stapel nasser Bücher.

»Philosophie, Psychologie, Geografie, Historie …«, zählte er leise auf. »Ein Fachbuch zum Thema Stalking. Keine Unterhaltung, kein Roman, kein Krimi. Nur unhandliche, sperrige Kost.«

»Silke hat nachgesehen: kein Laptop, kein Stick. Also war er nicht hier. Es gibt möglicherweise einen anderen sichereren Ort als die Wohnung.«

»Seltsam. Florian können wir nicht fragen. Mist!« Er schob sich ins Schlafzimmer, öffnete die Nachttischschublade und kramte sich durch Kosmetika – stieß mit den Fingerspitzen gegen einen harten Einband, zog ein Adressbuch hervor.

»Oh, sieh mal. Sie hat also nicht allein dem Gedächtnis ihres Smartphones vertraut. Und in Leder gebunden – es war ihr wichtig.«

»Im Zweifel ist eh gerade der Akku leer, wenn du dringend die Adresse eines deiner Kontakte brauchst. Sind gierige Stromfresser, die Dinger! Hoffentlich hat es die Schrift nicht aus den Seiten gespült.«

Vorsichtig versuchte der Hauptkommissar, das Büchlein aufzuschlagen. Widerwillig löste sich der Einband von der ersten Seite. Er atmete auf. »Sie hat offensichtlich einen Kugelschreiber benutzt. Und durchgeweicht ist es auch nicht, nur feucht. Wenn wir vorsichtig sind, wird es uns die Kontakte unserer Journalistin verraten. Endlich bekommt sie ein wenig Kontur!«

»Ja, konturlos, das trifft es ziemlich gut. Weißt du, wenn ich mich hier so umsehe: Gemütlich ist das nicht«, kritisierte Wiener. »Keine Bilder an den Wänden – nur Fotos von Hans-Jürgen. Und das Chaos hat nicht allein die Feuerwehr angerichtet, es herrschte ganz sicher schon vor dem Brand ein ziemliches Durcheinander. Der Brandstifter hatte anscheinend genug Zeit, alles gründlich zu durchstöbern. Und der hat auch Laptop und Stick mitgenommen.«

»Möglich. Aber ob es vorher schon unordentlich war, wissen die WG-Damen. Wir können sie nachher fragen, ob kreatives Chaos ein persönliches Merkmal von Frau Waller war.«

Es klingelte.

Überrascht sahen sich die beiden Ermittler an. Fühlten sich unwillkürlich ertappt beim Durchwühlen fremden Eigentums.

»Ist das wieder der Hausbesitzer? Oder können die Damen durch die Decke Gedanken lesen?«

Doch als Wiener die Tür öffnete, stand unerwartet Silke Dreier vor ihm. Und sie war nicht allein gekommen. Eine hochgewachsene, dunkelhaarige Frau mit schmalem, langem Gesicht schielte neugierig in den Flur.

»Ich habe euch eine Freundin von Corinna Waller mitgebracht«, verkündete sie und schob die junge Frau in die Wohnung. »Jasmin Dossow.«

»Ja. Wir haben manchmal gemeinsam an Reportagen gearbeitet«, erklärte die Fremde und schüttelte Wiener überraschend kräftig die Hand.

Nachtigall trat hinzu. »Aha. Dann können Sie uns sicher weiterhelfen. Waren Sie Kolleginnen oder Freundinnen?«

»Erst Kolleginnen, dann auch Freundinnen. Es herrscht durchaus harte Konkurrenz in unserem Gewerbe, da schließen sich Freundschaften nicht so leicht. Aber wir haben es hingekriegt.«

»Sie wissen, dass Corinna Waller ermordet wurde?«

Jasmin Dossow nickte. »Ja. Deshalb habe ich mich bei der Polizei gemeldet. Ich hoffte, behilflich sein zu können«, erklärte sie erstickt.

»Treten Sie ein. Es hat gebrannt. Leider wurde bei den Löscharbeiten vieles vernichtet.«

»Das mit dem Feuer kam in den Nachrichten. Cottbus Radio. Denken Sie, der Mörder hat Feuer gelegt, um Spuren zu verwischen?«

Wiener schloss die Tür. Mit vier Personen wirkte die Wohnung bedrückend eng. Die in der Luft hängende

Feuchtigkeit machte das nicht besser. Atmen fiel schwer, Michael Wiener begann zu schwitzen. »Silke, es gibt noch ein paar Fragen an die Damen der WG oben. Ich denke, wir sollten versuchen, so viel wie möglich sofort zu klären!« Damit zerrte er die Kollegin förmlich ins Treppenhaus.

»Frau Dossow, es ist großartig, dass Sie sich bei uns gemeldet haben. Wir versuchen nämlich noch immer, uns ein Bild von Frau Waller zu machen. Was für ein Mensch war sie, wie hat sie gearbeitet und solche Dinge.«
»Nun, Corinna lebte erst seit ein paar Wochen in der Stadt. Viele neue Bekannte wird sie noch nicht gefunden haben. Wir beide kennen uns seit Jahren. Zufällig sind wir nun beide hier gelandet. Abgesehen davon war sie im Augenblick sehr mit ihrer neuen Artikelserie beschäftigt. Und mit den Vorbereitungen für die neue Lebenssituation mit ihrem Freund und natürlich mit ihrer großen Liebe: Hans-Jürgen. Der Hund war ihr Lebensmittelpunkt.« Sie lächelte. »Ist aber auch ein niedliches Kerlchen.«
Nachtigall signalisierte Verstehen.
»Eine aufregende Zeit für Frau Waller.«
»Ja! Neue Wohnung, neues Glück, neue Chance im Beruf – klar. Alles in Bewegung.« Jasmin Dossow klang ein wenig neidisch.
»Hat Corinna Ihnen gegenüber angedeutet, ein Stalker lauere ihr auf?«
»Ach Gott, ja. Sie meinte, der sei ganz gewiss total fett, denn er schnaufe derart angestrengt. Sie konnte ihn wohl schon von Weitem hören. Wie ein Dampfkessel, hat sie gesagt. Sie hätte ihm einfach davonlaufen kön-

nen, ist sie aber nicht. Sie hat ihn rankommen lassen, hat das Tempo erhöht, ihn rankommen lassen. Wie ein Spiel. Sie wolle seine Fitness verbessern, hat sie gelacht.«

»Aber Angst war nicht Bestandteil des Spiels?«

»Nein. Corinna war absolut furchtlos. Wenn, dann wäre es an ihm gewesen, sich Sorgen zu machen.«

»Wie?«

»Nun, Corinna war sportlich, Judo und so allerhand andere Kampfsportarten hatte sie zumindest im Grundkurs besucht. Im Zweifel spurtete sie los, ihr Tempo konnte keiner mithalten.«

»Corinnas Laptop ist verschwunden. Arbeitete sie regelmäßig damit?«

Frau Dossow drehte sich einmal um die eigene Achse. »Der stand sonst auf dem Schreibtisch. Tag und Nacht einsatzbereit.« Sie fuhr sich ratlos durch die struppige Frisur. »Hat der Brandstifter den mitgehen lassen?«

»Das wissen wir nicht. Hat Corinna ihn gelegentlich mitgenommen?«

»Ja, schon. Aber selten. Ideen hat sie gern mal von Hand festgehalten und erst später ausformuliert eingetippt. Das ist ja seltsam!« Jasmin Dossow sah sich nochmals um.

Gehetzt, schien es Nachtigall. »Fehlt denn sonst noch etwas?«

»Wissen Sie, Corinna war pingelig. Bei ihr war alles super aufgeräumt. Unordnung lenkt ab, hat sie immer gesagt. Und das galt auch für ihre Texte. Sie hängte die ausgedruckten Artikel hier an diese lange Korkwand. So wollte sie feststellen, ob der Leser sich eventuell durch einzelne Worte würde fesseln lassen.«

»Hm – die Korkleiste ist leer. Es stecken auch keine Reißzwecken drin.«

»Eben. Es müssten aber sieben DIN-A4-Seiten dort hängen. Sie wollte den Startartikel der Reihe ›in die letzte Phase‹ geben, wie sie das nannte.«

»Das bedeutet, der Laptop fehlt, die Ausdrucke sind verschwunden. Hatte sie einen Stick zur Sicherung?«

»Selbstverständlich. Ein winziges Ding.« Sie deutete die Größe mit Daumen und Zeigefinger an.

»So klein? Das sind ja kaum zwei Zentimeter!«, staunte Nachtigall. »Jemand wollte diese Artikelserie verhindern?«

»Dieser Stalker. Sie konnte nicht erkennen, wer er ist. Aber in einem ihrer ersten Artikel ging es um einen Mann, der eine Frau sehr lang tyrannisiert hat. Am Ende prügelte er sie regelrecht zusammen! Unvorstellbar. Sie erlitt eine schwere Hirnblutung, verlor ihr Baby im siebten Monat. Er ging einfach, ließ die Verletzte in ihrem Blut liegen. Heute geht es ihr den Umständen entsprechend gut.«

»Was bedeutet?«

»Sie kann mit einem Rollator gehen. Und das Sprechen ist zurück, die Wortlosigkeit überwunden. Allerdings formuliert sie schleppend und verwaschen. Für Lesen oder Fernsehen fehlt die Konzentration. Unterhält man sich mit ihr, so muss man langsam sprechen und Doppeldeutigkeiten, Ironie oder Zynismus vermeiden. Sie bleibt bis zum Ende ihres Lebens schwer behindert.«

»Der Täter«, fragte Nachtigall knapp, unterdrückte seinen aufwallenden Zorn solchen Menschen gegenüber. »Er wurde doch hoffentlich bestraft!«

»Oh ja. Der Ehemann behauptete, im Vollrausch

gewesen zu sein. Er kam mit einer unangemessenen Strafe davon. Lebt wieder ganz in der Nähe.«

»Corinna kannte seinen Namen?«

»Selbstverständlich. Und sie wollte ihn im Text erwähnen.«

Jasmin Dossow schwieg. Starrte vor sich auf den feuchten Boden. Dann wisperte sie: »Deshalb schien mir Corinna wegen des Stalkers manchmal wirklich beunruhigt. Nicht, dass sie das je zugegeben hätte. Er hätte es sein können.«

29. KAPITEL

»Hallo, wie geht es dir denn?« Jochens stinkender Atem wehte über Bernhards Gesicht.

Der Angesprochene öffnete zögernd die Augen, so, als gefalle ihm die Welt jenseits der Realität deutlich besser, und eine Rückkehr sei nicht wünschenswert.

»Danke«, ächzte er. »Geht schon.« Er setzte sich mühsam auf. »Was gibt's denn?«

»Ich wollte nur nach dir sehen.«

»Jochen! Das ist nicht deine Art. Also: Raus mit der Sprache!«

»Der Typ! Der will partout nicht sagen, wo das Versteck der Beute ist. Der ist so was von …« Jochen fehlten die richtigen Worte, und seine Miene signalisierte, dass er sie auch nicht würde aufstöbern können.

»Verstockt?«, schlug Bernhard vor.

Jochen strahlte. »Genau! Besser hätte ich es auch nicht sagen können.«

»Wenn der Typ noch ein paar Tage bei uns bleibt, wird er schon singen.«

»Ja, der kennt viele Lieder.«

Bernhard schlug leicht mit der flachen Hand gegen seine Schläfe, als könne der sachte Hieb das Denken wieder in die Spur bringen. Hatte Jochen das wirklich geantwortet? Das konnte doch nicht sein! Wie war das derart falsch zu verstehen?

»Soll ich mal eins anstimmen?«, fragte Jochen und wartete die Antwort gar nicht erst ab. »Ich war rein zufällig in der Gegend und wollte mir nur die Häuschen angucken, ich will nämlich im kommenden Jahr bauen.«

»Aha.« Bernhard atmete erleichtert auf. Jochen hatte vielleicht ein paar Probleme beim Denken, aber so schlimm wie befürchtet waren sie doch nicht.

»Oder: Ich bin spazieren gewesen. Plötzlich musste ich dringend pinkeln. Ich suchte nach einem blickgeschützten Plätzchen und wurde hinterrücks angefallen.«

»Gut. Vielleicht ist er ja wirklich nicht der Dieb.«

»Quatsch mit Soße! Klar ist er das!«

»Wer passt auf?«

»Keine Ahnung. Ich nicht«, stellte Jochen das Offensichtliche klar.

Bernhard wurde unruhig. »Hast du die Zeitung gelesen?«, fragte er fast nervös.

»Logisch.«

»Über den Mord?«

»Auch.«

»Hast du schon mal daran gedacht, dass wir statt des Diebes vielleicht einen Mörder gefasst haben? Einen waschechten Psycho?«

30. KAPITEL

Nachtigall meldete sich gereizt, als sein Telefon klingelte. Stutzte, als er dem Kollegen zuhörte. »Wer möchte zu uns?«, hakte er ungläubig nach.

»Zwei Kollegen aus Magdeburg. Stehen hier bei mir. Soll ich sie einfach zu euch hochschicken?«

»Nein, ich schicke Michael runter, der soll sie abholen.«

Der Hauptkommissar trat hinter den Kollegen, der an seinem Computer über dem Bericht für Dr. März saß.
»Michael, kannst du bitte unten die Kollegen aus Magdeburg abholen? Warum die nicht einfach angerufen haben, weiß ich auch nicht. Offensichtlich haben sie Informationen, die sie nur persönlich überbringen wollten.«
Wiener nickte, sprang auf und machte sich elastisch und leichtfüßig auf den Weg. Nachtigall sah ihm etwas missgünstig nach, dachte daran, dass sein Sport in dieser Woche bisher total ausgefallen war. Sicher, berufliche Gründe! Aber in seiner persönlichen Trainingsbilanz klaffte nun schon ein riesiges Loch. Er seufzte leise. Strich über seine ausladende Körpermitte. Allen Bemühungen zum Trotz, sein Hemd spannte schon wieder! Es war ungerecht. Er achtete auf gesunde Ernährung, ging zum Sport – gut, räumte er ein, manchmal. Aber man musste ja auch nicht fanatisch um die Blocks rennen. War nicht jedermanns Sache. Und seine bestimmt nicht. Er brummte unzufrieden. Riss sich von seinen Gedanken los, als er Stimmen auf dem Gang hörte.

»Das sind Frank Hoffmann und Klaus Schmelzle aus Magdeburg«, stellte Wiener die Kollegen vor, »und das sind Hauptkommissar Peter Nachtigall und«, er drehte sich um als er Silke hereinkommen hörte, »Silke Dreier und Emile Couvier. Herr Couvier ist Fachmann für operative Fallanalyse und unterstützt unsere Ermittlungen.«

Allgemeines Händeschütteln folgte.

»Hier ist es eindeutig zu eng. Wir suchen uns einen größeren Raum für unser Gespräch«, entschied Nachtigall und leitete die Gruppe in ein Besprechungszimmer.

»Ist ja schön, dass Sie extra angereist sind. Wir sind für jede Information über Corinna Waller sehr dankbar«, erklärte er, als die Gruppe Platz genommen hatte.

»Wir haben uns umgehört«, begann Frank Hoffmann langsam. »Die Nachbarn haben von einer ruhigen Mitbewohnerin gesprochen. Allerdings konnte sie wohl sehr deutlich werden, wenn es ums Durchsetzen ihrer Interessen ging. Der Mieter der Nachbarwohnung meinte, sie sei am Telefon schon mal ausfallend geworden, wenn sie Gespräche mit Kollegen führte. Sie war dann so laut, dass er nicht umhin konnte, ihre Seite zu belauschen.«

»Ja. Und andere händ g'meint, sie war au körperlich sehr ruppig. Radfahrer, die wo zu nah an ihr vorbeig'saust sin, denen hat se nachgesetzt und se vom Rad g'schüttelt.« Der Kollege Schmelzle kam wohl aus Baden-Württemberg, stellte Nachtigall amüsiert fest. Klar, schon allein der Name wär ein mächtiges Indiz dafür, rief er sich ins Gedächtnis.

»Aha. Sie hot sich also net g'ziert, wurd leicht handgreiflich. Mir händ vo oinem Stalker erfahre. Vielleicht isch se so aggressiv g'wese, weil se koine Annäherung hat zulasse wolle.« Wiener merkte offensichtlich gar nicht, dass er in seinen Dialekt gewechselt hatte.

»Könnt sei. Mir händ au von dem Stalker erfahre. Aber mir händ denkt, des war erledigt. Die Leut ham g'meint, sie isch ihn losg'worre«, fasste Schmelzle die Zeugenaussagen zusammen.

»Handgreiflich?«, schaltete Nachtigall sich ein, wusste, dass er Teile dieses Gesprächs später für Silke würde zusammenfassen müssen.

»Nun, so genau konnte das keiner sagen. Aber der Kerl muss sehr lästig gewesen sein. Wir konnten eine Kollegin ausfindig machen, die von der Angst des Opfers sprach. Er hatte wohl ihr Handy gehackt, tauchte überall auf, war dort, wohin sie ging, wo man sie erwartete, wo sie Sport trieb.« Frank Hoffmanns Miene verdüsterte sich.

»Und von einem Tag auf den anderen war er weg?«

»Sieht so aus. Nachbarn haben immer wieder beobachtet, wie sie direkt auf ihn zuging, ihn ansprach. Das schien sinnlos, denn er kam am nächsten Tag erneut. Niemand kennt seine Identität – wir können ihn nicht fragen, was passiert ist«, bedauerte Hoffmann schulterzuckend.

»Ansonschte muss sie eher eine ruhige Mieterin gewese sei. Kaum Besuche, koine Partys, koine Gelage, auf dem Balkon wurd nie gegrillt, und die Kehrwoche hot se immer ei'g'halte. Wenn se net da war, het se mit de Nachbarn tauscht. Miete wurd per Dauerauftrag überwiese. Koine Probleme«, ergänzte Schmelzle.

»Un es hot echt koiner was zum Erzähle g'habt?«, staunte Wiener. »Normalerweis gibt's doch immer irgendein Gerücht. Un hier? Koi Wort über ausschweifenden Sex?«

»Ja, es hat scho Leut gegebe, die wo sich s'Maul über ihren Freund zerrisse händ. In dere Gegend isch so eine wilde Beziehung net üblich. Aber mache konnte se ja au nix. Also händ se g'schwätzt.« Schmelzle grinste süffisant. »Wie immer. Wenn du nit genau weisch, no muss halt was erdenke.«

»Wir haben ähnliche Informationen über ihr Leben hier. Allerdings war sie erst seit wenigen Wochen in der Stadt.«

»Sonderbar ist, dass sie offensichtlich alle Kontakte zu ihrem früheren Leben in Magdeburg abgebrochen hat. Und zwar schon vor Monaten. Mit der Planung des Umzugs und der Kündigung der Wohnung. Niemand wusste von dem Umzug, die Nachbarn waren überrascht, als Kisten und Möbel herausgetragen wurden. Die Kollegen wussten nichts davon. Schlussstrich.« Hoffmann zog eine Augenbraue hoch und kratzte sich raschelnd im Bart.

»Vielleicht ist sie vor einem Stalker geflohen. Möglich, dass der Kerl nach einer Auszeit wieder aufkreuzte«, meinte Silke. »Ist nicht so ungewöhnlich.«

»Wusste einer der Nachbarn über besondere Interessen Bescheid?«, fragte Couvier. »Hobbys? Oder sportliche Besonderheiten? Vielleicht traf sie sich mit einem Mountainbike-Club?«

Hoffmann runzelte die Stirn.

»Ja. Wir haben zwar nicht genau danach gefragt, aber einer der Mieter erzählte uns, Frau Waller habe eine Jahreskarte für den Zoo gehabt. Er ist ihr dort mehrfach begegnet. Immer bei den Tigern und Löwen. Unsere sind besonders – unsere sind weiß, hatten jetzt sogar Nachwuchs. Und die Tiger auch. Der Zeuge beschrieb sie als entrückt, sie habe träumend ins Gehege geguckt und gar nicht wahrgenommen, was um sie herum passierte.«

»Un bei uns hat se au ein besonderes Interesse für die Tiger g'zeigt. Offe'sichtlich isch se von ihnen fasziniert.« Wiener schien plötzlich zu bemerken, dass er nicht für alle am Tisch verständlich gesprochen hatte. Er räusperte sich. »Nun, ist ja eine bemerkenswerte Raubkatze. Ich kann schon verstehen, dass sie diese Tiere bewunderte.«

»Wie wurde sie denn getötet?«, wollte Hoffmann wissen. »Wir haben nur allgemeine und eher diffuse Informationen bekommen.«

»Sie wurde niedergestochen, verschleppt, gefoltert. Ihren Körper hat der Täter zerstückelt und bizarr für den Finder arrangiert. Wir befürchten, dass es weitere Morde geben könnte«, fasste Nachtigall kurz zusammen und zeigte den Kollegen Fotos vom Fundort der Leichenteile.

»Sieht sehr nach einem Psycho aus, oder? Klingt so oder so nach einem sonderbaren Fall. Wir hoffen, dass ihr den Täter schnell fasst.« Hoffmann schob seinen Stuhl zurück. »So, mehr können wir euch leider nicht anbieten. Offensichtlich war das Opfer nicht an Kontakten im direkten Umfeld interessiert. Wenn ihr wollt, bleiben wir dran und schicken neue Ergebnisse per Mail«, schloss Hoffmann die Gesprächsrunde. »Wir haben jetzt einen Termin. Zeugenaussage vor Gericht, das Übliche. Und für danach haben wir uns noch einen kurzen Bummel durch die schöne Altstadt vorgenommen. Nun wissen wir ja, wer unsere Ansprechpartner in diesem Fall sind.«

»Ich bring euch zum Ausgang«, bot Michael Wiener an. Kaum waren sie auf den Gang hinausgetreten, fragte er: »Un? Was hot jetzt dich nach Magdeburg verschlage? Un vo wo stammsch denn du genau?«

Nachtigall sah ihm schmunzelnd nach. Kehrte dann mit Silke und Emile wieder ins Büro zurück.
»Tja, so viel Neues haben wir nicht erfahren«, meinte er dann.
»Ich werde mich um die Kontakte aus dem Adressbuch kümmern. Vielleicht kann uns jemand weiterhelfen.« Silke schlug es vorsichtig auf und griff nach dem Telefon.

31. KAPITEL

Peter Nachtigall versammelte sein Team zur Besprechung.
Silke hatte sich über Stalking kundig gemacht. »Es ist tatsächlich so, dass es verschiedene Arten des Stalkings gibt. Motivation, Intensität, Gefährlichkeit unterscheiden sich sowie die Art und Weise, wie man es

zu beenden versuchen kann.« Sie gab einen Infozettel in die Runde. »Meist ist es eine Ex-Beziehung, die stalkt. Die sind auch nur sehr schwer zum Aufgeben zu bewegen. Aber manche geraten in einen Liebeswahn, denen zu begegnen ist meist einfacher. Regelungen des Gerichts greifen meist nicht. Definierten Abstand halten die Stalker nicht ein und so weiter. Das Ganze kann in eine belastende Situation münden, manche Opfer müssen immer wieder umziehen, um ihren Peinigern zu entkommen, doch meist finden die das Opfer relativ schnell wieder. Es scheint nur zu klappen, wenn man alle sozialen Kontakte abbricht und sein altes Leben mit allen Gewohnheiten – vom Lieblingsautor und der Lieblingsfreundin bis zum Lieblingswein – hinter sich lässt. Und gelegentlich mündet Stalking auch in einen Mord. Und die erste Auswertung des Adressbuchs, das ihr in der Wohnung des Opfers gefunden habt... Es ist eigenartig, aber entweder ist es gar nicht ihr Buch oder all die Kontakte stammen aus einer Zeit, die lang zurückliegt. Die ersten Nummern, die ich angerufen habe, führten ins Leere. Niemand kannte Corinna Waller.«

»Flucht vor einem Stalker?«

»Wenn es der Stalker aus dem ersten Artikel ist, hat er sie ja gar nicht gestalkt, sondern aus ganz anderem Motiv verfolgt. Er wollte die Story verhindern.«

»Ich habe im Intranet nach diesem Fall gesucht und nichts gefunden. Möglicherweise wurde er zunächst nicht angezeigt, weil niemand von dem Angriff durch den Ehemann wusste. Man einen schrecklichen Unfall annahm. Sturz auf der Treppe«

»Such weiter. Er wurde verurteilt, es gab also ein Verfahren gegen ihn. Du wirst ihn finden.«

»Er hat seine Strafe verbüßt. Wo ist das Motiv?«

Couvier nickte. »Möglicherweise ist die Sache in der Gesellschaft vergessen. Er hat sich ein neues Leben aufgebaut. Eine neue Familie gegründet, einen guten Job gefunden. Stünde nun der Fall in der Zeitung, wäre er mit einem Schlag wieder im kollektiven Bewusstsein und würde als Täter erkannt. Er wollte sich sein Leben nicht zerstören lassen. Allerdings ist mir nicht klar, wie der Mord den Artikel hätte verhindern können.«

»Tja, die neu erworbene Reputation zerstört – und alle erkennen wieder das Monster.« Silke klang bitter. »Dabei ist er es! Ein Monster!«

»Er zerstückelt sein Opfer, zeigt ihm, dass er am Ende derjenige ist, der triumphiert?«

»Denkbar. Aber dazu müssten wir mehr über die damalige Tat und seine heutige Situation wissen. Vielleicht hat er mit der Sache abgeschlossen, trägt einen neuen Namen, hat ein neues Umfeld und ein gesichertes Alibi«, warnte Couvier vor zu großem Eifer. »Mord, um eine alte Mordgeschichte zu vertuschen, für die man bereits bestraft wurde. Klingt das logisch?«

»Nun, ganz von der Hand zu weisen ist die Option nicht, aber etwas weit hergeholt schon. Finden wir raus, wie er heißt. Dann sehen wir weiter.«

»Wenn er eine neue Identität hat und Corinna Waller die aufdeckt, wäre seine Zukunft eventuell Vergangenheit. Falls der Artikel erscheint. Stirbt die Journalistin vor Fertigstellung, gibt es keine Serie. Er musste alle Hinweise auf den Inhalt des Textes verschwinden lassen. Und bisher haben wir ja auch keine Textfragmente, Dateien oder Ähnliches gefunden.«

»Aber einen Chip unter der Haut«, mischte sich Dr. Pankratz ein. »Wir gehen davon aus, dass es irgendwo eine Datei gibt, die sich damit öffnen lässt. Wenn wir die finden …«

»Jasmin Dossow wusste zum Glück ziemlich genau, was für einen Laptop Corinna verwendet hat. Ein auffälliges Teil in Orange, und man kann den Monitor ganz herumklappen, dann ist es ein etwas unhandliches Tablet. Wir suchen bei eBay. Vielleicht möchte der Täter oder ein harmloser Finder es zu Geld machen. Wir sind dran«, versicherte Silke.

»Wir gehen davon aus, dass es diesen Stalker gibt, nicht wahr?« Couvier sah in fragende Gesichter.

»Der Freund wusste davon, die Freundin ebenfalls.«

»Aber vielleicht hat das Opfer die Situation falsch bewertet. Weil Frau Waller Stalking kennt, gab sie der Annäherung einen Namen. Möglicherweise suchte der Mann ein Gespräch mit ihr – zum Beispiel über seinen Namen in dem erwähnten Text. Sie rannte ihm weg, er war nicht in der Lage sie einzuholen.«

»Dann suchen wir an einer völlig falschen Stelle?« Nachtigall seufzte. »Es gibt keinen Stalker? Aber warum sollte er es an jedem Abend neu versuchen?«

»Weil ihn an den Tagen davor immer der Mut verlassen hat. Oder er sie schlicht nicht einholen konnte.«

»Genau das passiert den Opfern immer wieder!«, empörte sich Silke. »Keiner will ihnen glauben, alle wiegeln ab, finden harmlose Erklärungen, raten zum Ignorieren – und am Ende ist jemand tot.«

Ihr Handy störte. »Ja!«, meldete sie sich. »Einen Moment bitte, ich bin in einer Besprechung!« Damit huschte sie ins Büro gegenüber. »So – ihr habt was gefunden?«, erkundigte sie sich aufgeregt. »Das glaube ich nicht! Wo? Wie aufmerksam. Mir wäre das gewiss nicht aufgefallen.« Sie lachte leise. »Dankeschön! Bringt sie gleich zu uns, ja?«

Als sie in den anderen Raum zurückkam, fiel ihr die sonderbare Stimmung auf, die über allen hing.
»Was ist passiert?«
»Herr Dossow hat sich gemeldet. Seine Frau ist verschwunden.« Nachtigalls Stimme klang dumpf. »Ihr Mann hat vergeblich auf sie gewartet. Sie ruft immer an, falls sie sich verspätet. Doch nun ist ihr Handy aus.«
»Mist!«
Sie atmete tief durch. »Die Kollegen haben die fehlenden Artikelseiten von der Wand gefunden. Einer der Nachbarn bemerkte in seinem Müll eine Tüte, die nicht von ihm selbst stammen konnte. Er sah hinein. Die Kollegen bringen den Fund gleich rein.«
In die Stille fragte Nachtigall: »Wenn der Artikel ihn belastet – warum hat er ihn dann nicht verbrannt?«

32. KAPITEL

Es ist schade, dass ich dich nun wieder getroffen habe.

Ja, du siehst das anders. In deinen Augen ist es ein Glücksfall.

Es gibt nur noch uns beide.

Was für eine beängstigende Vorstellung. Ja, für mich. Nicht für dich.

Ich bin es, der schlecht träumt, nicht du. Ich habe die Augenringe, muss bohrenden Fragen ausweichen. Wie immer.

Nur schlimmer.

Ich träume nicht einfach nur schlecht – sondern alb.

Neulich wachte ich auf und glaubte, ich hätte jemandem ein Messer in den Leib gerammt. Tief. Bis meine Hand die Haut des anderen berührte.

Als ich aufschreckte, blieb das Gefühl. Und die Geräusche, die der andere machte, als das Leben aus ihm herausschoss. So etwas kann belasten. Doch ich weiß, dass du mir diese Dinge einflüsterst.

Damit ich am Ende wieder für dich in die Bresche springen muss!

Ach, du behauptest tatsächlich, das sei nicht so? Du elender Lügner! Ich war so froh, dass du weg warst, hoffte, man habe dich mit Stumpf und Stiel ausgerissen. Und nun bist du doch wieder hier.

Nein – ich irre mich nicht! Du – nein, ich bin nicht in Wahrheit froh über deine Wiederkehr! Nein!

Wenn du mir sagst, es sei umwerfend, was du erlebst – dann jagen mir diese Schilderungen nur Schauer des Entsetzens über die Haut und durch den Körper. Deine bildhaften Beschreibungen entfachen schreckliche Empfindungen in mir. Es ist, als sei ich dabei gewesen! Lass das endlich sein.

Ich will mit dem, was du da treibst, nichts zu tun haben!

Ja, dann nenn es eben hysterisch.

Ich nenn es unfair. Du kannst nicht andere mit deinem seltsamen Treiben und deinen absonderlichen Gefühlslagen belästigen. Ja gut: Dann habe ich eben Angst vor dir. Zufrieden? Ich scheiß mir in die Hose vor Angst. Hast du gehört?

Geh weg!

Ja, ich weiß, du bist gern mit mir zusammen. Schön. Wenn du willst, dass auch ich gern mit dir zusammen sein möchte, dann hör mit diesen seltsamen Dingen auf.

Das kannst du nicht? Ach was! Du konntest schon immer, was du wolltest!

Ja – das ist die Wahrheit. Schon immer.

33. KAPITEL

»Seit wann wird Frau Dossow denn vermisst? Wir haben mit ihr gesprochen – vor, na vielleicht zwei Stunden.« Nachtigall klang angespannt.

»Ihr Mann hat gerade eben angerufen. Sie ist nicht zum Termin bei ihrer Zahnärztin erschienen. Ohne vorher abzusagen. Nicht ihre Art, meint er. Und danach wollten sie sich in der Stadt treffen – sie kam nicht, er kann sie nicht erreichen.«

»Info an alle Streifenwagen«, entschied der Hauptkommissar. »Wir wissen noch immer nicht, um was es in diesem Fall überhaupt geht. Möglich, dass sie in Gefahr schwebt.«

Wiener nickte und lief rüber in sein Büro.

»Warum sollte er die Blätter in den Müll eines Nachbarn werfen?« Silke glaubte in einem ersten Impuls an grenzenlose Dummheit.

Doch Couvier bewertete den Fund anders.

»Er hat einen Holzstapel errichtet, Leichenteile drapiert, für musikalische Untermalung gesorgt – und nun lädt er uns erneut zu einem Spielzug ein. Ich fürchte, er beobachtet unser Vorgehen, plant nach unseren Schritten seine eigenen. Zug um Zug. Nur wissen wir nicht, was der Sieger bekommt. Der Täter schon. Wenn es wirklich der Mann ist, der den Verlobten fast totgeprügelt hat und dabei gerufen haben soll, sie habe es nicht anders verdient – spricht das für ein sehr persönliches Motiv. Corinna hat ihm etwas angetan und musste deshalb sterben. Dieses Müssen dehnt er auf den Verlobten aus. Mitgehangen, mitgefangen sozusagen. Gab es eine Beziehung zu Frau Waller? Bisher haben wir dafür keinen Anhaltspunkt. Ein Stalker, der sich innig geliebt glaubte? In seiner Fantasie fest an eine Zukunft an ihrer Seite glaubte und bemerkte, dass sie vergeben war? Rache an der Geliebten und ihrem Verlobten? Denkbar. Das Feuer sollte ihre Existenz ausradieren, der Freund sollte sterben. Und nun lockt er die Ermittlungen auf neue Pfade. Auch nicht ganz abwegig, will mir scheinen.«

Dr. Pankratz räusperte sich. »Es sieht so aus, als habe er den Körper vollkommen ausbluten lassen. Der Schlag gegen den Kopf war, wie gesagt, nicht tödlich. Ich habe erste Anzeichen von Wundheilung gefunden. Fibrinketten. Sie war schon blutleer, als er sie zerstückelte. Er hängte sie kopfüber auf und eröffnete die Karotis, als er den Zeitpunkt für gekommen hielt.«

Wortlosigkeit. Fast schon Atemlosigkeit im Raum.

»Wie ein Stück Wild?«

»Ähnlich. Die Arme waren am Oberkörper fixiert. Eine Wunde an der linken Torsoseite in Höhe der Milz, knapp unterhalb des letzten Rippenbogens, war die erste Austrittspforte. Es gibt Abrinnspuren über die Wange. Er hat versucht, den Körper zu reinigen, aber unter UV-Licht …«

»Warum?« Nachtigalls Miene war düster. »Wozu?«

»Sie ist nicht gleich daran gestorben. Es muss eine ganze Weile gedauert haben. Möglicherweise wurde sie bewusstlos. Aber sie muss gewusst haben, was mit ihr geschieht.« Der Rechtsmediziner formulierte vorsichtig.

Nachtigall hakte nach. »Sie hätte sich nicht mehr retten können?«

»Nein. Ab einem bestimmten Zeitpunkt nicht mehr. Aber möglicherweise bot der Täter ihr einen Deal an. Eine Information gegen ihr Leben. Doch selbst wenn sie auf den Tausch eingegangen wäre ... Sie hatte keine realistische Chance.«

»Er hat sie nicht bekommen. Sucht nun weiter?«

»Möglich.«

»Wir brauchen den Zeugen, der den Angreifer in die Flucht geschlagen hat. Hier im Büro!«

Silke schrieb eifrig mit. »Ich kümmere mich gleich darum.«

Als es klopfte, zuckten alle aus dem Team zusammen. Ein Kollege. Mit einer Tüte.

»Hier. Die Leute von der Spurensicherung haben gesagt, ihr sollt Handschuhe anziehen. Wegen der Fingerspuren. Sind ja vielleicht welche von dem dran, der das Zeug eingetütet hat. Und wenn ihr was gefunden habt, muss der Beutel sofort ...«

»Ja. Das machen wir.« Silke steifte schon Einmalhandschuhe über. »Und danach geht der Fund sofort weiter. Versprochen.«

Der Blick des Kollegen blieb skeptisch, aber er zog rasch die Tür hinter sich zu.

Silke stöberte hastig.

»Okay. Das ist tatsächlich der erste Artikel. Genau der beschriebene Fall. Und der Name des Täters ist ... Hier: Er heißt Roger Baumschneider. Seine Frau damals

Mandy Baumschneider. Hm. Ob das nun wirklich sein Klarname ist? Ich überprüfe das!« Damit huschte sie in den Flur, wäre fast mit Michael Wiener kollidiert, der zum Team stoßen wollte.

Emile Couvier schrieb den Namen auf den Block am Flipchart.

»Aha. Roger Baumschneider? Das ist der Prügler?«

»Ja. Zumindest ist es der Name, den Frau Waller verwenden wollte.«

Nachtigall stöhnte leise, trat an das Flipchart, schlug die obere Seite zurück.

»Am Vormittag wurde der Arm gefunden. In der Nacht der Rest des Körpers. Opfer: Corinna Waller.« Nach einer Pause setzte er fort. »Ein Schlag gegen den Schädel, danach ließ man das Opfer ausbluten. Am Ende wurde es zerstückelt. Wir wissen, dass der Körper kühl gelagert worden ist, denn bei den Temperaturen hätten die Zeichen der Verwesung sonst deutlicher sein müssen. Stimmt so?« Er warf dem Rechtsmediziner einen fragenden Blick zu.

Der nickte. Fügte an: »Tiefgefroren war der Körper nicht. Ich habe Staub und Erde in ihren Haaren gefunden, zwei Asseln. Wie gesagt: Ich tippe auf einen Keller.«

»Wir haben über die junge Frau erfahren, dass sie gestalkt wurde. Sie legte Wert auf Ordnung, war penibel bei der Arbeit. Laptop und USB-Stick sind verschwunden, der Artikel in Papierform ist aufgetaucht. Warum behält er den Computer und überlässt uns die Papierform?«

»Weil auf dem Laptop viel mehr Informationen sind als nur dieser Artikel«, antwortete Wiener.

»Wir wissen also, dass er uns dringend etwas vorenthalten möchte. Der Täter gibt nicht alles preis. Er ist größer als Frau Waller, hat kräftig zugeschlagen. Ort des Überfalls war der Wirtschaftsweg zum Tierpark. Von dort musste er den Körper an einen anderen Ort bringen. Er hat ein Fahrzeug. Die Frau hat geblutet. Er hat sie wohl nicht auf den Beifahrersitz geschoben. Man hätte an der Ampel sehen können, dass etwas mit der Beifahrerin nicht stimmt. Ein Wagen mit großem Kofferraum? Oder einer mit Ladepritsche?«

»Hat er sie auf die Ladepritsche geworfen, musste er sicher sein, dass sie nicht auf der Fahrt zum Keller zu sich kommt. Stell dir das albtraumhafte Bild vor: Du stehst an der Ampel hinter einem Pick-up, und plötzlich richtet sich jemand auf. Blutverschmiert, offensichtlich schwer verletzt. Das wäre ein viel zu großes Risiko.« Couvier meinte entschieden: »Kofferraum ist die sicherste Variante. Selbst wenn sie geklopft hätte – wem sollte das im Verkehrslärm schon auffallen?«

»Wir müssen feststellen, welche Autotypen unsere Verdächtigen haben. Silke?« Nachtigall warf ihr einen fragenden Blick zu.

Die Kollegin nickte, machte sich eine Notiz auf den Ballen ihres linken Daumens.

Etwas irritiert sah ihr der Hauptkommissar dabei zu. Stellte sich vor, wie gegen Besprechungsende diese Hand aussehen mochte: übersät mit Stichworten, eine mobile To-do-Liste, allerdings nicht wasserfest.

»Er hat Zugang zu einem Keller. Kann dort ungestört sein Opfer quälen. Vielleicht hart befragen. Er will eine Information von ihm, doch Corinna schweigt. Er wartet, bis sie tot ist. Legt sie ab und fährt in die Wohnung. Sucht. Nimmt Laptop und Papiere an sich. Er merkt, dass niemand nach der verschwundenen Frau sucht. Er möchte aber, dass man sich mit dem Fall beschäftigt. Der Arm wird den Tigern vorgeworfen. Maximale Aufmerksamkeit. Er legt Feuer. Verschwindet unerkannt. Er benutzt ihren Schlüssel, deshalb gibt es keine Einbruchspuren. Als er merkt, dass die Polizei endlich auf den Plan gerufen wurde, legt er eine Spur zu Roger Baumschneider. Inszeniert die Auffindesituation. Wozu das Ganze?«

»Geltungsdrang? Machtdemonstration?«, schlug Wiener vor.

»Ich glaube, dass er unsere Hilfe braucht«, stellte Nachtigall in den Raum.

Drei Augenpaare sahen ihn überrascht an.

»Oh, du meinst, er hat nicht gefunden, wonach er gesucht hat?« Couvier fand am schnellsten wieder zurück. »Er braucht jemanden, der ihm den entscheidenden Hinweis geben kann. Da er nicht weiß, wer mit dem Opfer Kontakt hatte, ist er auf die Beobachtung unserer Ermittlungen angewiesen. So gelangt er von einem zum anderen.«

»Verdammte Scheiße!«, fluchte Nachtigall. »Genau. Wir führen ihn freundlicherweise zu Corinna Wallers Kontakten.«

»Jasmin Dossow?«

»Ja. Und man muss auch diesen Schweinchenflüsterer anrufen! Und die Damen in der WG informieren.«

»Und den Enkel. Die Mieterin aus der Parterrewohnung hatte ja einen Mann rumlungern sehen. Auch im Haus. Das war aber kein Fremder, sondern der Enkel der einen Dame aus der WG.« Wiener zerrte sein Mobiltelefon aus der Jacke und begann aufgeregt, eine Nummer einzutippen. »Mist! Besetzt.«

»Ich habe diesen Namen überprüft. Das ist kein Klarname. Der Prügler hieß früher anders, sie hat einen Namen erfunden oder tatsächlich seine neue Identität verwendet. Es gibt nämlich einen Roger Baumschneider. Tatsächlich gerade aus der Haft entlassen. Er saß wegen schwerer Körperverletzung. Ich fahre hin und frage bei ihm nach. Er wohnt in Sachsendorf, Turnowstraße. Vielleicht hat er mit der ganzen Angelegenheit nichts zu tun, sein Name war nur Platzhalter für den, den Corinna Waller noch einsetzen wollte.«

»Silke, nimm eine Streife mit! Vielleicht ist er aggressiv«, mahnte Nachtigall und dachte an das hohe Aggressionspotenzial der Kollegin, das sie mehr als einmal in arge Schwierigkeiten gestürzt hatte.

»Ja!« Damit rannte Silke Dreier über den Gang.

»Wo mag Jasmin Dossow dem Mann begegnet sein? Wo ist sie jetzt? Michael, wir fahren in die Bahnhofstraße und versuchen herauszufinden, wohin sie nach unserem Gespräch gegangen ist. Emile, möchtest du uns begleiten?«

»Ich werde mich um den Schweinchenflüsterer kümmern, den Enkel anrufen. Gibt es einen Namen?«

»Ja. Felix Sommer. Wir werden auch der WG Bescheid geben.«

Damit waren auch die beiden Ermittler verschwunden.

Dr. Pankratz schmunzelte. So eine Rennerei gab es in seinem Job selten. Seine Kunden waren schon gestorben, brauchten keine Notfallintervention mehr – und bei spektakulären Erkenntnissen mit hoher Brisanz im Rahmen der Obduktion reichte in der Regel ein Griff zum Telefon. Zum Beispiel wenn eine Vergiftung der Stadtbevölkerung zu befürchten war – oder der Ausbruch einer schrecklichen Epidemie.

»Na dann. Bis zur nächsten Runde«, verabschiedete er sich und beschloss, einen Abstecher ins neue Café am Altmarkt zu machen. »Lucie« hieß das, hatte man ihm erzählt. Quasi die Schwester des »Café Schiller« neben dem Theater. Er schlenderte los. Schließlich wäre er ja jederzeit über Handy erreichbar.

Couvier telefonierte bereits, als der Rechtsmediziner die Tür hinter sich ins Schloss zog. Ein wenig neidisch sah er ihm nach.

»Hallo, Herr Sommer. Kriminalpolizei Cottbus. Ist Ihnen in letzter Zeit jemand aufgefallen, der sie verfolgt?«, fragte er dann freundlich. »Nicht. Das ist sehr gut. Ich möchte Sie bitten, zu mir ins Büro zu kommen. Ja, jetzt. Es gibt ein paar Dinge im Zusammenhang mit der Tötung der Corinna Waller zu besprechen. Mein Name ist Couvier. Ich warte hier auf Sie.«

34. KAPITEL

Luise wog das kleine Grünzeug ab, schob es in winzige Plastiktüten.

Ihr Enkel sah zu.

Sie spürte deutlich, dass ihn etwas beunruhigte.

»Meinst du, die Polizei war im Keller?«

»Aber nein. Die waren nur in Corinnas Wohnung. Und offenbar bei der Kowalski, die denen als Zeugin ein Phantombild von dir geliefert hat. Sie haben es uns gezeigt, wir konnten das Missverständnis aufklären. Sei unbesorgt. Die wissen nichts.« Dabei schwenkte sie fröhlich den nächsten Folienbeutel. »Denn hätten sie das kleine Geheimnis entdeckt, wüssten wir es sicher längst.« Sie kicherte.

»Mag sein«, antwortete Felix unsicher.

Luise arbeitete schweigend weiter. Die Aura des Enkels störte ihre Konzentration. Ungehalten fragte sie: »Was ist es denn? Irgendetwas beschäftigt dich doch!«

»Ich muss zur Polizei. Die wollen sich mit mir über Corinna unterhalten.«

»Nun, das ist es sicher nicht, was dich beschäftigt, nicht wahr?«, fragte die Großmutter nach.

»Erich ist zurück!«, presste er hervor, ließ seine Augen nervös durchs Wohnzimmer der WG patrouillieren, als glaube er, Erich lauere hinter der Fußbodenleiste.

»Was? Der Erich!« Luise war entsetzt, fing sich aber schnell. »Hör mal, das kann nicht sein! Der ist schon vor Jahren an seinem Leberkrebs gestorben. Du solltest mich nicht so erschrecken, in meinem Alter kann das tödlich enden.«

»Doch nicht der Erich Honecker! Mein Erich natürlich!«

»Ach herrjeh! So viel besser ist das nun auch nicht! Den hast du doch seit Jahren nicht mehr gesehen! Seit damals, nicht wahr? Mit dem gab es nur Ärger! Ständig. Belästigt er dich etwa?«

Der Enkel nickte.

»So, ist er also wirklich wieder da. Pass bloß auf, dass er dich nicht in Schwierigkeiten bringt. Du weißt, er ist sehr geschickt darin, andere für seine Sünden büßen zu lassen.«

»Das ist nicht so einfach. War es nicht und ist es nicht«, antwortete Felix mutlos. »Er ist ... hm ... dominant. Manipulativ. Schwer, sich ihm zu entziehen.«

»Vertreiben kannst du ihn nicht? Aus deinem Leben verjagen, ihm verbieten, Kontakt mit dir aufzunehmen?«

Der Enkel lachte freudlos auf.

»Nein. Mit Worten sicher nicht. Ich habe ihm deutlich zu verstehen gegeben, dass er mich in Ruhe lassen soll. Aber du weißt ja, wie er ist. Es hat nicht funktioniert, hat die Situation eher verschlimmert.«

»Das tut mir ehrlich leid, mein Lieber. Wir beeilen uns mit den Tütchen, und dann reden wir in Ruhe. Wenn du möchtest. Kann sein, es fällt uns eine elegante Lösung ein, wie du ihn loswerden kannst.«

»Mich hat gerade jemand von der Polizei angerufen und wollte wissen, ob ich verfolgt werde! Ich habe natürlich behauptet, dem sei nicht so. Dennoch wollen die mich sehen. Wenn die Erich nun fassen, was passiert dann? Hat er wirklich was angestellt oder erfindet er Geschichten, um mich zu ängstigen?«

»Wir setzen uns draußen ein wenig in die Sonne, Felix. Komm, wir räumen auf und spazieren zum Springbrunnen auf dem Schillerplatz. Da sind wir um diese Zeit ungestört. Muttis mit Kindern sind jetzt zu Hause und machen Hausaufgaben.« Luise lachte keckernd, schob die Waage in eine der Schubladen, die Folienbeutel in eine andere. Reichte dem Enkel das Körbchen mit dem Pflanzenanteil. »Bring das besser wieder runter. Muss ja nicht hier rumliegen. Ich ziehe mich an und wir nehmen Hans-Jürgen mit. Wo habe ich nur die Leine hingelegt?«

35. KAPITEL

Bernhard starrte auf das Gesicht des Fremden.
Matsch.
Ihm wurde flau im Magen.

»Sorry, ich konnte nicht eher zurückkommen. Jemand hat mich K.o. gehen lassen. Vollnarkose«, stammelte er, wusste, dass all diese Informationen für den Gefangenen völlig uninteressant waren. »Es tut mir so leid, dass Sie von jemandem so übel zugerichtet wurden. Man hat Sie offensichtlich nach allen Regeln der Kunst zusammengeschlagen. Das durfte natürlich nicht passieren! Logisch. Wir brauchen von Ihnen ja nur die Angabe zum Versteck der Beute. Mehr wollten wir nie. Mehr nicht.« Er hörte die Hilflosigkeit aus jeder Silbe. Scheiße, verdammte Scheiße! Was nun? Scheiße, Scheiße, Scheiße! Wer war das? Und warum? Was, wenn der Typ das Versteck nun gar nicht kannte? Dann hätten sie ihn totschlagen können, ohne etwas zu erfahren! Auf jeden Fall wurde die Lage durch diesen Übergriff endlos vertrackt! Über den unfreiwilligen Aufenthalt hier bei ihnen würde der Mann nun mit Sicherheit nicht mehr schweigen. Warum auch, wenn er gar nicht der Dieb war. Oder ein Mörder. Bernhard kam diese Überlegung beim Anblick des Geschundenen ziemlich blöde vor.

Der Kopf des Fremden baumelte Richtung Brust.

Offenbar war er nicht mehr in der Lage, ihn aufrecht zu halten. Speichel in Blasen vor den Lippen des Geprügelten. Manche zerplatzten beim Ausatmen. Bildeten sich neu. Das T-Shirt war voll Blut und vom Sabbern ganz durchnässt auf der Brust, eine feuchte Bahn zog bis zum Hosenbund. Im Schritt – alles nass. Der Fremde stank nach Urin und Erbrochenem.

Entweder konnte er nicht mehr antworten – oder wollte es nicht. Außer dem angestrengten Atemgeräusch war nichts zu hören.

Bernhard wurde nervös. Spürte die Angst durch den Magen sausen, fühlte, wie sie in seinem Darm zu wühlen begann. Der neue, ganz und gar beunruhigende Gedanke war plötzlich aufgetaucht: Der Mann stirbt!

Er mochte ja ein Dieb oder Einbrecher sein, vielleicht gar ein Mörder – aber wenn er nun aufhörte zu atmen, dann waren sie alle auch nicht besser. Ein Kollektiv von Mördern!

Und was, wenn er wirklich der Tierparkmörder … dann würde man glauben, sie hätten in einem Akt von Selbstjustiz … die Gedanken stolperten übereinander, überholten sich gegenseitig, stießen sich im Raum, verklumpten zu einem heftigen Kopfschmerz. Bernhard fluchte tonlos.

Es gab nur eine Lösung.

Bernhard wollte auf gar keinen Fall mitverantwortlich am Sterben des Fremden sein, fühlte sich in besonderer Weise für dessen Lage verantwortlich, war er es doch gewesen, der ihn überhaupt in diese gebracht hatte. Hätte ich doch bloß nicht zugepackt, schalt er sich, hätte ich ihn einfach entkommen lassen! Ohne diese »Heldentat«, konstatierte er, wäre der arme Kerl dem Prügler nicht in die Hände gefallen.

Er lief nach draußen. Telefonierte aufgeregt. »Wir haben den Tierparkmörder festgesetzt. Und – äh – er wurde dabei beschädigt. Könnten Sie bitte auch gleich einen Rettungswagen und den Notarzt schicken?«

Im Nachhinein fiel ihm ein, dass er vergessen hatte, die Rufnummernunterdrückung einzuschalten. Anfängerfehler! Jochen wäre das natürlich nicht passiert. Der telefonierte von jeher prepaid. Er denke gar nicht daran, sich überwachen zu lassen, hatte er erklärt. Und so bekäme der Polizeistaat keine Daten über ihn.

Nun ja. Wahrscheinlich war das mit der Nummer ohnehin egal, überlegte er. Die anderen hätten sowieso gewusst, wer hier das Leck war!

Der Rettungswagen kam zuerst. Der Notarzt wenig später.

Die Kriminalpolizei rückte mit mehreren Streifenwagen in Begleitung an.

Plötzlich war ihre sonst so ruhige Gegend aufgeregt und belebt wie ein mittelalterlicher Markt.

Türen wurden geöffnet und zugeschlagen, fremde Menschen mit unterschiedlichem Auftrag liefen eilig durch die Straßen und zwischen den Gärten hin und her. Blaulichter geisterten über Fassaden und Fenster. Und überall Gaffer!

Bernhard war zutiefst angewidert.

In den Vorgärten, den Einfahrten, auf den Parkplätzen, ja sogar auf dem Spielplatz standen Schaulustige und warteten gespannt, tuschelten, deuteten mit dem Finger auf die Beamten und auf ihn, Bernhard.

Aber worauf sie wirklich warteten, wusste nur einer! Nämlich er! Gut, räumte er dann ein, der Prügler wusste es auch.

Die Rettungssanitäter waren mit ihrem Equipment in der letzten unbewohnten Behausung am Ende der Straße verschwunden. Der Notarzt stürmte ihnen hinterher. Dann passierte längere Zeit nichts. Schließlich wurde die Trage aus dem Rettungswagen geholt.

Bernhard machte sich ernsthaft Sorgen.

Bei leichteren Verletzungen dauerte die Erstversorgung in der Regel nur Minuten – also musste die des Verwundeten tatsächlich gravierender sein. Hoffentlich lebte er noch!

Ganz unerwartet eine Stimme an seinem Ohr.
Gänsehaut rollte über seinen Körper wie ein Läufer, der auf einer Treppe von Stufe zu Stufe … Jochen! Logisch.
»Wir wissen, wer an dem Aufgebot der Staatsmacht hier bei uns die Schuld trägt! Und wir werden dafür sorgen, dass es ihm auf ewig leidtut. Bitter leidtut, das kannst du glauben. Du Arschloch! Wir waren so nah dran.«
»Ja. Das habe ich gesehen. Nah dran, den Mann umzubringen!«
»Nun, wie gesagt: Wir nehmen Rache. Davon kannst du getrost ausgehen!«

Ein gewichtiger Riese kam auf sie zu, und Jochen verschwand, weggeblasen wie ein Staubkorn im Wind.
»Peter Nachtigall, Kriminalpolizei Cottbus. Herr Bernhard Buscher? Wir haben einen Notruf über Ihr Handy erhalten. Sie haben uns angerufen?«
Bernhard senkte den Kopf, nickte unmerklich.
»Wir haben noch einige Fragen zu diesem Sachverhalt, das können Sie sich denken. Bitte begleiten Sie uns ins Büro.«
Bernhard schluckte hart. Nickte wieder. Dachte an Kathi und fragte sich, ob sie nun an seiner Stelle würde büßen müssen.

»Ich verstehe das natürlich«, krächzte er. »Es ist nur so, dass die Gemeinschaft mit Konsequenzen wegen des ›Verrats‹ droht. Ich möchte meine Frau nicht allein hier zurücklassen. Verstehen Sie? Sie könnte in Gefahr geraten.«

»Ihre Frau ist Katharina Buscher?«, fragte der Hauptkommissar und setzte hinzu, nachdem das bestätigt war: »Das trifft sich gut. An Ihre Frau haben wir auch noch einige Fragen. Wir nehmen Sie beide zur Befragung mit.«

Bernhard war ratlos. Welche Fragen sollte die Polizei an Kathi haben? Sie war ja weder in die Überwachung noch die Festsetzung einbezogen gewesen. Nicht einmal in die Versorgung des Gefangenen involviert. Beunruhigt beobachtete er, wie sie auf die Rückbank eines Streifenwagens geschoben wurde.

Ihn selbst setzte man in einen anderen. Bernhards Unwohlsein steigerte sich noch.

»Wie geht es ihm?«, fragte er den Beamten auf dem Beifahrersitz. Doch der zog es vor, darauf nicht zu antworten. War der Fremde tot? Sie alle längst zu Mördern mutiert?

Auf dem langen Gang des neuen Polizeigebäudes sah er Kathi für eine Sekunde wieder. Erkannte, dass sie geweint hatte. Sie verschwand mit einer Polizistin hinter einer der Türen.

Er selbst fand sich in einem schmucklosen Raum wieder, wurde aufgefordert, am Tisch Platz zu nehmen. Ein uniformierter Beamter setzte sich auf einen Stuhl an der Tür.

Der soll mich an der Flucht hindern, durchzuckte es Bernhard, und er schrumpfte auf die Hälfte, die halten mich für einen Mörder. »Bin ich verhaftet?«, erkundigte er sich mit schwacher Stimme.

»Weiß ich nicht«, gab der Uniformträger unfreundlich zurück.

Das mulmige Gefühl wuchs weiter an. Sicher, der Mann würde aussagen, dass er, Bernhard, ihn überwältigt und eingesperrt hatte. Damit läge klar die Hauptverantwortung bei ihm. Auch wenn er den Fremden gar nicht zusammengeschlagen hatte – woran der sich im schlimmsten Fall womöglich überhaupt nicht mehr erinnerte! Dabei war er ja, im Gegenteil, selbst Opfer eines brutalen Angriffs geworden! Jochen? Damit er endlich seine »wirksameren« Verhörmethoden anwenden konnte?

Eine junge Frau trat ein.

Sportliche Figur, entschlossenes Auftreten, Autorität in Schritt und Mimik. Eine Kommissarin! Ganz sicher.

»Silke Dreier. Sie wurden von meinen Kollegen zu einer Zeugenbefragung hergebracht. Leider wurden die beiden noch aufgehalten, werden aber in Kürze eintreffen. Bitte haben Sie noch ein wenig Geduld. Möchten Sie vielleicht ein Glas Wasser oder einen Kaffee?«

»Ein Glas Wasser wäre nett«, gab er mit rauer Stimme zurück. »Bin ich verhaftet? Und warum ist meine Frau auch hierher gebracht worden?«

»Ihre Frau spricht mit mir – über den Vorfall in der Siedlung. Ich befrage sie zu den Hintergründen, wie es ihrer Meinung nach zu dieser sonderbaren Situation kommen konnte. Und Sie sind nicht verhaftet. Dazu brauchen wir einen Haftbefehl. Man hat Sie erst mal zu einer Befragung abgeholt. Hauptkommissar Peter Nachtigall wird gleich bei Ihnen sein.«

Der Uniformierte brachte ihm einen Becher mit sprudelndem Mineralwasser.

Bernhard hatte gar nicht bemerkt, dass er rausgegangen war.

Silke Dreier betrachtete die junge Frau.

Registrierte ihre gepflegte Erscheinung, die zarten Hände, das teure Kleid. Durch die Tränen hatte sich ihr Make-up aufgelöst, Mascara zog schwarze Bahnen über die Wangen, bildete breite dunkle Ringe unter den Augen. Vom Lippenstift war nichts geblieben, lediglich der rote Konturenstift hatte sich an manchen Stellen erhalten. Wirkte deplatziert. Wie eine diffuse Entzündung im Lippensaum.

Sie schniefte, putzte sich bestimmt zum 20. Mal die Nase, die sich bereits rot vom blassen Gesicht abhob.

»Der Mann, den die Gemeinschaft als Geisel genommen hatte, erwähnte Ihren Namen. Haben Sie eine Erklärung dafür?«

Die Zeugin zog die Nase hoch.

Tupfte mit einem Papiertaschentuch die Oberlippe ab.

»Wurden Sie von ihm verfolgt? Oder bedroht?«

Keine Antwort.

»Wissen Sie, was dieser Mann in der Siedlung wollte?«

Schweigen.

Verstockt, dachte Silke, verwöhntes, trotziges Frauchen. Gelangweilt, ohne Beruf. Ihr Adrenalinpegel stieg. Langsam noch, aber kontinuierlich. Sie atmete durch. »Kennen Sie die Geisel? Immerhin scheint der Mann Sie zu kennen. Halb tot fällt ihm als Erstes Ihr Name ein!«

Für einen winzigen flüchtigen Augenblick schien sich die Mimik der Zeugin zu verändern, doch offensichtlich wollte sie nichts Erhellendes zu den Ermittlungen beitragen. Der trotzige Ausdruck kehrte zurück.

»Kennen Sie Corinna Waller?«, schoss Silke ins Blaue.

Ganz klar Erschrecken! Die junge Frau schnurrte wahrnehmbar zusammen, blieb verstockt.

»Corinna Waller wurde getötet. Ermordet.«

»Ja«, hauchte Katharina, »ich weiß.«

»Sie kannten sich?«

»Flüchtig.«

»Woher?«

»Sie stieß auf meinen Namen und wollte ein Interview mit mir machen. Ich lehnte ab. Das war auch schon alles. Mehr Kontakt hat es nicht gegeben. Und nun habe ich von dem Mord im Radio gehört.«

Peter Nachtigall und Michael Wiener saßen inzwischen bei Bernhard Buscher. Nachtigall schaltete das Mikrofon ein, belehrte sein Gegenüber und begann: »Sie haben uns alarmiert. Behauptet, eine Gruppe habe den Tierparkmörder gefangen gesetzt, den Mann, der die Journalistin Corinna Waller getötet habe. Erzählen Sie uns mehr darüber.«

»Ja. Ich habe Sie angerufen, weil ich einen schwer verletzten Mann vorfand, als ich die Wache übernehmen sollte. Irgendjemand musste ihn brutal verprügelt haben. Ich war wegen seines Zustands besorgt, rief bei Ihnen an und bat, einen Rettungswagen zu schicken.«

»Wie sind Sie auf den Gedanken gekommen, es könne sich bei der gefangenen Person um den gesuchten Mörder handeln?«, blieb Nachtigall hartleibig.

Bernhard schwieg.

»Hat er Ihnen gegenüber etwas in der Art angedeutet?«

»Nicht direkt.«

»Aber?«

»Indirekt.«

Michael Wiener wusste, dass sein Freund dieses Spiel nicht lange akzeptieren würde. Schließlich hatten sie beide den Verletzten gesehen, bevor er abtransportiert wurde.

Gebrochenes Jochbein links, Nase und Augenhöhle rechts zertrümmert, Kiefer beidseits gebrochen, Zahnverluste, Rippenserienfraktur rechts, mögliche Verletzung der Lunge, Oberschenkel rechts, Oberarm rechts mehrfach frakturiert. Und das sind nur die Dinge, die ich auf den ersten Blick feststellen kann, hatte der Notarzt gesagt, man müsse das MRT abwarten, um zu sehen, ob der Mann Hirnschäden erlitten habe. Und er hatte darauf hingewiesen, dass der Zustand des Mannes kritisch sei.

»Der Verletzte, den Sie für den Mörder gehalten haben, wird womöglich sterben! Selbst wenn er überlebt, bleiben vielleicht – eher wahrscheinlich – schwerwiegende Schäden zurück. Wenn Sie in Ihren Aussagen nicht deutlicher werden, kann das für Sie herbe Konsequenzen haben!«, erklärte der Hauptkommissar laut, und sein Gesicht war so finster, wie es Wiener bei ihm nur selten gesehen hatte. »Sie können nicht jemanden fast totschlagen, bloß, weil Sie ihn für einen gesuchten Täter halten!«

Bernhards Lippen reduzierten sich auf einen blassen Strich. Seine rechte Augenbraue begann zu zittern und zuckte dann kräftig.

»Ich war das nicht!«, beteuerte er schließlich.

»Wer dann?«, donnerte Nachtigalls Stimme wie ein Gewitter.

Der Zeuge fuhr heftig zusammen, wurde noch ein wenig kleiner.

»Ich war es nicht! Wer ihn so geschlagen hat, weiß ich nicht«, flüsterte er kaum noch wahrnehmbar, wischte sich die offensichtlich schweißnassen Hände auf den Oberschenkeln ab. »Wirklich nicht.«

»Der Mann, den Sie festgehalten haben, wird vielleicht nicht überleben – und Sie halten die Wahrheit für etwas, das der Geheimhaltung unterliegen könnte?«

Peter Nachtigall war aufgestanden, streckte sich zu voller Größe, umgeben von einer gewaltigen Aura des mühevoll zurückgehaltenen Zorns – musste Bernhard in diesem Moment wie eine Erscheinung aus einer anderen Welt vorkommen. Ob himmlisch oder höllisch, war für ihn nicht auflösbar.

»Ich denke, das war so nicht geplant«, behauptete er schwach und hörte dabei die Stimme Jochens in seinem Kopf, der den Gefangenen von Anfang an totschlagen wollte. Hatte er den Fremden so zugerichtet? Ja, beantwortete er sich diese Frage selbst, wer sonst? Aber die eine Schuld blieb. In die lastende Stille hinein heulte er plötzlich: »Aber es war doch alles ganz anders!«

»Na, dann lassen Sie mal hören!« Nachtigalls gewaltige Faust krachte auf die Tischplatte, das Aufnahmegerät hüpfte empört bis zur Kante.

»Seit Wochen häufen sich Einbrüche in der Siedlung. Wir haben Wache geschoben und dabei den Kerl geschnappt. Wir dachten, er wäre der Kerl, der bei uns die Häuser ausräumt!« Und plötzlich gab es kein Halten mehr, die ganze vertrackte Geschichte von Agnes' Ring und Jochens Tipps sprudelte aus ihm heraus.

Die beiden Ermittler hörten zu. Ungläubiges Staunen im Gesicht.

»Lauter erwachsene Männer, richtig? Und Sie haben nicht einen Gedanken daran verschwendet, wie es weitergehen soll, wenn Sie den Dieb erwischt haben? Das glauben wir Ihnen nicht eine Sekunde lang!« Michael Wiener mochte es nicht, wenn man versuchte, ihn zu verschaukeln. Aggressiv beugte er sich über den Tisch, näherte sein Gesicht dem des Zeugen.

Der wurde kleinlaut. »Ja, es klingt irgendwie blöd. Möglich, dass keiner von uns wirklich an einen Erfolg der ›Mission‹ geglaubt hat. Wir haben nie darüber nachgedacht, nie darüber gesprochen«, beteuerte Bernhard und schwankte emotional zwischen Erleichterung und Hoffnungslosigkeit, Scham und Schuldgefühl.

»Sie bekommen jetzt einen Moment Zeit, um über Ihre Lage nachzudenken. Lassen Sie dabei nicht außer Acht, dass der Fremde die Verletzungen möglicherweise nicht überlebt.« Damit stand Nachtigall auf und trat mit Wiener auf den Gang hinaus.

»Michael, lass uns diesen Jochen bringen, den Herr Buscher erwähnt hat. Es ist sicher noch eine Streife vor Ort. Wir brauchen den hier im Büro. Sofort. Fluchtgefahr! Der wird kaum davon ausgehen, dass sein Kumpel schweigt.« Rasch tippte er die Nummer des Klinikums in sein Smartphone. »Hauptkommissar Peter Nachtigall, Kriminalpolizei Cottbus. Wir haben vorhin miteinander telefoniert. Konnte der Verletzte aus der Siedlung schon Angaben zu seiner Person machen? Hm, ich verstehe. Dann muss das noch warten. Danke. So ein Mist! Er ist im OP.« Dann murmelte er: »Wo, zum Henker, ist eigentlich Emile?«

Silke Dreier wusste nicht so recht, ob ihr die Frau leidtun sollte oder nicht.

»Warum kam der Fremde in die Siedlung?«

Katharinas gesamte Körperhaltung: Trotz und Abwehr.

»Sollte der Verletzte je in der Lage sein, eine Aussage zu machen, so wird er uns sicher alles haarklein erzählen. Sie können keine Informationen auf Dauer zurückhalten. Ihr Mann war es, der uns alarmierte, behauptete, man habe den Tierparkmörder gefangen.«

Der jungen Frau fiel tatsächlich die Kinnlade runter.

»Quatsch!«, entrüstete sie sich, als sie sich wieder gefangen hatte.

»Wie kam Ihr Mann auf diesen Gedanken?«

»Hören Sie, das ist alles nur Schwachsinn! Einen Dieb wollten sie fangen. Einen Einbrecher.«

»Aha. Und? Hat es geklappt?«, fragte Silke in lockerem Ton.

»Nein. Natürlich nicht. Er ist kein Dieb! Er ist kein Mörder!«

»Was also wollte er dort?«

»Egal.«

»Nein, das ist es eben nicht.«

»Dann warten Sie doch auf das, was er Ihnen erzählen wird!«, schnappte Kathi.

»Falls er stirbt, wird sich Ihr Mann vielleicht dafür vor Gericht verantworten müssen. Wenn ich das richtig verstanden habe, hat er ihn festgesetzt.«

»Aber das mit dem Verprügeln war Bernhard nicht! Im Gegenteil! Jemand hatte ihn während seiner Wache niedergeschlagen. Jochen hat behauptet, das sei die Geisel gewesen. Aber das kann nicht sein. Ich bin ziemlich sicher, der Jochen hat erst meinen Mann und dann den Fremden geschlagen. Der ist so drauf.«

»Wer ist der Mann? Gibt es jemanden, den wir über seinen kritischen Zustand informieren sollten?«

Katharina schwieg.

Silke brach an dieser Stelle die Befragung erst einmal ab. Sie brauchte einen Kaffee.

Als Jochen wenig später in der Polizeidirektion eintraf, hatte er schon einen Termin beim Erkennungsdienst.

»Wir brauchen Ihre Fingerabdrücke. Schon, um Sie als Täter ausschließen zu können.«

»Hä?«

»Wir haben das Tatwerkzeug im Kellerverlies gefunden. Wir überprüfen nun, wer es in der Hand gehabt haben könnte.«

»Mann, den alten Prügel hatte sicher jeder mal irgendwie in den Pfoten!«, protestierte Jochen Müller wirkungslos.

Emile Couvier saß bei Frau Schulz.

»Ich frage mich, wie Sie das damals angestellt haben. Sie waren nicht schwanger und präsentierten doch irgendwann ein Baby als ihr eigenes Kind. Wie haben Sie es geschafft, dass man Ihnen glaubte?«

»Ach, lassen Sie doch diese alte Geschichte ruhen! Es war eine Regelung zu aller Zufriedenheit. Niemand wurde übervorteilt, niemand hat gelitten. Das Kind wuchs behütet auf. Alles bestens.«

»Sollten Sie das Kind entführt oder gestohlen haben, war das eine Straftat. Vielleicht haben Sie Corinna gekauft?«

»Habe ich nicht.«

»Aber?« Couvier rückte einen Hauch näher an die Frau heran. Meinte dann in vertraulichem Ton: »Sehen Sie, ich bin Psychologe. Unter anderem. Und wir wollen immer alles verstehen.« Er lächelte, gab sich hilflos, so, als käme er ohne die Unterstützung der Zeugin nicht weiter.

»Es war eben so. Schluss.« Frau Schulz wedelte mit der Hand, als wolle sie ein lästiges Insekt verscheuchen. »Es war für alle die beste Lösung.« Sie schien zu spüren, dass Couvier nicht lockerlassen würde, bis er eine befriedigende Antwort erhalten hatte. Signale der Unruhe. Der Fallanalytiker registrierte sie sofort.

»Corinna ist tot. Ihr wird es nicht schaden, wenn Sie mir die ganze Geschichte erzählen.«

»Ihr nicht. Mir vielleicht schon. Dann steht die Sache plötzlich in allen Zeitungen. Nein!«

»Kannte Corinna die Story zu ihrer Herkunft?«, bohrte Couvier hartnäckig weiter.

»Sind Sie verrückt? So eine Kiste! Darüber spricht man besser nicht. Es bestand auch kein Risiko, dass die andere Seite Informationen preisgeben könnte. Wie gesagt: Alles war gut.«

»Ich habe nachgeforscht.«

Ein lauernder Ausdruck stahl sich in ihre Augen.

»Für den Zeitraum von Corinnas Geburt gibt es keine registrierten Fälle von Kindesentzug. In der gesamten DDR nicht. Wobei der staatlich veranlasste, nicht offiziell registriert wurde, logischerweise.«

»Corinna war keines dieser Babys. So eines hätte ich auch gern genommen, aber hat sich nicht ergeben. Und ich wollte kein Kind, ich wollte ein Baby. Warm und weich und glucksend. Dass diese Phase irgendwann endet, sagt einem ja keiner. Und die Mütter schwärmen immer nur in den höchsten Tönen von ihren Nachzuchten! Da fühlt man sich sofort als schlechte Mutter, wenn es zu Hause nicht auch so glücklich und reibungslos läuft.«

»Mit Corinna wurde es schwierig?«

»Und wie! Die hat sich benommen! Peinlich. Echt peinlich, kann ich Ihnen sagen. Aber natürlich kein Wunder bei der Mutter!« Frau Schulz redete sich in Rage.

»Sie kannten sich?«, stieß Couvier einen Haken in die unbedachte Äußerung.

»Logisch. Sonst hätte der Deal ja nie geklappt!« Erschrocken schlug die Frau beide Hände vor den Mund, riss die Augen kuhartig auf. Sie sahen aus wie Murmeln.

»Die echte Mutter wäre also ein schlechtes Vorbild gewesen. Das Kind konnte froh sein, aus diesen Verhältnissen erlöst worden zu sein.«

»So in der Art. Ja.«

»Das, was man heute prekäre Verhältnisse nennt?« Der Ton blieb neutral.

»Ach was! Prekariat! Kariat war das! Die Vorstufe, das Pre, hatten die längst hinter sich gelassen. Ich bekam das Baby und gut. Ich zahlte nicht, gab einen falschen Namen an, zog mit dem Kind nach Neuzelle. Hier kannte man mich als Mutter einer Tochter mit Eheproblemen. Das Übliche eben.«

»Was wurde aus der Mutter?«

»Die ist wohl gestorben. Aber nicht aus Trauer über den Verlust der Tochter. Sie hatte ihre Jungs. Der Einfachheit halber von A-F, hat man mir damals erzählt. Vielleicht hat sie es ja später noch bis Kai oder Ludwig geschafft. Söhne sind vielen Männern lieber als Töchter, wissen Sie?« Die Frau schien erleichtert zu sein. Endlich konnte sie die Geschichte loswerden. »Ich sah sie einmal zufällig wieder. Beim Einkaufen. Mich erkannte sie nicht. Schlecht sah sie aus. Bestimmt war sie krank. Vielleicht was richtig Ernstes.« Sie schwieg nachdenklich.

»Ich wurde geschieden und heiratete den Mann, den die Polizei hier getroffen hat. Natürlich habe ich nie über die wahre Herkunft Corinnas ... nie.«

Couvier klopfte bei seinem Schwiegervater an die Bürotür.

»Ja«, brummte eine mürrische Stimme.

Er trat ein. »Ich bin wieder zurück. Corinna wurde

als Baby angeblich an Frau Schulz verschenkt. Sie will weder bezahlt haben noch ein politisches Kind übernommen haben.«

»Wer war die echte Mutter?«

»Sagt sie nicht. Und meiner Meinung nach wird sie es nie tun. Aber den Rest hat sie mir erzählt.«

»Gut. Wir haben noch ein paar Gespräche zu führen, dann ist Teambesprechung.«

»Ich gehe rüber und schreibe den Bericht.« Damit schloss er die Tür wieder. Dachte an das Versprechen, das er seiner Frau gegeben hatte. Seufzte. Flüsterte vor sich hin: »Jule, ich gebe mir ja Mühe. Aber ein Verhältnis kann man nur dann nachhaltig verbessern, wenn beide es wollen. Dein Vater will nicht.«

Als er aufsah, entdeckte er Dr. März, der über den Gang hastete.

»Hallo, mein Lieber«, keuchte der Endvierziger. »Läuft's?«

»Ja. Aber wir wissen noch nicht, wer die junge Frau getötet hat.«

»Dann sollten Sie sich alle mehr ins Zeug legen! Zwei Tage sind verstrichen – und getötet wurde sie ja sogar früher! Die Presse wird unruhig. Man möchte den Menschen mitteilen können, sie seien wieder sicher.«

»Verständlich. Allerdings finden wir im Augenblick eher Hinweise, die uns verwirren sollen. Wir werden den Fall schon klären.«

»Ich werde bei der nächsten Teambesprechung anwesend sein. Wenn ich schon den Journalisten antworten soll, brauche ich tiefe Einblicke in die Arbeit des Teams.«

»Teambesprechung!«, rief Nachtigall alle zusammen.

Dr. Pankratz kam gerade noch rechtzeitig dazu. »Ich glaube, ich hab' Neuigkeiten für euch.«

»Du weißt, wer der Mörder ist?«, zog Wiener den Rechtsmediziner auf, und der feixte zurück.

»Schnell ein Überblick: Uns erreichte vor ein paar Stunden ein Notruf. Man habe den Tierparkmörder gefangen und überwältigt. Er sei allerdings etwas ramponiert, wir sollten einen Rettungswagen schicken. Wir fanden einen übel zugerichteten Mann, der noch immer operiert wird. Sein Zustand ist kritisch, es ist nicht klar, ob Folgeschäden bleiben, ob er überhaupt überlebt. Zwei Zeugen haben wir bereits befragt, einen vorläufig festgenommen wegen Freiheitsberaubung, unterlassener Hilfeleistung, Verdeckung einer Straftat. Einen Dritten wegen schwerer Körperverletzung und Freiheitsberaubung. Mit konkreten Auskünften halten sich alle zurück. Das Opfer ist noch nicht identifiziert.«

»Aber die beiden Fälle haben miteinander zu tun?«, fragte Dr. März.

»Das ist unklar. Warum der Anrufer behauptete, den Tierparkmörder gefasst zu haben, wissen wir auch noch nicht. Aber meiner Meinung nach ist es eher unwahrscheinlich.« Nachtigall war müde, sah in der Runde die anderen gähnen und sich an Kaffeetassen festhalten.

»Dann kehren wir einstweilen zum Fall Corinna Waller zurück.« Couvier stellte sich neben das Flipchart. »Ich habe mir die Gegend angesehen. Es gibt verschiedene Möglichkeiten, einen Wagen zu parken und zu Fuß die Stelle zu erreichen, an der dieser Holzhaufen aufgebaut war. Einmal am Badesee Madlow.« Er warf einen flinken Blick zu Michael Wiener, der bei der Erwähnung dieses Ortes, der für ihn persönlich mit dramatischen Ereignissen verbunden war, nicht einmal zusammenzuckte. »Von dort aus ist es allerdings ein recht weiter Weg durch die Madlower Schluchten über das Kiekebuscher Wehr. Er hätte den Weg mehrfach machen müssen, um alles zum Beispiel in einer Schubkarre dorthin zu transportieren. Der Parkplatz an der Parkeisenbahn ist näher. Von dort aus wäre es leicht möglich gewesen. Und natürlich konnte er auch bis zum Fundort fahren, den Wagen auf dem Damm abstellen und die Leichenteile mit wenigen Schritten über die Planken zum Holzstapel bringen. Allerdings wäre hier Spaziergängern das widerrechtlich abgestellte Fahrzeug möglicherweise aufgefallen.« Couvier skizzierte die drei Möglichkeiten auf dem Block. »Am schnellsten wäre die letzte Variante gegangen. Erst die Planken ausladen und über den kleinen Bach legen, dann den zerstückelten Körper der Frau hinübertragen. Am Ende konnte er das Auto wegfahren, bevor er die Arrangements für uns traf.«

»Er hätte nicht einmal eine Schubkarre gebraucht«, warf der Rechtsmediziner ein. »Jedes Teil in einer Tüte im Rucksack wäre viel unauffälliger. Wanderer, die Abkürzungen durchs Unterholz nehmen, gibt es viele. Wenn man Tüten offen mit sich rumträgt, denken die Beobachter gleich, man versuche, illegal Müll abzuladen, und rufen die Polizei.«

»Genau. Und wenn jemand mit Rucksack aus dem Wagen dort steigt, glauben die meisten sicher, es handelt sich um den Revierförster, der dort parken darf. Es fällt keinem nachhaltig auf.«

»In Berlin hat jemand einen Leichnam auf der Sackkarre durch die halbe Stadt gefahren – und niemandem ist das als sonderbares Verhalten aufgefallen«, gab Nachtigall zu bedenken. »Wenn er bei Dunkelheit gekommen ist, die Innenbeleuchtung des Wagens ausgeschaltet hat, konnte er völlig unbemerkt agieren.«

»Du meinst, er hat es kurz vor unserem Eintreffen erst arrangiert. Also kurz bevor Nele vom Geruch magisch angezogen wurde.«

»Eine Frage: Haben unsere Leute die Planken über das Wasser gelegt – oder der Täter?« Dr. März wartete ungeduldig, bis Nachtigall die Angabe im Tatortbericht gefunden hatte.

»Die lagen schon dort. Er wollte das Finden erleichtern. Es lag ihm daran, dass sie schnell entdeckt wurde.«

»Er hatte alle Effekte geplant, den Haufen aufgeschichtet – wäre doch alles umsonst gewesen, hätte niemand die Stelle entdeckt.« Couvier nickte. »Hätte er die Planken ins Unterholz geschoben, wäre keiner auf den Gedanken gekommen, dort drüben nach etwas zu suchen.«

»Was wissen wir über den Schweinehalter?«, fragte Nachtigall laut. »Er hätte doch alles vorbereiten können. Die Geschichte mit dem Verstecken des Köders für Nele muss ja nicht stimmen. Zeugen hat er keine. Also – was wissen wir über Tim Kramczyk?«

Schweigen antwortete ihm.

»Wurde der nicht überprüft?«

»Doch. Zumindest stimmen die Angaben, die er bei uns gemacht hat. Adresse, Name, Beruf. Ich habe ihn vorhin angerufen und gewarnt. Er meinte, er fühle sich nicht verfolgt, werde aber Neles Box besser sichern. Als Koch sei man fast nie allein, ihm passiere schon nichts«, erklärte Silke bedächtig.

»Gut, sein Umfeld! Er kannte das Opfer schließlich, und so ganz von der Hand zu weisen ist das Motiv Eifersucht nicht. Alibi überprüfen, Freunde befragen. Wie sehr hat er unter der Zurückweisung gelitten? Er kannte auch ihre Joggingstrecke. Dann bleibt noch dieser Roger Baumschneider. Warst du bei ihm?«

»Nein. Der Notruf kam dazwischen.« Silke zuckte mit den Schultern. »Ich wäre schon manchmal gern an zwei Orten gleichzeitig – aber das übe ich noch.«

»Die Damen in der WG wissen Bescheid?«

»Ja. Aber die haben gesagt, solange Hans-Jürgen so gut auf sie aufpasse, fühlten sie sich nicht in Gefahr. Den Enkel konnte ich nicht erreichen, aber seine Großmutter wollte ihm die Warnung weiterleiten.«

»Mit dem Enkel habe ich gesprochen«, warf Couvier ein. »Er war kurz hier. Meinte, er würde nicht verfolgt, habe keine Angst. Ein sympathisch wirkender junger Mann, der seine Großmutter sehr verehrt. Sie hat ihn, wenn ich seine Geschichte richtig deute, immer wieder aufgefangen. Nach jedem Schlamassel – und derer gab es wohl viele. Er kümmert sich um die Damen der WG. In der letzten Nacht war er allein zu Hause. Keine Zeugen. Er wohnt in Burg in einem kleinen Häuschen, das der Familie gehört hat. Angeblich ist nur er übrig. Die Adresse habe ich hier.« Couvier legte einen Zettel auf den Tisch.

»Ist Frau Dossow inzwischen gefunden worden – oder wieder aufgetaucht?«, fragte Nachtigall angespannt. »Haben die Kollegen in Erfahrung bringen können, was sie getan hat, nachdem sie das Haus in der Bahnhofstraße verlassen hat?«

»Sie wandte sich Richtung Innenstadt. Die Spur verliert sich zwischen Kaufhof und Blechen-Carré. Einen Verfolger hat niemand explizit erwähnt. Aber im Getümmel der Stadt wäre der wohl auch nicht aufgefallen. Bericht liegt hier«, fasste Silke zusammen.

»Ich war nach dem Gespräch mit Herrn Sommer bei Frau Schulz.« Couvier sprach leise. »Fragte sie, wie es sein könne, dass ihre Tochter nicht mit ihr verwandt sei. Nach einigem Hin und Her erzählte sie mir, das Kind stamme von einer Frau, die mit den anderen schon genug zu tun hatte, deren Mann kein Mädchen wollte. Sie hat die Kleine direkt nach der Geburt ›verschenkt‹. Verlangte, dass die Frau mit der Kleinen aus der Stadt wegziehe. Das hat sie getan. So wuchs das Kind in Neuzelle auf. Corinna hat nie von diesen Umständen erfahren, wusste auch nichts von ihren Brüdern. Hat nie ernsthaft daran gezweifelt, das Kind der Frau zu sein, die sie Mutter nannte. Frau Schulz hat diese Frau nie wieder getroffen, einmal gesehen, sie machte einen kranken Eindruck. Mehr weiß sie nicht. Angeblich kannte sie nicht einmal den Namen der echten Mutter. Man begegnete sich zufällig, sprach über die Schwangerschaft, die Probleme mit den Söhnen, dem Mann, dem Mangel an Geld. Der Deal wurde ausgehandelt. Fertig.«

»Klingt nach einer Räuberpistole!« Dr. März war skeptisch. »Ich gehe davon aus, dass Geld geflossen ist. Sie hat sich ihre Tochter gekauft!«

»Das bestreitet sie vehement. Sie lebte nicht in Reichtum. War zunächst alleinerziehend, heiratete Herrn

Brunner, wurde geschieden, ist heute verwitwete Frau Schulz.«

»Wir werden das nicht mehr aufklären«, mutmaßte der Cottbuser Hauptkommissar. »Wir wissen jetzt, dass unser Täter ein Auto mit geräumigem Kofferraum fährt, in einem Haus mit Keller wohnt. Offensichtlich gibt es dort Bereiche, die nicht von den anderen Bewohnern aufgesucht werden. Dort hat er Corinna Waller getötet und zerstückelt. Dort hält er nun vielleicht auch Frau Dossow gefangen!«

Dr. März schaltete sich ein. »Ihr Team macht Pause. Zwei Stunden. Danach geht es weiter.«

Damit verließ er die Gruppe.

»Ich kümmere mich um Roger Baumschneider. Und ja, ich nehme eine Streife mit.« Silke stürmte davon. Kehrte zurück. »Was mache ich mit dieser Katharina?«

»Lass sie warten. Ihr Mann muss in U-Haft. Der bleibt also ohnehin hier. Und da er Jochen Müller belastet hat, bleibt der auch.«

Wiener sah den Freund an. »Was nun?«

»Wir fahren erst mal ins Klinikum. Und wir nehmen die Adresse des Zeugen mit, der den Überfall beobachtet hat. Vielleicht ist dem ja inzwischen noch etwas eingefallen!«

»Halt!« Dr. Pankratz verschaffte sich Gehör. »Ich habe Spuren in den Verletzungen gefunden, die auf den Tatort weisen und auf die Tatwaffe. Der Täter hat zum Zerstückeln ein Messer mit einer grünen Klinge benutzt. Das sind diese modernen Dinger, die Klinge ist aus Keramik, unkaputtbar stimmt aber nicht. Beim Hebeln im Hüftgelenk ist ein Stückchen abgebrochen. Ich habe es mitgebracht.« Er legte einen transparenten Beutel auf den

Tisch. »Und sie wurde in einem Keller gekühlt, der auf dem Land liegen muss. Rattenhaare, Mäusekot, Schweineborsten. All das und eine Erdmischung. Wenn ihr einen Tatort findet, nehmt eine Probe. Die Kollegen können das mit meinen Resten abgleichen. Dann ist die Identifizierung des Tatorts gesichert. Ganz abgesehen davon, dass es im Erdreich dort literweise Blut des Opfers geben muss. Und: Der Täter hat sich beim Zerstückeln verletzt. Muss keine große Wunde sein, nichts, was man nicht unter einem Pflaster verschwinden lassen kann. Aber wir haben jetzt seine DNA. Ich mache eine Analyse, und wenn ihr einen Verdächtigen habt, können wir gegenchecken.«

36. KAPITEL

Jasmin Dossow spürte Augen, die sich in ihren Rücken bohrten. Sah sich um. Niemand zu sehen.

Zögernd ging sie weiter, lauschte auf Schritte. Corinna hatte gelegentlich von diesem Stalker erzählt. Sie wusste, was in einer solchen Situation zu tun war. Wenn es nicht um den Ex ging, gab es einige Methoden, die man ausprobieren konnte, um den Verfolger abzuweisen. Und einen Ex gab es bei ihr nicht. All die Motive, die diese Männer leiteten, fielen schon mal weg. Sie erlaubte sich ein kurzes Durchatmen. Schließlich waren das die Gefährlichsten. Bei dieser Konstellation konnte es für das Opfer schon mal tödlich enden. Die anderen Typen waren eher weniger gefährlich, aber mindestens ebenso lästig.

Seit sie mit Corinna über dieses Thema gesprochen hatte, war ihr bewusst geworden, wie viele Frauen davon betroffen waren, wie einschneidend es ihr Leben verändern konnte. Das würde sie bei sich nicht zulassen, sie würde es auf die »Methode Waller« probieren. Wenn es nicht funktionierte, gut, dann blieb noch immer, die Polizei einzuschalten.

Als sie sich in Richtung Straßenbahnhaltestelle auf den Weg machte, um von dort zu ihrer Zahnärztin zu fahren, fiel ihr ein, dass sie den alten Damen der WG eigentlich ein paar Blumen mitbringen wollte. Die waren immer so freundlich zu Corinna gewesen – und jetzt hüteten sie sogar den Hund.

Sie hielt sich rechts und suchte einen bunten eindrucksvollen Strauß in der Spreegalerie aus. Damit machte sie sich erneut auf den Weg.

Sah sich immer wieder um.

War der Verfolger noch da? Wohl nicht, stellte sie zufrieden fest, schalt sich paranoid.

Sie klingelte, wurde eingelassen.

Lief leichtfüßig die etwas ausgetretenen Stufen hoch, hörte den Hund anschlagen und lächelte. Ja, der war ein echter Wachhund! Klein, aber furchtlos.

An der Tür stand Luise.

»Ach, meine Liebe! Wie geht es Ihnen denn? Das muss ja schrecklich für Sie gewesen, vom Tod Ihrer Freundin erfahren zu müssen!«

Jasmin überreichte ihren Strauß. Löste damit die erhoffte Begeisterung aus.

»Kindchen, was für ein prachtvoller Strauß. Vielen, vielen Dank. Den stelle ich gleich im Wohnzimmer auf unseren Tisch. So können ihn alle sehen! Kommen Sie doch bitte einen Moment rein. Vielleicht auf ein Gläschen Sekt?«

Das konnte Jasmin nicht gut abschlagen. Und ihren Zahnarzttermin würde sie gerade noch schaffen.

Als sie wenig später die Treppe hinunterhastete, fühlte sie sich regelrecht beschwingt. Diese Damen brachten einen immer in gute Stimmung, ganz gleich, wie traurig man vor dem Besuch bei ihnen auch gewesen sein mochte.

»Ach, hallo«, eine sympathische Stimme aus dem Dunkel des Kellers. Ein Gesicht war nicht zu erkennen. »Ich habe hier etwas gefunden, ich glaube, das gehörte Frau Waller.«

37. KAPITEL

Roger Baumschneider wohnte in einem Plattenbau in der Turnowstraße. Fünfter Stock, der Aufzug angeblich wegen technischer Überprüfung außer Betrieb.

Silke fluchte, machte sich an den Aufstieg. Drückte wenig später etwas außer Atem auf den Klingelknopf neben dem Namenschild.

Es polterte.

Klang fast wie ein Handgemenge. Silke reagierte mit gesundem Misstrauen. Was passierte da hinter der Tür, nur weil jemand geklingelt hatte? Waren da Schläge zu hören?

Laut stampfend näherte sich jemand.

Sie konnte hören, wie die Kette vorgelegt wurde.

Ein Spaltbreit Sicht auf ein Gesicht mit Bartstoppeln, ein verdrecktes Feinrippunterhemd. Ein paar Worte mit fauligem Dunst als Begleitung. Deutlich lag auch Alkohol darunter.

Er erfüllte zu 100 Prozent die Klischees, die man mit dem Begriff Schlägertyp verbinden konnte.

»Verpiss dich, Schlampe!«, nuschelte der Mund.

»Ich bin Silke Dreier, Kriminalpolizei Cottbus. Öffnen Sie die Tür.«

»Polizeischlampe!«

»Das erfüllt den Straftatbestand der Beamtenbeleidigung. Möchten Sie, dass ich Ihr Verhalten zur Anzeige bringe?«, erkundigte sie sich freundlich und strahlte den Mann an.

»Was wollen Sie von mir? Ich hab' meine Strafe abgesessen!«, brauste Baumschneider auf.

»Mag sein. Ich bin wegen einer anderen Sache hier. Öffnen Sie die Tür!«

Wie aus dem Nichts tauchten zwei uniformierte Beamte hinter Silke auf.

»Was soll das! Ich bin ein unbescholtener Bürger! Ihr hattet mich beim letzten Mal schon fälschlich eingelocht.«

»Das kann und will ich nicht mit Ihnen diskutieren. Ich bin wegen etwas anderem hier.«

»So? Und das wäre?«

»Wir haben Ihren Namen in einer Artikelfahne entdeckt, die aus dem Arbeitsbereich einer Journalistin stammt. Es geht darin um eine brutale Szene, Sie sollen eine Frau so geschlagen haben, dass Hirnschäden zurückblieben.«

»Ich? Na klar! Mach ich ständig!«, grinsten die wulstigen Lippen unter der klobigen Nase.

Silke schien, der Mann sei um eine deutliche Spur blasser geworden. Seine Augen ruckten unruhig umher, als versuchten sie, irgendwo Halt zu finden, wollten aber möglichst dem Anblick der Polizei ausweichen. Schwierig, wenn drei Beamte vor der Tür standen. Also klebten sie sich an die dreckige Wand gegenüber. Ein Blick, als sei er in die Ferne gerichtet.

»Möchten Sie die Angelegenheit mit mir im Flur besprechen – oder lassen Sie mich doch lieber rein?«

Einmal kurz den Kopf in beide Richtungen gedreht. »Moment.« Die Tür wurde zugedrückt, die Kette rasselte. »Sie können rein, die beiden Handkasper bleiben draußen.«

»Nein. Wir kommen alle drei rein.«

»Herrgottnochmal! Nicht mal in den eigenen vier Wänden ist man sein eigener Herr. Die Staatsmacht drängt sich überall rein! Ich kenne meine Rechte! Werde mich über Sie beschweren!«

»Tun Sie das. Die Kollegen werden dann die ›Polizistenschlampe‹ gern bestätigen.«

Mit wutverzerrtem Gesicht öffnete er die Tür, ließ die drei ein.

»Die beiden hier bleiben gefälligst auf Abstand! Sie können mit mir in die Stube kommen.«

Stube. Silke unterdrückte ein Lachen. Ein Liegestuhl, ein Klapptisch, drei Kästen mit leeren Bierflaschen, Chips. Das Regal an der Wand überzeugte mit leeren Brettern.

»Gemütlich.«

»Ich muss noch das Leergut wegbringen. Und nachlegen. Heute Abend kommen noch ein paar Freunde zum Quatschen vorbei.«

»Ich möchte mit Ihnen über den Angriff gegen Ihre Frau sprechen.« Sie hob abwehrend die Hände in die Luft, als er sofort zu protestieren beginnen wollte. »Ich weiß, es ist Jahre her. Dennoch hat die Journalistin Corinna Waller die Geschichte ausgegraben. Sie wäre der Aufmacher zu einer ganzen Serie geworden.«

Er schob die Unterlippe vor.

»Ich bin nicht verheiratet!«

»Unter dem Namen Baumschneider nicht.«

»Und?« Er baute sich drohend vor Silke Dreier auf.

»Können Sie mir das Gegenteil beweisen?«

»Sie haben gewusst, dass dieser Artikel erscheinen

soll. Wollten verhindern, dass er demnächst mit Ihrem neuen Namen in der ›Frau am Schlüsselloch‹ abgedruckt wird. Ich denke, Sie haben mit Corinna Waller gesprochen. Aber sie war nicht bereit dazu, Ihren Namen zu ändern.«

»Diese blöde Kuh! Wissen Sie, was sie gesagt hat?«, brüllte er los, das Gesicht bis zur Unkenntlichkeit verzerrt. »Es sei ja schon ein erfundener Name. Gar nicht mein richtiger. Deshalb dürfe sie den auch verwenden! Die Buchstabenschlampe! Mein Leben wollte sie zerstören!«

»Ihre Ex-Frau wird nach Ihren Schlägen für immer behindert bleiben. Ihr Leben haben Sie zerstört.«

»Jaja. Immer die gleiche Leier.« Speichel sprühte durch die Luft. »Niemand spricht über diese blöde Kuh, die nicht aufgepasst hat und schwanger wurde. Die ständig mehr Geld haben wollte für unnötigen Schnickschnack, die nur nörgelte, mir vorwarf, andere brächten auch mehr Lohn nach Hause. Irgendwann ist dann bei mir eben der Geduldsfaden gerissen. Mal ehrlich. Sie kann ja froh sein, dass sie noch lebt! Aber nein, will mich wieder in die Scheiße reiten, das blöde Aas.«

Silke atmete tief durch, bekämpfte den wachsenden Drang, diesem Mann die Faust … Aber dann könnte sie nicht mehr an ihren Arbeitsplatz zurückkehren. Das hatte man ihr beim letzten Ausreißer deutlich genug erklärt.

Der vierschrötige Kerl warf den Kopf in den Nacken und lachte. Laut, triumphierend, ordinär. Er nahm Silke Maß. »Sehen Sie, die war ja nur ein Leichtgewicht. Viel weniger dran als an Ihnen. Mit einem Griff hätte ich die übers Balkongeländer in die Hölle schicken können. Mit Leichtigkeit.«

»Sie war also hier.«

»Nein, aber wenn sie es gewesen wäre. Ich war bei ihr.«

»Und? Sie hat mich nicht reingelassen. Aber daheim war sie wohl. Ich konnte ihren Schatten hinter dem Fenster sehen. Ein paar Tage lang habe ich versucht, mit ihr zu reden, dann habe ich meine Ex aufgespürt und eine klare Ansage gemacht. Der Artikel wäre nicht veröffentlicht worden. Garantiert nicht.«

»Ich möchte von Ihnen ganz genau wissen, was Sie seit Dienstagabend unternommen haben, wen Sie getroffen und wo Sie sich aufgehalten haben, wer das im Einzelnen – auch unter Eid – bezeugen kann. Und ich möchte Ihren Keller sehen!«

»Den Keller. Aha. Und woher soll ich nun wissen, wo ich in den letzten Tagen überall war? Ihr bei der Polente habt doch alle einen an der Waffel! Kein normaler Mensch führt so genau Buch!«

»Dann strengen Sie sich beim Erinnern besser an – sonst geraten Sie unter Mordverdacht. Sie haben gerade eben vor Zeugen angegeben, dass Sie die Journalistin gern über den Balkon in den Tod geworfen hätten. Nun wurde sie getötet – und wir haben Sie im Visier.«

»Ihr spinnt. So was sagt man doch mal. Deshalb muss man das ja nicht gleich gemacht haben.« Der baumgroße Mann war nun ziemlich kleinlaut geworden. Er suchte in den Schubladen. »Verdammt, wo ist denn der blöde Schlüssel. Eben hatte ich den doch noch.«

»Ist der Kellerschlüssel an dem Bund, das in der Tür steckt?«, wollte einer der beiden Uniformierten wissen.

»Ja klar. Wo sonst?«

»Okay. Ich geh mal nachsehen.«

»Während der Kollege nun in Ihren Keller geht, können Sie mir erzählen, was Sie am Dienstag so unternommen haben.«

»Äh. Pffff, Dienstag?« Er kramte ein Smartphone unter leeren Chipstüten hervor. »Momentchen. Das war aus, muss erst hochfahren. Da. So, nun noch den Kalender aufrufen.«

Marko Sand hatte das zum Schlüssel passende Kellerabteil schnell gefunden.

Umzugskisten stapelten sich an der einen Wand, an der anderen stand eine Tiefkühltruhe.

Vorsichtig hob Sand den Deckel an.

Lauter kleine und große Fleischpäckchen. Alle gut durchgefroren. Ohne Knochen, schien es dem Beamten. Die dunkle Verfärbung auf dem Boden war zumindest merkwürdig.

Er ging in die Hocke.

Der Fleck stank bestialisch.

Als er den Kopf hob, fiel sein Blick auf eine Wandleiste. Messer. Blitzsauber. Unterschiedliche Größen. Eine Packung Küchenpapier stand darunter. Daneben ein Mülleimer. Sand guckte hinein. Eine Plastiktüte. Zugebunden. Und auch hier: Der widerliche Gestank drang durch die Folie.

Marko Sand wurde übel.

Er hastete an die frische Luft, machte dann Meldung über sein Telefon.

»Oh«, erklärte Silke Dreier, »der Kollege hat in Ihrem Keller sonderbare Dinge entdeckt.«

»Das wundert mich aber. In meinem Keller ist nichts sonderbar. Da steht meine Fleischgrundversorgung für den kommenden Monat. Mehr ist nicht.«

»Woher kommt der Fleck auf dem Boden?« Silke zeigte ihm das Foto, das Sand ihr geschickt hatte. »Ziemlich groß. Und stinkt.«

»Na, das kann schon sein. Das ist Blut. Ich habe es aufgenommen, aber es bleibt natürlich immer ein Rest.« Der Mann lächelte unschuldig.

»Blut?«

»Klar. Wenn sie glauben, dass ich normalerweise tagsüber im Sarg schlafe, dann gucken Sie doch mal im Nachbarkeller. Oder vielleicht habe ich in einer der Umzugskisten ein aufblasbares Modell, in dem ich es mir gern gemütlich mache.«

»Messer?«

»Ja. Ich trainiere für meinen nächsten Auftritt. Wer Säbel schlucken will, muss mit kleinen Messern anfangen.«

Silke tippte eine Kurzwahltaste. »Ich brauche hier den Erkennungsdienst. Wir haben Messer, Fleisch und Blut im Keller von Herrn Baumschneider gefunden. Und vielleicht muss er ins Büro mitgenommen werden.«

Dann rief sie Wiener an. »Michael, Herr Baumschneider hat wohl seine Ex-Frau besucht, weil er den

Artikel verhindern wollte. Schick doch eine Streife bei ihr vorbei, ich möchte wissen, ob er ihr etwas angetan hat.«

»Mach ich. Im Klinikum ist man der Meinung, der Gefangene aus der Siedlung werde durchkommen. Schwere Hirnverletzungen sind nicht festgestellt worden, alles wahrscheinlich reversibel, eine schwere Gehirnerschütterung wurde diagnostiziert, ansonsten nur Hämatome unter der Kopfschwarte, mehrere Platzwunden. Vielleicht können wir ihn morgen befragen. Dann kommt wenigstens in diese Angelegenheit Licht. Jochen Müller verweigert übrigens jede Aussage. Er will einen Anwalt. Heute klappt das nicht mehr, er zieht also bei uns ein.«

»Wird langsam voll. Katharina können wir nicht in die Siedlung zurückschicken. Einschüchterungsversuche sind zu erwarten.«

»Ja. Das ist uns klar. Wir finden für jeden eine Lösung. Der Kollege, der vor dem Zimmer des Verlobten auf der Intensivstation sitzt, hat sich nach dem Schichtwechsel gemeldet. Keine besonderen Vorkommnisse. Nur ein junger Mann, der ihn besuchen wollte. Stellte sich aber raus, dass er sich in der Station geirrt hatte.«

»Na dann. Bis nachher.«

»Was wird denn jetzt?« Baumschneider hatte sein Selbstbewusstsein wieder hochgefahren. »Ich will einen Anwalt. Sie dürfen nicht überall rumschnüffeln, wie Sie gerade lustig sind. Sie brauchen so einen Wisch vom Richter, den müssen Sie mir zeigen.«

»Der kommt in wenigen Minuten mit den Kollegen,

die Ihren Keller dann gründlich unter die Lupe nehmen werden.«

»Sie sehen Gespenster. Ich habe nichts verbrochen! Wo ich jetzt wieder einen Job gefunden habe, werde ich doch nicht riskieren, den zu verlieren. Immerhin verdiene ich mehr als Hartz IV. Da kann man schon zufrieden sein, ich bin Exknacki. Wir sind am Ende der Schlange und bleiben gern übrig.«

»Machen Sie mit Ihrer Liste weiter. Was war am Mittwoch? Wer hat Sie gesehen?«

Es klingelte und der Durchsuchungsbeschluss wurde abgegeben.

Silke überließ Baumschneider der Obhut von Marko Sand und seinem Kollegen, begleitete den Erkennungsdienst in den Keller.

»Oh, mein Gott. Was für ein Gestank. Dass sich da keiner der anderen Mieter beschwert!«, wunderte sich Silke.

»Guckst du nicht nach mir, guck ich nicht nach dir. Das ist der Grund, warum wir es immer als Letzte erfahren, wenn etwas passiert ist«, erklärte der Kollege desillusioniert. »Kann man nichts machen.«

Er ging in die Hocke, nahm den großen Fleck in Augenschein. Ein anderer nahm einige der Fleischpäckchen aus dem Frost.

»Hm. Blut ist wahrscheinlich. Fragt sich nur, von wem«, murmelte der Spurensicherer. »Tierblut, Menschenblut? Hat der Kerl hier geschlachtet?«

»Das wissen wir nicht. Könnte man hier einen Körper von der Decke hängen und ausbluten lassen?«, fragte

Silke und leuchtete mit der kräftigen Taschenlampe in die Höhe. »Einen Haken sehe ich nicht. Aber den hat er vielleicht rausgeschraubt. Wir brauchen mehr Licht.«

38. KAPITEL

Peter Nachtigall war mit Emilie nach Hause gefahren.

»Oh, wie schön, euch zu sehen!«, freute sich Conny, und selbst die beiden Katzen schienen begeistert darüber, dass der Herr des Hauses sich mal wieder blicken ließ.

»Ist nur für ein paar Minuten«, dämpfte Nachtigall die Erwartungen seiner Frau. »Wir stecken fest. Eine warme Dusche, ein neues Hemd – das hilft schon manchmal beim Denken.«

»Ich kann euch schnell etwas zu essen machen«, bot Conny an. »Ich habe für einen solchen Fall Bouletten vorbereitet. Mit Salat ist es auch nicht schwer verdaulich, und so wird der Bauch euch nicht bei der Ermittlung behindern«, lachte sie gut gelaunt.

»Geh ruhig schon mal ins Bad«, meinte der Hauptkommissar, und dankbar nahm Emile das Angebot an.
»Kommt ihr voran?«
»Conny, du weißt … ja, es läuft. Aber schleppend. Inzwischen haben wir so viele Verwicklungen, dass ich eigentlich nicht behaupten kann, wir seien nah an einer Auflösung. Silke war gerade bei einem Mann, der einen großen Blutfleck im Keller hat. Mal sehen, was die genauere Untersuchung ergibt. Andere Leute glauben, den Mörder gefangen zu haben. Doch das ist mehr als zweifelhaft. Dummerweise können wir den Mann nicht befragen, der liegt im Krankenhaus. Überhaupt liegen nun schon zwei irgendwie Verwickelte im Thiemklinikum. Mann!«

Conny schenkte ihrem Mann ein großes Glas Mineralwasser ein. »Klingt chaotisch.«

»Ist es auch. Das Opfer war erst seit Kurzem hier. Wie viele Feinde kannst du dir in so kurzer Zeit machen? Also nicht nur einfach Beleidigte, sondern Feinde, die dich umbringen und zerstückeln wollen? Es ist schwierig.«

Die beiden Katzen maunzten Nachtigall von der Seite an, ihre Blicke hatten eindeutig etwas Forderndes. »Na los. Du weißt doch, was sie von dir erwarten«, lachte Conny, »enttäusche sie nicht.«

»Niemals!« Nachtigall öffnete den Kühlschrank. Stöberte. Fand Putenfleisch in Scheiben. Schnitt ein Stück für jedes Leckermaul ab. »Hier, ihr zwei. Die anderen Hälften gibt es, wenn ich wieder gehen muss.«

Casanova bedankte sich mit einem rüden Kopfstoß, Domino rieb sich am Bein des Spenders.

»So, einmal frisch geduscht.« Emile stand in der Küche, und wie gewöhnlich sprühte er vor Energie und Elan.

Liegt wohl am Duschbad, dachte Nachtigall und holte aus dem Schlafzimmer neue Wäsche, Hemd, Socken – beschloss, dann könne er auch gleich frische Jeans anziehen und ging ebenfalls duschen.

Als er sich die Haare ausspülte, war er mit den Gedanken längst wieder bei ihrem aktuellen Fall angekommen. Alles, was sie an Informationen hatten, half nicht weiter, stellte er frustriert fest. Der Täter hatte Zugang zu einem Keller – ungewöhnlich war das nun wirklich nicht. Er fuhr ein Auto, in das man einen Leichnam und Planken legen konnte – da kamen so unglaublich viele Modelle in Betracht, das bot keinen Ansatz. Sie hatten ja nicht einmal einen Hinweis auf Fabrikat oder Farbe. Den Stalker? Gab es den überhaupt? Baumschneider behauptete, er habe versucht, mit ihr Kontakt aufzunehmen wegen des Artikels. War er ihr also gefolgt, um sie zu einer Aussprache zu zwingen? Mist, dachte er, so kommen wir nicht weiter. Der Verlobte des Opfers lag schon im Klinikum, die Freundin war verschwunden! Womöglich auch schon kopfüber an einem Haken aufgehängt?

Er schauderte, trocknete sich schnell ab und war wenige Minuten später bei Conny und Emile in der Küche.

»Was will er?«, fragte er den Fallanalytiker. »Warum überfällt er einen nach dem anderen? Wenn er schon den Laptop und den Stick hat, was will er dann von ihrem Freund und der Freundin?«

»Vielleicht hat er auf dem Laptop eine Datei gefunden, die er nicht öffnen kann. Thorsten hat doch diesen Chip in ihrem Finger gefunden. Mit dem kann man sie wahrscheinlich öffnen. Doch davon weiß der Täter nichts.«

»Was bedeutet, dass er sie gar nicht so besonders gut kennt, oder? Ihre Wege haben sich nur flüchtig gekreuzt. Und doch sah der Täter in der Begegnung einen Grund dafür, die Journalistin zu töten.«

»Wenn der Grund in ihrer Arbeit zu suchen ist, wäre ja ein flüchtiger Kontakt ausreichend gewesen.« Couvier nahm sich eine Portion Senf auf den Teller, häufte Salat neben die Boulette. »Der Artikel wird mir von Grund auf schaden, also muss die Frau weg.«

»Schon. Aber dieses Arrangement? Passt das dann noch?«

»Das hängt vom psychischen Zustand des Täters ab. Er versucht sie umzustimmen, die Wolken verdichten sich, er drängt, sie weigert sich – und dann kann er sie endlich übertrumpfen. Er braucht das Arrangement. Wollte den mühsam errungenen Sieg so richtig auskosten.«

»Hm. Und der Freund, die Freundin?«

»Er nimmt an, dass die beiden etwas von dem wissen, was er für ein Geheimnis hielt, von dem er glaubte, die Journalistin allein habe es aufgedeckt. Die beiden haben den Schlüssel in den Händen, der ihm die Polizei auf den Pelz hetzen könnte. Nun muss er die beiden auch noch verschwinden lassen. Aber weil sie nur Nebenakteure sind, plant er kein großes Kino für ihren Abgang.«

Conny reichte die Schüssel an ihren Mann weiter.

Offensichtlich hatten die beiden sie völlig vergessen.

»Dieses Foto geht mir nicht aus dem Sinn. Was, wenn es etwas anderes zeigt, als man uns erzählt hat? Oder ein Detail im Hintergrund könnte den Täter ›auffliegen‹ lassen. Er will das Bild, glaubte, die Journalistin habe es bei sich. Doch dem war nicht so. Also versucht er, bei Freund und Freundin etwas über den Verbleib zu erfahren. Er schlägt den Verlobten, und zwischen den Hieben versucht er, ihn nach dem Bild zu fragen. Doch der weiß nichts darüber. Der Täter wird gestört. Flieht. Versucht nun sein Glück bei der Freundin.«

»Möglich. Die Damen von der WG haben das Bild doch gesehen. Ihnen ist nichts Ungewöhnliches aufgefallen. Ich habe deinen Bericht gelesen. Dort steht nur etwas von einem Paar in Tracht, das sich ganz offensichtlich nahestand. Gut, vielleicht war genau das die Sache, die niemand erfahren durfte. Aber das war damals! Wie sollte sich das heute noch auf jemanden auswirken? Etwa sein Leben beeinflussen?«

»Die Mutter ist nicht die Mutter. Das wäre doch auch eine Erkenntnis, die sich womöglich auf das Leben der Journalistin hätte auswirken können. Manchmal reicht die Vergangenheit weit in die Zukunft. Sie hätte jetzt Brüder. Wer weiß, wie sich ihr Leben hätte entwickeln können, hätte sie darum gewusst.«

»Und wieder stehen wir hier.« Nachtigall angelte sich eine zweite Boulette aus der Schüssel. »Wir kommen über diesen Punkt nicht hinaus.«

Sein Telefon klingelte.

»Was? Das glaube ich nicht!«, hörten Conny und Emile ihn antworten. »Alles? Und das ist nie aufgefallen? Das ist doch strafbar. Ruf Dr. März an. Vielleicht muss er wieder umsiedeln. Ja, zu seinen Kumpels im Knast!«

»Tierblut. Tierfleisch im Frost. Hund und Katze, drei große Tauben. Auch das Blut an den Messern passt dazu. Menschenblut haben sie auch gefunden. In geringen Mengen. Stammt wohl von ihm, er hat sich beim Zerlegen verletzt. Mann! Der Kerl hat die Tiere der Nachbarn in seinem Keller geschlachtet! Unfassbar!«

39. KAPITEL

Tim Kramczyk machte einen letzten Kontrollgang über den Hof.

Sah nach Nele.

War ja eine große Aufregung für die Kleine gewesen, erst der unwiderstehliche Geruch, dann der Lärm der Musik, die vielen Leute, das Licht, das Büro. So viele neue Eindrücke. Hoffentlich bekam Nele nun keine Albträume.

Er hatte für sie eine extra Box gebaut. Gleich, als er sie zum ersten Mal gesehen hatte. Eine Einzelbox, statt des üblichen Gitters mit Holzseiten, in die er kleine Herzchen gesägt hatte, oben entlang eines am anderen, rundum. Und eine große Hundehütte stand darin. Liebevoll bemalt, die Seiten gelb, Dach und Fensterrahmen grün.

Sie sollte sich wohlfühlen. Wissen, dass sie es gut bei ihm haben würde.

Gut, die Idee, aus ihr ein Trüffelschwein zu machen, musste er aufgeben. Sie war an allem interessiert – nur nicht am Geruch der Trüffel. War eben nicht jederschweins Sache. Es mochten ja auch nicht alle Menschen Spargel. Er tröstete sich mit dem Gedanken, dass es eben gerade die Vielfalt der Geschmäcker und persönlichen Besonderheiten war, die das Leben bunt und schön machte. Seiner Liebe zu ihr tat das keinen Abbruch.

»Wir gehören zusammen, egal, ob du nun irgendetwas Besonderes kannst oder nicht«, flüsterte er vor sich hin. Trat in den Stall, an die Box.

Nele schlief selig. Hinterteil im Haus, Kopf bis zur Taille draußen im Stroh. Und sie lächelte.

Tim war beruhigt. Es würde wohl kein psychisches Trauma zurückbleiben.

»Hätte ich gewusst, in welche Situation wir dort geraten, glaub mir, wir wären nicht hingefahren«, wisperte er ihr zu.

Als er aus dem Stall trat, fuhr er erschrocken zusammen.

Da stand jemand!

Eisig spürte er den Schreck vom Kopf bis in die Zehen strömen.

Verdammt. Die Polizei hatte ihn ja gewarnt. Ihm war das alles völlig übertrieben vorgekommen. So eng war das Verhältnis zu Corinna ja nun leider nie geworden!

Aber da lauerte einer wie ein Raubtier. Der konnte ihn nicht sehen, war wohl an die Dunkelheit nicht gewöhnt. Er selbst kannte jeden Schatten hier. Deshalb stach ihm die Silhouette der Person sofort ins Auge. Was nun? Zurück konnte er nicht. Er konnte doch Nele nicht in Gefahr bringen.

Der Schatten beugte sich etwas vor, wirkte angriffsbereit.

Tim zitterte.

Was würde bloß aus dem Schweinchen, wenn der, der dort wartete, sein Tod war?

40. KAPITEL

Michael Wiener fand seine Frau schlafend auf der Couch, das Babyfon auf dem Couchtisch.

Ein Glas mit einem Rest Wein – oben im Regal. Kindersicher weggestellt.

Er schmunzelte.

Mit drei kleinen Kindern im Haushalt gewöhnte man sich solche Verhaltensweisen einfach an, sie gingen in Fleisch und Blut über.

Alle Chemikalien waren weggeschlossen. Spülmittel, Haarshampoo, Nagellackentferner, Waschmittel. Alles hinter Schloss und Riegel. Die Zwillinge hatten nur Unfug im Kopf, waren ständig dem nächsten Abenteuer auf der Spur. Der größere Bruder hatte sich nach dem brutalen Angriff am Badesee zu einem ruhigen und ängstlichen Kind entwickelt. Kein Wunder. Sie hatten lange um sein Leben gebangt, waren überglücklich, dass er nun überhaupt in der Lage war, ein fast normales Leben zu führen.

Wiener beugte sich zu seiner Frau, hauchte ihr einen Kuss auf die Lippen. Ging nach den Kindern sehen.

Alles ruhig. Friedliche Schläfer, die neue Kräfte für die Entdeckungen des nächsten Tages sammelten.

Im Kühlschrank stand ein Teller für ihn bereit. Die Mikrowelle wärmte Geschnetzeltes mit viel Soße und Klößen für ihn auf.

Als er mit mehr Hunger, als er erwartet hatte, zu essen begann, kam seine Frau schlaftrunken dazu.

»Na, schmeckt's?«, fragte sie gähnend.

»Sehr lecker. Danke. Wir haben nur eine kurze Duschpause. Der Täter ist wohl unter den Verdächtigen noch nicht dabei. Aber jeder von denen hat einen ganz persönlichen Dreck am Stecken.«

»Ach je. Dann dauert es wohl noch.« Sie war enttäuscht.

»Marnie, mir ist klar, dass es nicht leicht für dich ist, tagelang allein zu sein, die Nächte neben einem leeren Bett. Die Dreierbande ist anstrengend. Aber es kommen ja auch wieder Zeiten mit geregeltem Feierabend.« Er stand auf, zog sie in seine Arme.

»Ja. Irgendwann.«

»Wir haben bald Urlaub. Nur noch ein paar Wochen durchhalten. Drei, um genau zu sein.«

»Sabine hat mich angerufen. Sie kommt morgen vorbei. Mit Conny habe ich auch kurz gesprochen, ich denke, sie ist enttäuscht, weil Emile Jule und die Kinder nicht mitgebracht hat. Peter hat sicher auch erwartet, dass die ganze Familie kommt.«

»Mag sein. Aber das Haus ist eigentlich zu klein für vier Erwachsene und zwei lebhafte Kinder. Du weißt selbst, wie viel Unfug … und Peters Haus ist schon lang nicht mehr kindersicher.«

Er setzte sich wieder und leerte den Teller, holte sich eine Scheibe Brot und nahm mit Genuss den Rest der Soße auf. »Mmmmhhhhhmmm. Lecker.«

»Na, vielleicht hilft's ja, wenn du nun gestärkt an die Arbeit zurückkehrst.«

»Ich husche unter die Dusche und ziehe mich um. Ganz leise, ich versprech's. Schließlich will ich niemanden aufwecken.« Er grinste schief. »Und dann sehen wir weiter.«

Marnie sah ihrem Mann neidisch nach.

»Ist es denn so schwer zu begreifen, dass ich auch mal was erleben möchte, nicht nur Spielplatz und Fütterung der Raubtiere? Kochen ist ja ganz nett, gegessen ist es schnell, und das Putzen bleibt an mir hängen. Ich bin zu jung für solch einen Daueralltag!«

Als Wiener in sein neues T-Shirt schlüpfte, hoffte er, dass Sabine für eine Besserung bei Marnies Stimmung sorgen könne.

Aber jetzt musste dieser Fall erst mal vom Tisch!

41. KAPITEL

»Herr Dossow, Sie haben gesagt, ein solches Verhalten sei ganz und gar untypisch für Ihre Frau. Sie hält also Termine immer ein?«

Der gut aussehende Mann Anfang 40 fuhr sich mit den Händen durch die dichten Haare, brachte die »Bankerfrisur« in arges Durcheinander. Nachtigall konnte die Tränen hören, die er gern geweint hätte, sich aber zwang, Haltung zu bewahren.

»Meine Frau kommt eine halbe Stunde früher. Immer. Das ist ihr schon im Kindesalter eingeimpft worden, und sie hält sich dran. Manchmal geht sie dann mehrfach um den Block, weil ihr durchaus bewusst ist, dass es nervig ist, wenn jemand immer zu früh oder auf den Punkt aufläuft. Sie wartet in so einem Fall bis fünf Minuten drüber und klingelt dann erst.«

»Und wenn ihr etwas dazwischenkommt, ruft sie an?«

»Ja. Und bevor Sie fragen: Nein, natürlich ist ihr Akku nicht plötzlich leer. Sie hat immer eine Powerbank dabei, kann im Fall der Fälle nachladen.«

Nachtigall überlegte, ob er beeindruckt sein sollte von so viel Planung und Zuverlässigkeit. War sich nicht sicher, wie ein solch perfekter Mensch auf andere wirkte. Vielleicht beängstigend? Ohne Fehl?

»Ihre Frau liebt ihren Beruf?«, erkundigte er sich.

»Sie ist Journalistin, arbeitet für eine überregionale Zeitung. Und ich weiß schon, was Sie jetzt denken. Aber sie ist nicht perfekt – sondern möchte nur niemandem Schwierigkeiten machen, zum Beispiel durch Zuspätkommen. Der Zahnarzt hat ja seinen Nachmittag auch getaktet, sagt sie, wenn ich zu spät erscheine, gerät die ganze Planung durcheinander. Daran möchte ich nicht schuld sein. So denkt meine Frau.«

»War sie mit dem Auto unterwegs?«

»Nein. Wir wollten uns ja in der Stadt treffen und im ›Lauterbach‹ gemütlich eine Kleinigkeit essen, etwas

Schönes dazu trinken. Jasmin mag den Sekt dort. Und wenn sie etwas trinkt, fährt sie nicht. Ich bin ohnehin kein Freund von Alkohol, also übernehme ich das mit dem Heimweg.« Er strich mit beiden Händen übers Gesicht, atmete schwer. »Es muss ihr etwas zugestoßen sein!«

»Ihre Frau ist chronisch krank?«

»Nein! Wie kommen Sie darauf?«

»Es gibt chronische Krankheiten, die einen unerwartet außer Gefecht setzen können. Diabetes Typ 1 zum Beispiel. Sie unterzuckern und verlieren Orientierung und Bewusstsein. Oder ein Blutdruckleiden. Viel zu hoch, viel zu niedrig. Sie bemerken erst, dass ihnen schwindlig wird, bekommen heftige Kopfschmerzen, dann kollabieren sie vielleicht. Oder Epilepsie.«

»Nichts von alldem! Jasmin ist gesund, sportlich, aktiv.«

»Wir haben im Klinikum nachgefragt, dort ist sie nicht. Weder desorientiert eingeliefert worden noch nach einem Unfall. Hat Ihre Frau eine Freundin, bei der sie sein könnte?«

»Aber nein! Wir waren verabredet! Und schon beim Zahnarzt war sie nicht!«

»Ihre Frau war heute bei uns, wollte uns bei den Ermittlungen im Mordfall Waller behilflich sein. Offensichtlich waren Ihre Frau und das Opfer gut bekannt.« Nachtigall beobachtete, wie sich das Gesicht des Ehemannes veränderte. Guter Schauspieler? Die grenzenlose Überraschung wirkte echt.

»Sie war mit der Frau, die zerstückelt wurde, befreundet?«

»Ja. Offensichtlich kannten die beiden sich seit Jahren. Ihre Frau hatte sich gefreut, dass Corinna Waller herzog. Sie trafen sich gelegentlich, Ihre Frau wusste auch, woran Frau Waller gerade arbeitete.«

»Ach, davon hat sie mir gar nichts erzählt«, meinte der Gatte nachdenklich. »Sonderbar. Wir haben praktisch keine Geheimnisse voreinander. Denken Sie, dieser Mörder ...« Die Hände begannen heftig zu zittern. »Um Himmels willen«, flüsterte er.

»Noch gibt es dafür keinen Anhalt.« Nachtigall schwieg. Machte sich ernsthafte Sorgen um Jasmin Dossow. Eine derart organisierte Frau – würde die ihr eigenes Verschwinden nicht auch bis ins kleinste Detail planen? Konnten sie deshalb nicht herausfinden, wohin sie gegangen war – weil es genauso sein sollte? Oder hätte es ihrem Wesen nicht eher entsprochen, wenigstens dafür zu sorgen, dass niemand sich ängstigen müsste?

»Kann ich bitte einen Blick in das Arbeitszimmer Ihrer Frau werfen?«

Erschrocken sah der Mann auf. »Warum?«

»Wenn Ihre Frau Sie verlassen haben sollte, könnte Sie dort eine Nachricht hinterlassen haben. Etwas, das alles erklärt.«

»Den Flur entlang, hinten links. Das Zimmer mit dem Balkon. Meine Frau braucht Licht und Sonne zum Leben und Arbeiten.«

Nachtigall hatte einen penibel aufgeräumten Arbeitsbereich erwartet. Überrascht ließ er nun, auf der Schwelle stehend, das Chaos auf sich wirken.

Der Schreibtisch voller Bücher, Papier, Notizen, eine Pinnwand eng bespickt mit Bildern, Zetteln mit Gedankenstützen, Fotos, Postkarten. Auf dem Boden ein Stapel Bücher – ein Blick auf die Titel verriet ihm, dass es sich wohl um Recherchematerial handelte. Das umlaufende Regal – vollgestopft. Die Bücher nach Themen und Autoren geordnet. Und ein paar Figuren aus Porzellan. Tiere. Kein Bild von ihrem Mann, einem gemeinsamen Urlaub oder dergleichen. Hier war nur ihr Reich, er hatte hier keinen Platz. Und wieder kam in Nachtigall der Verdacht auf, es könne doch einen konkreten Grund für das Verschwinden Jasmin Dossows geben, der nichts mit ihrem Fall zu tun hatte.

»Nun, in ihrem Zimmer hielt sie eine persönliche Art von Ordnung. Es mag auf Außenstehende nicht so wirken – aber meine Frau hat alles auf den ersten Griff parat. Suchen muss sie nie.«

»Kein Foto von Ihnen oder Ihnen beiden.«

»Nein, natürlich nicht. Das ist Privatleben und hat im Arbeitszimmer nichts zu suchen. Das trennt sie strikt.«

»Und die Porzellanfiguren? Die sind doch auch Privatleben.«

»Meine Frau liebt Katzen. Das ist ein übergeordneter Tick. Der spielt in alle Lebensbereiche hinein. Leider ist unser Kater vor ein paar Monaten gestorben. Vergiftet. Und nun möchte Jasmin erst mal keine Katze mehr. Sie hat Angst.«

»Vergiftet? Womit?«

»Ja, das war seltsam. Jemand hatte ihn high gemacht. Er stand voll unter Drogeneinfluss, als er versuchte den Verkehr anzuhalten und vor ein Auto lief.«

42. KAPITEL

Hau ab!

Ich wusste immer, dass du böse bist! Warum die anderen es nicht sehen wollten, weiß ich nicht. Deine Fassade – perfekt.

Und du hast dir immer zu helfen gewusst. Hast mir erzählt, was du getrieben hast, nur um es gleich darauf zu leugnen. Hin und her, bis mir der Kopf schwirrte. Aber ich will dich nicht mehr sehen. Nicht mehr hören.

Es muss ein Ende haben. Du hattest kein Recht zurückzukommen! Ich will ein Leben ohne dich! Ohne miese Träume, aus denen ich schweißgebadet erwache, ohne Erinnerungen, die nicht meine sein können, weil ich nie so etwas erlebt, diesen Ort nie gesehen habe.

Ich habe genug von dir.

Deine Freiheit hat mit meiner nichts zu tun, deine Wünsche sind mir fremd, dein Denken verursacht mir Übelkeit. Verschwinde einfach.

Die Zeit ohne dich? Du willst wissen, ob du mir gefehlt hast?

Nein! Hast du nicht!

Das glaubst du nicht?

Gut, es stimmt auch nicht ganz. Manchmal habe ich dich vermisst. Mich nach dir gesehnt. Wir – wie Blutsbrüder.

Und ohne dich traue ich mich so viel nicht.

Nicht einmal zu meiner Mutter.

Vielleicht können wir gemeinsam zu Besuch …
Aber dann musst du für immer gehen, versprich mir das.

43. KAPITEL

»Guten Morgen!« Nachtigall brachte frische Croissants für alle mit.

Wiener setzte Kaffee auf.

Silke Dreier angelte ein paar Pappteller aus der untersten Schreibtischschublade und für jeden eine rote Serviette.

»So, Frühstück fürs Team zu nachtschlafender Zeit. Emile kommt auch gleich.«

»Was Neues?«, fragte Wiener.

»Der Ehegatte von Frau Dossow weiß nicht, wo er nach ihr suchen sollte. Sie kommt nie zu spät oder etwa gar nicht zu einem Termin. Ihr Leben ist unfassbar aufgeräumt, durchorganisiert, durchgeplant. Dagegen der Arbeitsbereich: so was von unaufgeräumt. Chaotisch.«

»Haken wir am besten da ein, wo wir unterbrochen wurden. Jeder nennt noch einmal sein letztes Ermittlungsergebnis. So geht uns nichts verloren«, entschied Nachtigall.

»Ich war bei Baumschneider. Gewaltbereit ist gar kein Ausdruck. Und wir haben im Keller einen Blutfleck gefunden, Päckchen mit Fleisch, tiefgefroren. Alles tierischen Ursprungs.«

Emile setzte sich zu den anderen.

»Ich war bei Frau Schulz, sie hat mir erzählt, wie sie zu ihrer Tochter gekommen ist.«

»Uns wollte sie es nicht sagen – der Psychologe eben.«

»Nein. Daran lag es nicht. Ich bin nicht direkt von der Polizei. Das war der Grund«, stellte Couvier eilig klar. Misstöne zwischen ihm und seinem Schwiegervater wollte er nach Möglichkeit vermeiden. »Es war eine Frau, die zum dritten Mal eine Mehrlingsgeburt vor sich hatte. Vier Jungs gab es bereits. Es wurde diesmal eine Tochter geboren – und der Mann wollte nur Jungs. Also gab sie still und heimlich das Mädchen ab. Die Namen der Kinder von A–F. Albrecht der Erste, Benni war Nummer zwei, Christian der Dritte, Detlef der Vierte. Wie die beiden Letzten heißen sollten, wusste sie nicht. Sie nimmt an, E ging an sie und F wurde behalten. Ob Zwillinge oder Drillinge, wollte sie gar nicht wissen. Ihr ging es um das Mädchen. Man drückte ihr das Neugeborene in den Arm, sie fuhr in Urlaub, zog um, präsentierte sich zunächst als alleinstehende Mutter. Niemand hat sich gewundert. Oder zumindest hat niemand etwas gesagt. Und Corinna hat nie vermutet, dass sie in der falschen Familie aufwächst – sagt Frau Schulz.«

»Sie hatte also jede Menge Brüder – und wusste nichts davon.«

»Genau. Aber Frau Schulz meint, nun wäre es eh egal, denn sie sei tot. Von der biologischen Mutter hat sie nie wieder etwas gehört. Das war aber auch Teil des Deals.«

»Ein lebenslanger Betrug!« Silke biss ein großes Stück Croissant ab und kaute kraftvoll. Zum Abreagieren.

»Ja. Auf der anderen Seite: In der Herkunftsfamilie wäre sie unerwünscht gewesen. Und welche Chancen hätte sie dort gehabt? Frau Schulz liebte ihre Tochter – auf ihre Weise – förderte sie, ermöglichte ihr ein Studium.« Couvier bemühte sich darum, die emotionalen Wogen zu glätten. »Sie hat niemals mit jemandem über den Deal gesprochen. Sollte der Mord mit der Herkunft des Opfers zu tun haben, so muss die Information aus der biologischen Familie gekommen sein.«

»Und deren Name ist?«, fragte Silke aggressiv.

»Den wollte mir Frau Schulz nicht nennen.«

»Prima!«

»Ich verstehe deinen Ärger. Wir müssen es selbst rausfinden, wenn wir denken, dass der Mord damit in Zusammenhang steht.«

»Wie also weiter?« Silke war genervt. Müde und genervt.

»Jochen Müller. Den müssen wir befragen. Und Tim Kramczyk. Wilfried Heinrich, den Zeugen des Überfalls auf Florian. Den Enkel von Luise.«

»Fangen wir mit Jochen an. Der ist schon vor Ort. Die anderen kommen danach dran«, entschied Nachtigall gerade, als Dr. März zur Tür hereindrängte.

»Sie kommen voran?«, erkundigte er sich ansatzlos.

»Ja. Wir müssen uns durchfragen.«

»Schön. Denn der Verlobte ist jetzt so stabilisiert, dass man ihn befragen kann. Wer übernimmt das?«

»Ich.« Couvier nahm hastig den letzten Schluck Kaffee aus seiner Tasse, griff sich das Sakko von der Stuhllehne. »Ich weiß genau, was das Team von ihm wissen will. Geht schon.« Damit quetschte er sich am Staatsanwalt vorbei auf den Gang.

»Michael und ich übernehmen den Zeugen und Jochen Müller. Silke, du fährst bitte zu Tim Kramczyk. Danach sprichst du noch mal mit Katharina.«

»Und der Enkel?«, fragte die Kollegin.

»Zu dem fahren Michael und ich. Danach ist Auswertung hier. Ich bringe etwas fürs Mittagessen mit.«

»Spezielle Wünsche sind ja schon lang kein Geheimnis mehr.« Silke war richtig übel drauf. Nachtigall wusste, dass er Dr. März besser nicht zu viel Gelegenheit geben sollte, den Erfolg ihres Anti-Aggressionstrainings im Alltag zu begutachten, und fragte: »Wir können doch die Kollegen vom Betrug auch mit einbinden, nicht wahr?«

Und ging mit dem Staatsanwalt den Gang entlang.

»Wozu?«

»Nun, ich habe da einen Verdacht. Dem möchte ich schnell noch nachgehen, bevor unser Gesprächspartner gebracht wird.«

Peter Nachtigall lief durch das große neue Polizeigebäude und las im Vorbeihasten die Namen auf den Schildchen neben den Türen.

»Arnold Kanter. Aha.« Er klopfte und wurde hereingebeten.

»Guten Morgen, Herr Kollege! Vielen Dank für Ihre Anfrage. Jochen Müller. Hier ist sein Registerauszug – und tatsächlich haben wir auch schon gegen ihn ermittelt. Leider konnten wir ihm die Sache nicht belastbar nachweisen, es wurde kein Verfahren eröffnet. Bisher ist er immer gewalttätig geworden – würde mich also nicht wundern, wenn der richtige Jochen Müller bei euch sitzt.«

Er drehte den Monitor ein Stückchen, sodass der Kollege der Mordkommission gut erkennen konnte, was dort zu lesen war. »Oh, sollte er wieder einfahren, trifft er auf lauter alte Bekannte. Fünf Haftstrafen hatte er ja bereits. Diesmal ist es viel schlimmer, wenn die Körperverletzung auf seine Kappe geht, dann könnte es sein, dass er sich wegen versuchten Totschlags verantworten muss. Aber das wird sich erweisen. Willst du mitkommen zu unserem Gespräch?«

Arnold Kanter war hocherfreut.

Er klemmte sich eine gehaltvolle Akte unter den Arm. »Prima. Ich bin auch ganz still und beobachte, wie er sich so gibt. Ich kenne ihn ja schon, wusste damals gleich, dass er log. Bloß gerichtsfest wurde die Sache eben nicht. Diesmal vielleicht? Das wäre wunderbar.«

Sie gingen nebeneinander her.

Nachtigall mit seinen fast zwei Metern Länge, daneben der Kollege, der sicher eine Leiter brauchte, um die Glühmittel in der Wohnung zu wechseln. Doch Kanter schien der Größenunterschied gar nicht zu stören.

Klar, dachte Nachtigall, der weiß, dass sich die Qualität des Ermittlers nicht über die Körpergröße definiert – und wahrscheinlich ist er die meiste Zeit des Tages bei Zusammentreffen mit Kollegen der Kleinere. Er hatte sich schlicht daran gewöhnt.

Jochen Müller saß mit einer Tasse Kaffee am Tisch im Vernehmungsraum und wartete. Sah sich gelangweilt in dem kahlen Raum um.

Klopfte mit dem rechten Zeigefinger den Rhythmus einer Melodie auf die Platte, die nur er hören konnte. Seufzte. Nahm wieder einen Schluck aus der Tasse, begann sich zu ärgern. Wenn man ihn schon so früh am Morgen zum Gespräch holte, dann könnte man ja wenigstens auch hier sein!, überlegte er, und das Klopfen wurde prägnanter, härter.

»Guten Morgen!«

Durch die Tür traten gleich drei Ermittler ein.

Jochen kannte nur einen davon, die anderen beiden hatte er flüchtig gesehen, als man den Fremden abgeholt hatte.

»Morgen!« Bloß nicht zu freundlich, ermahnte er sich.

»Herr Müller, wir haben gestern aus dem Keller eines unbewohnten Hauses in der Siedlung einen Schwerverletzten abtransportieren müssen. Nun ermitteln wir die Umstände, unter denen es zu den Verletzungen kam. Mein Name ist Peter Nachtigall, dies sind meine Kollegen Wiener und Kanter.«

Sie nahmen Platz, das Aufzeichnungsgerät wurde auf den Tisch gestellt, Jochen Müller darüber belehrt, dass man glaube, er sei an dem Übergriff beteiligt gewesen.

»Sie äußern sich hier als Beschuldigter.«

»Ich? Ach ne! Welches Vögelchen hat denn diesen Unsinn gezwitschert?« Angriff sei die beste Verteidigung, hatte Jochen sich überlegt, er würde den Ton so beibehalten, bis die Typen auf der anderen Seite des Tisches genug von ihm hatten und sich lieber mit Bernhard unterhalten wollten. Dann konnte er zurück nach Hause fahren – so der Plan.

»Ein Zeuge gibt an, den Fremden in diesem Zustand vorgefunden zu haben. Er benachrichtigte uns, konnte vielleicht durch diese Maßnahme das Leben des Mannes retten.«

»Bernhard, die Lusche. Wer sagt denn, dass er den Kerl nicht selbst so zugerichtet hat?«

»Er.«

»Und das glauben Sie dann unbesehen? Ha!« Jochen gab sich entspannt. Die personifizierte Unschuld. Er musste es nur überzeugend rüberbringen, dann würden die es auch irgendwann so sehen, und er könnte einfach rausspazieren.

»Bernhard hat den Mann überwältigt, als er im Gebüsch ›rumschlich‹. Das haben Zeugen bestätigt. Und von anderen haben wir gehört, es sei Ihr ausdrücklicher Rat gewesen, den Gefangenen kaltzumachen, sobald er das Versteck des Diebesguts verraten habe – oder besser noch – sofort.«

»Ach, das mag schon sein. Gesagt ist nicht gemacht.« Jochen schniefte. »Allergie.«

»Stimmt. Im Moment steht Aussage gegen Aussage. Sie beschuldigen Bernhard, er beschuldigt Sie. Es wird am Ende so sein, dass derjenige, der zuerst alles auspackt, die Bonuspunkte für das Geständnis einfährt und der andere leer ausgeht.« Wiener wollte Sprunghilfe leisten.

»Das ist alles Blödsinn.« Jochen war nicht aus der Ruhe zu bringen. »Warum sollte ich den Kerl denn derart vermöbeln, wenn ich ihn umbringen wollte? Hä? Dann hätte ich doch besser gleich kurzen Prozess gemacht.« Er deutete an, was er meinte, fuhr, wie immer wenn das Gespräch an diesem Punkt anlangte, mit dem ausgestreckten Zeigefinger quer über seinen Hals.

»Ich habe mir einen Auszug aus dem Register zeigen lassen«, erklärte Nachtigall sanft. »Strafregister. Und dort sind Sie ganz hübsch vertreten. Immer wieder eine Haftstrafe. Mal mehr, mal weniger lang. Und es ging stets um Versicherungsbetrug. Da Sie eher auf diesem Gebiet aktiv sind, Mord also weniger eine Rolle spielt, frage ich mich, ob Ihr sonderbares Verhalten nicht was mit Ihrer ›Hauptstrecke‹, dem Betrug, zu tun haben könnte.«

»Ich verprügle jemanden, und am Ende ist es Versicherungsbetrug? Wie quer denken Sie denn?« Er sah sich um, erkannte, dass er hier den Schleim besser nicht auf den Boden spucken sollte, und fischte ein Taschentuch aus der Hose, hielt es vor den Mund.

»So quer wie nötig«, gab Nachtigall ruhig zurück.

»Warum haben Sie den Mann zusammengeschlagen?«

»Ich war das nicht.«

»Aber Sie haben versucht, die Siedlung gegen Bernhard aufzuhetzen. Haben ihm gedroht – weil er die Polizei alarmiert hat. Warum?«

»Ach, Herr Hauptkommissar.« Jochen lehnte sich zurück und verschränkte die Arme vor der Brust, präsentierte seine trainierten Oberarme. Nachtigall überlegte, ob er ihn damit einschüchtern wollte. Er stand kurz auf, ging ein paar Schritte auf und ab, krempelte die Ärmel hoch, setzte sich wieder. So, dachte er, die Größen-, Bizeps- und Gewichtsunterschiede hätten wir damit wohl geklärt. Zur Sicherheit legte er seine Pranke deutlich sichtbar auf die Akten.

Spannte die Oberarmmuskulatur an.

Jochen schien zu grübeln.

»Der Kerl steigt in unsere Häuser ein und beklaut uns. Da muss er auch einstecken können. So sehe ich das!« Wieder das Schniefen.

»Sie räumen also ein, dass Sie den Fremden verprügelt haben?«

»Mein Gott! Ein paar Klapse auf die Wange. Nichts. Kein Grund für das Drama, das der gestern abgezogen hat.«

»Drama?«, fragte Nachtigall nun gefährlich leise.

»Ist ein echtes Schauspieltalent. Mann! So ein Schweinehund!«

»Ich glaube, Sie wollten nicht, dass dieser Mann das Versteck benennt. Sie haben ihn fast totgeprügelt! Weil Sie falsche Angaben über den bei Ihnen entstandenen Schaden gemacht haben. Das ist der wahre Grund! Deshalb liegt nun ein Ihnen vollkommen fremder Mann auf der Intensivstation und ringt ums Überleben!«, wütete der Hauptkommissar. »Und jetzt erdreisten Sie sich zu behaupten, der Mann schauspielere bloß!«

»Sie haben nicht die Spur eines Beweises! Ich will hören, was ihr wirklich gegen mich in der Hand habt! Und ich will einen Anwalt!«

»Ähäm«, räusperte sich Herr Kanter. »Es wäre vielleicht schlauer gewesen, nicht die gleichen Dinge wieder anzugeben wie beim letzten Mal. Denn damals waren sie schon erlogen.« Er blätterte in der dicken Akte. »Es ist wie ein Markenzeichen von Ihnen. Immer ist es der Rechner mit der Seriennummer SN 465783279228, der dabei ist. Unter dem Diebesgut befindet sich immer eine Rolex mit der Identifikationsnummer 9863279, ein Erbstück. Wie schon bei zwei der Einbrüche davor.«

Nachtigall und Wiener warfen dem Kollegen einen aufmunternden Blick zu. »Okay. Wir verabschieden uns einstweilen aus dem anregenden Gespräch. Später sind wir dabei, wenn Sie das Geständnis unterschreiben. Sollte es eine Pause geben, empfehlen wir Ihnen zu beten, zu wem auch immer, dass sich der Mann wieder erholt. Sonst wird es diesmal ein richtig langer Aufenthalt hinter Gittern. Und bei so vielen Vorstrafen könnte man der Meinung sein, Sie hätten etwas Besonderes verdient. Eine Unterbringung im Maßregelvollzug.«

Jochen erschrak.

Als die beiden Mordermittler ihre Jacken aus dem Büro holen wollten, sahen sie, dass Silke ihnen eine Nachricht hinterlassen hatte. Sie habe eine Vermisstenmeldung entdeckt und würde dem nun nachgehen. Leider könnte sie dann erst im Anschluss zu Kramczyk fahren. Und es stand ein Name dort, grün unterstrichen: *Konstantin Pantorow.*

»Aha. Dann bekäme der Verletzte endlich einen Namen, einen Hintergrund. Sie soll uns über SMS auf dem Laufenden halten.«

Wiener nickte. »Das macht sie ohnehin.«
»Schick ihr eine Nachricht. Sonst redet sie sich nachher wieder raus!«
»Mach ich.«
»Wir besuchen den Zeugen. Wie heißt der gleich?«
»Wilfried Heinrich. Straße der Jugend. Na dann!«

44. KAPITEL

Lotte und Christa tranken Tee.

Lotte mit Schuss, Christa mit Zitrone. Dazu hatten sie sich je ein Stück Torte aus dem »Café Schiller« gegönnt.

»Ach ja. Bei uns ist es doch wirklich wunderbar«, seufzte Lotte und kaute genussvoll und mit verklärtem Blick ein Stückchen der Sahnetorte. »Uns geht es finanziell gut. Die Wohnung bietet allen Komfort. Perfekt.«

»Ja«, nuschelte Christa, den Mund voller Eischnee, »andere müssen sich mit Problemen rumschlagen, wir genießen. Meine Schwester zieht in altersgerechtes Wohnen um. Ha. Die meisten der Nachbarn sind über 80. Eingepfercht zwischen lauter Alten. Ich glaube, die wird mehr unterwegs als in ihrer neuen Wohnung sein. Alle Wände so nah am Körper? Ne. Also ehrlich, und die Glühbirne kann man mit dem ausgestreckten Arm wechseln. Nix für mich.« Sie feixte im Bewusstsein, dass in ihrer WG auch alle über den 80. Geburtstag hinaus waren.

»Für mich auch nicht. Du siehst ja bei den anderen, was auf dich selbst wartet. Da bewahre ich mir doch lieber die Illusion von körperlicher Fitness bis zum finalen Sprung in die Grube!« Sie kicherte behaglich, schob noch eine Gabel voll Torte nach.

»Bisher hatten wir ja auch mit den Nachbarn Glück. Ich meine, dass die Kleine nun ermordet werden könnte, war ja nicht zu erwarten. Passiert nur sehr selten, dass du im Bekanntenkreis ein Mordopfer hast.«

»Spannender sind die Täter. Aber auch da sieht es in unserem Bekanntenkreis eher mau aus. Und mit zunehmendem Alter löst man die anstehenden Probleme vielleicht eher nicht mehr physisch.« Lotte seufzte zufrieden.

»Naja. Direkt nicht, aber eine Portion schickes Gift, das geht immer. Da kannst du noch so hinfällig werden. Eine Prise Zyankali über den Kuchen – und schwups. Wieder ein plötzlicher Todesfall.«

Lotte beäugte den Rest der Torte kritisch, hob den Teller etwas ins Licht. Kniff die Augen zusammen. Atmete auf. Kein Hinweis auf zusätzliche Würze zu entdecken. »Bei Gift ist eben Nähe nötig. Aber das gilt natürlich für Erschlagen auch.«

»Und du musst nicht beim Sterben zusehen. Man

nimmt am besten eines, das mit Verzögerung wirkt.« Christa schien das Thema nicht so leicht verlassen zu wollen.

»Wenn wirklich längst Außerirdische unter uns leben, kennen die sicher völlig andere Methoden. Wir erkennen die Morde nicht mehr, weil wir nicht um die Waffe wissen.«

»Sag mal, was macht Luise eigentlich immer mit ihrem Enkel hinter verschlossener Tür?«

»Wie kommst du von Außerirdischen auf Felix?«, staunte die andere.

»Ach, vielleicht, weil er mir manchmal vorkommt wie ein Alien. Nicht von dieser Welt eben.«

»Verstehe ich nicht. Er ist doch ein netter Junge. Hilfsbereit, höflich, gut erzogen.«

»Mag sein. Aber es umweht ihn irgendetwas. Manchmal ist mir, als könnte ich ihn gar nicht richtig sehen, er liegt hinter einem Schleier, und wir sehen nur, was er durchblitzen lässt.«

»Blödsinn. Ich kenne ihn nun schon seit vielen Jahren. Er ist sogar zuverlässig. Etwas, was du heute bei den jungen Leuten eher vermisst als findest. Und nach dem Brand war er sofort hier, hat sich um alles gekümmert und wollte uns alte Bagage sogar in einem Hotel ›unterstellen‹. Der ist schon in Ordnung. Ich habe ja weder Kinder noch Enkel, aber ich glaube, er ist ein perfektes Exemplar!«

»Hast du ihn jemals lachen sehen?«, fragte Christa. »Nicht nur lächeln, sondern richtig laut, fröhlich, unbeschwert lachen?«

Lotte dachte lange nach. Versuchte, den Gedankenfluss durch eine weitere Gabel Torte anzuregen, spülte mit Tee nach, schmatzte.

»Nein«, antwortete sie dann gedehnt. »Wenn ich darüber nachdenke ... nein. Aber der arme Junge hat vielleicht auch wenig Grund zu Unbeschwertheit. Er hat nach und nach die ganze Familie verloren. Seine Mutter ist sicher längst ein Pflegefall, die war schon immer dement. Schon als junge Frau. Aber da ist es nicht so aufgefallen. Später wurde es schlimmer, sie hat nur noch krauses Zeug geredet. Ich glaube, er versorgt sie. Und so was belastet.«

»Mag sein. Ja. Aber er versorgt auch noch etwas anderes, nicht wahr?« In Sandras Ton hing ein Lauern. Laut und deutlich. Lotte zuckte zusammen. Warum war Luise ausgerechnet jetzt nicht zu Hause? Sie konnte das alles so viel besser erklären als sie selbst.

»Er ist handwerklich geschickt.«

»Ja, so kann man das nennen«, lachte die andere. »Und er hat gärtnerische Fähigkeiten, die sich sehr gut ›umrubeln‹ lassen, oder täusche ich mich?«

Lotte schluckte. Trank etwas Tee, wünschte, sie hätte deutlich mehr Schuss hineingegeben.

»Ach, du warst im Keller?«

»Sicher. Ich gehe dort sehr selten hin, aber gelegentlich eben doch. Weil ich neugierig bin, zum Beispiel.«

»Ach«, machte Lotte schwach.

»Ja. Und dabei habe ich gesehen, wie er durch eine der Türen trat. Konnte sogar einen sicher unerwünschten Blick auf das Dahinter werfen. Natürlich war die Tür dann sofort zugezogen und abgeschlossen. Der Diebe wegen, erklärte er mir. So viele Kellereinbrüche in letzter Zeit. Und der seltsame Geruch verzog sich schnell. Er hat eine gute Lüftung, euer Raum.«

»Christa, du verstehst das alles falsch.«

»Klar. Ich war früher Lehrerin. Ich weiß ganz genau, was ich da gesehen habe!«

»Ja, ich auch. Cannabis. Aber wir dürfen das. Luise und ich haben eine Genehmigung. Ich bin gegen sehr viele Pestizide und Herbizide allergisch, hatte schon einige heftige Anfälle, weißt du. Asthma. Und deshalb muss ›mein Zeug‹, wie das mein Hausarzt nennt, besonders sauber sein. Bioproduktion, verstehst du. Und das von Luise auch, denn sie raucht es selbst, würde die Allergene … nun. Es ist, wie es ist. Wir dürfen. Und Luises Enkel hat den grünen Daumen. Er kann gut mit den empfindlichen Pflanzen.«

»Und die Produktion läuft auf Hochtouren? Ihr versorgt die ganze Region?« Christa wurde schnippisch.

»Nein! Natürlich nicht. Jede von uns darf vier Pflanzen aufziehen und beernten. Das übernimmt Luises Enkel. Wir konsumieren. Und geben einen Rest an andere Betroffene ab, die sich das Zeug aus der Apotheke nicht leisten können. Das ist Schmerztherapie.«

»Dann hat er wohl ohne euer Wissen seine Anbaufläche dramatisch erweitert, meine Liebe!«

45. KAPITEL

Die Straße der Jugend zeigte sich den Eiligen so unfreundlich wie meist. Der Verkehr staute sich. Von einer roten Ampel zur nächsten. Wiener fluchte über die, denen schon die Vorstellung zuwider war, an der Ampel halten zu müssen, und die bei Rot noch rüberpreschten, dafür verantwortlich waren, dass die anderen nicht losfahren konnten.

»Mann! Schon wieder. Man könnte echt glauben, es ist Volkssport Nummer eins geworden! Selbst die Radler! Guck mal!«

Nachtigall nickte. »Mir ist neulich ein älterer Herr mit zwei Krücken im ampellosen Wildwechsel direkt vors Auto ›gerannt‹. Konnte gerade noch ausweichen. Conny ist da entspannt. Wo ich mich aufrege, meint sie nur, gegenseitige Rücksichtnahme sei eben vonnöten. Bloß das mit dem gegenseitig scheint dann immer für mich zu gelten!«

»Wo genau wohnt er denn, der Herr Heinrich?«

»Ist noch ein Stück. In einem der lang gestreckten Wohnhäuser gegenüber dem Sportzentrum, glaube ich.«

»Und warum ist hier so ein Stau?«, fluchte Wiener. »Springermeeting kann nicht sein! Falsche Jahreszeit.«

»Springermeeting? Du meinst diese Veranstaltung, die Uli Hobeck organisiert? Mit namhaften Athleten, neuen persönlichen oder internationalen Rekorden? Da war ich beim letzten Mal. Sehr beeindruckend. Conny konnte die Augen kaum mehr von dem einen Stabhochspringer lassen.« Er verzog unbewusst das Gesicht. »Ein Pole, glaube ich.«

»Ulrich Hobeck? Der Läufer? Stand nicht neulich ein Artikel über ihn in der ›Lausitzer Rundschau‹?«

»Ja, das stimmt. Zu seinem Geburtstag. 70 ist er geworden. Er war Hindernisläufer, sehr erfolgreich. Heute ist er eine Sportlegende. Organisiert Sportveranstaltungen – und ist auch da erfolgreich. Aber das kann eben nicht sein. Falsche Jahreszeit!«, erinnerte Nachtigall den Freund.

»Was dann? Radrennen? Tobetag für Kinder? Hier ist oft irgendeine Veranstaltung – ich kriege das meist erst mit, wenn im Nachgang darüber in der Zeitung berichtet wird. Kleine Kinder eben«, er lachte leise. »Da kommt man zu gar nichts.«

Sie fanden eine freie Parkbucht am Straßenrand.

Klingelten wenig später bei Heinrich.

Die Wohnung war voll. Mehr als voll. Gestopft. Eng und dunkel. Wilfried Heinrich fiel zwischen der Unmenge an Eichenmöbeln gar nicht auf.

»Oh, hallo. Die Kriminalpolizei. Entschuldigen Sie bitte das Chaos hier, aber ich bin im Nebenberuf Antiquitätenhändler und musste nun mit meinem Lager umziehen. Der Verwalter hat gekündigt, er möchte hochmoderne Wohnungen in das alte Industriegebäude bauen, da ist für so einen Billigmieter wie mich natürlich kein Platz mehr.« Er lachte übellaunig. »Nun stehen ein paar der Möbel hier, das neue Lager ist leider erheblich kleiner.«

Er leitete die Besucher unfallfrei um Vitrinen, Vertikos und Buffets herum, bot ihnen einen Sitzplatz auf der Couch an, angelte für sich selbst einen antiken Stuhl aus der Ecke.

»So. Wie kann ich helfen?«, fragte er dann neugierig.

»Der junge Mann wird doch wieder – oder etwa nicht?«

»Wir hoffen es. Er ist schwer verletzt.«

»Klar. Wenn man derart verdroschen wird.«

»Können Sie sich erinnern, was der Angreifer zu seinem Opfer gesagt hat? Sie meinten, er habe etwas gerufen. Mehrfach.«

»Oh ja, das kann ich. Sehen Sie, so was vergisst sich nicht in ein paar Stunden!«

Heinrich schüttelte bedrückt den Kopf. »Und die Geräusche. Wenn Knochen brechen, ist das zu hören. Ja – der Angreifer hat geschrien, sie hätte es nicht anders verdient gehabt, wollte von seinem Opfer wissen, ob er es habe – was auch immer –, und er würde sich nicht alles nehmen lassen. Mehr nicht. Aber weil er so laut gebrüllt hat, konnte ich alles mehrfach hören.«

»Und zu der Gestalt? Ist Ihnen noch etwas eingefallen?«

»Sie wissen gar nicht, wo Sie suchen sollen, nicht wahr? Blödes Gefühl, könnte ich mir denken. Wo doch die Presse auch unruhig wird. Ist ja ein ziemliches Schlamassel, ich möchte nicht in Ihrer Haut stecken.« Heinrich besah sich interessiert die Gesichter der beiden Männer auf der Couch – als seien sie Wachsfiguren in einem Sonderheitenkabinett.

Nachtigall spürte den Ärger in sich aufwallen. Jetzt bedauerten schon die Zeugen die Ermittler! Und was stand heute in der Zeitung? Dr. März würde womöglich auch schon schäumen. Er merkte, dass Michael ebenfalls unruhig wurde.

»Ist Ihnen noch etwas eingefallen?«, wiederholte Wiener die Frage des Kollegen.

»Nein, tut mir leid. Wie gesagt, ich war ja mit dem Verletzten befasst. Habe die Rettung gerufen und mit dem armen Kerl gesprochen. Also ich habe ihm gut zugeredet. Was man halt so macht, wenn man neben einem Überfallenen, der aus vielen Öffnungen mächtig blutet, so macht.«

Die beiden Ermittler stemmten sich zeitgleich aus der tiefen Couch hoch.

»Oh, Moment, ich führe Sie durch das Labyrinth.«

46. KAPITEL

Ich muss los.

Es würde mir gefallen, wenn du heute Abend verschwunden bist.

Oma möchte auch, dass du mich in Ruhe lässt, sie meint, du schadest mir.

Was soll das heißen: jetzt, wo fast alles erledigt ist? Was solltest du schon je erledigt haben.

Du bist der Letzte, ja. Oh, ich weiß, du legst Wert darauf, dass es DER heißt und nicht DAS.

Vergiss nicht, dass Oma uns damals gerettet hat! Ich finde, dein Verhalten ist schäbig. Ohne sie wären wir heute nicht hier. Was gibt es da zu lachen?

Oma soll … das ist ja nun wirklich der Gipfel! Du verkehrst alles ins Gegenteil, gerade so, wie es dir passt. Das ist schlicht unfassbar. Jetzt beschuldigst du auch noch eine alte Dame …

Ja gut, eine alte Kifferin. Ja, stimmt. Aber sie ist nicht so maßlos wie Lotte. Und die anderen brauchen nichts. Später vielleicht, wenn die Arthrose zum Problem wird.

Ich will nichts mehr hören von dem Quatsch!

Mach, dass du aus meinem Leben verschwindest!

Sich nach dir zu sehnen, ist nicht einmal ein bisschen so schlimm, wie dich um sich zu haben. Deine widerlichen Einflüsterungen. Nein! Ich will dich nicht mehr antreffen, wenn ich zurück bin.

Was?

Du warst bei Mutter?

Aha. Na, dann weißt du ja jetzt Bescheid.

Nur wir beide. Ja. Am liebsten ich allein.

47. KAPITEL

Als Peter Nachtigall nach Florian Kiebitz fragte, machte die Schwester ein mürrisches Gesicht.

»Geht ja hier zu wie im Taubenschlag. Der Mann ist schwer verletzt, braucht seine Ruhe. Und nun kommt ständig jemand vorbei.«

Sofort spannte sich in Nachtigalls Körper jede Faser. Was sollte das heißen? Der Mörder war hier?

»Der Polizist, der ihn bewachen soll, ist der da?«

»Klar. Der rührt sich nicht einen Millimeter. Nimmt seine Aufgabe sehr ernst. Auch die Ablösung. Das kommt nicht vor, dass der Stuhl unbesetzt ist. Er begleitet jeden rein, bleibt, bringt ihn wieder raus. Ihr Schützling ist sicher.«

»Und wie meinen Sie das dann mit dem Taubenschlag?«

»Nun, seine Eltern sind gekommen.«

Die Mutter weinte leise, streichelte die Finger, die aus dem Gips herausschauten.

Der Vater dagegen stand steif an der Wand, warf seinem Sohn sonderbare Blicke zu, als könne der etwas dafür, dass man ihn verprügelt hatte.

Nachtigall stellte sich flüsternd vor.

Der Vater kam mit ihm auf den Gang hinaus.

»Das ist eine Katastrophe«, stellte er fest.

»Es kam jemand vorbei, und der Angreifer floh. Ihr Sohn hat Glück gehabt, dass der kleine Hund so mutig Lärm gemacht hat«, erklärte Nachtigall.

»Ach Quatsch. Glück gehabt! Ich wusste von Anfang an, dass das nicht das richtige Mädel für ihn war! Den Kopf voll Flausen und dummen Sprüchen. Nichts geleistet im Leben, aber sich aufführen wie Nobelpreisträger persönlich. Oder – wie heißt das bei der Journaille? Pulitzerpreisträger! Ohne sie wäre er doch gar nicht in diese Lage geraten. Dieses blöde Weib! Und um was ging es nun? Wissen Sie inzwischen, was der Kerl von meinem Sohn wollte?«

»Nein. Der Angreifer glaubte offensichtlich, Ihr Sohn habe etwas aus dem Besitz seiner Freundin bei sich. Er forderte die Herausgabe. Ihr Sohn wusste nicht, was der Mann meinte.«

Nachtigall schämte sich.

Automatisch hatte er in Gedanken die junge Frau verteidigt, gedacht, dass es die alleinige und freie Entscheidung dieser beiden Menschen sein musste, welche Planung sich für ihre Zukunft ergäbe. Für die Eltern war da kein Platz.

Und plötzlich dachte er an Emile. Und seine eigene Einstellung Jules Entscheidung gegenüber. Wusste, dass er genau solch ein Vater war wie dieser Mann, der ihm hier auf der Intensivstation gegenüberstand.

»Kriegen Sie das Schwein. Im Moment ist mein Sohn stabil. Ob sein Hirn funktioniert wie sonst, wissen die Ärzte noch nicht. Vielleicht bekommen wir einen Pflegefall mit nach Hause! Wenn wir überhaupt etwas Lebendiges mit nach Hause nehmen können. Selbst das ist ungewiss. Sie sollten sich lieber sputen, womöglich ist er schon ein Serienkiller!«

Damit kehrte er ans Bett von Florian zurück.

Als sich die Türen zur Station öffneten, drängte Silke mit einer Unbekannten herein.

»Das ist Frau Pantorow. Ihr Mann ist vermisst gemeldet. Ich habe sie gleich hierher bestellt.«

Nachtigall schüttelte der Dame die Hand. »Und die Beschreibung Ihres Mannes passt auf den Mann, der auf dieser Station liegt?«

»Ja, offensichtlich. Ihre Kollegin meint das zumindest.«

Silke zog Frau Pantorow zur Seite. Zeigte ihr ein Foto des Mannes.

»Ja!« Sie klang eher erstaunt als betroffen. »Du liebe Güte, was ist denn passiert?«

»Kommt es öfter vor, dass Ihr Mann vor fremden Häusern durchs Gebüsch schleicht?«

»Aber ja. Das ist irgendwie Bestandteil seiner Arbeit, wissen Sie?«

»Nein. Wir wussten bisher nicht einmal, wer der Mann ist, den man da verprügelt hat.«

»Mein Mann ist Privatdetektiv. Er gerät schon mal zwischen die Fronten. Aber so schlimm ist es noch nie gewesen.« Sie sah Silke Dreier bittend an. »Kann ich zu ihm? Danach beantworte ich auch weiter Ihre Fragen. Aber erst zu ihm!«

Nachtigall nickte.

Eine Schwester begleitete die Frau ins Krankenzimmer.

»Wir verlegen ihn heute auf Normalstation. Es wird

allerdings ziemlich dauern, bis er sein altes Leben aufnehmen kann. Ich schätze, eine Reha wird sich anschließen. Bei den vielen Frakturen braucht er nach der Heilung eine professionelle Therapie, die eine ausreichende Beweglichkeit wiederherstellen kann. Alles Weitere wird sich nach und nach ergeben.«

Minuten später kehrte Frau Pantorow zurück.

Still, betroffen, schockiert.

»Wer war das?«

»Wir wissen es nicht genau. Er wurde von Anwohnern überwältigt. In einer Gegend, in der es in letzter Zeit verstärkt Einbrüche und Diebstähle gab. Sie hielten ihn wohl für den Täter. Einer muss übergriffig geworden sein. Wir ermitteln.«

»Mein Mann ist wehrhaft. Er gerät nicht als hilfloses Opfer in eine solche Lage, wird so zusammengeschlagen. Wo ist sein Auto? Seine Papiere? Wer auch immer hier beteiligt war, wusste genau, mit welchem Gegner er es zu tun hatte.«

»Was für einen Wagen fährt Ihr Mann?«

»Einen roten Peugeot. CB-KP und drei Zahlen. Ich habe sie vergessen.« Tränen standen in ihren Augen. Silke legte ihren Arm um die Schultern der Frau und führte sie zum Umkleidebereich, wo sie sich der Schutzkleidung entledigen konnte.

»Wir gehen ins Café. Ist besser als hier«, entschied die Ermittlerin. Wandte sich zu Nachtigall um, zuckte mit den Schultern. »Tut mir leid. Den Schweineflüsterer habe ich noch nicht geschafft. Den muss ein anderer übernehmen.«

Michael Wiener fuhr zu Tim Kramczyk.

Ja, rief er sich ins Gedächtnis, der junge Mann kannte das Opfer, er wusste von ihrem Verlobten, er hatte die Leichenteile gefunden – ob zufällig oder nicht, war ungeklärt, er hatte ein Motiv, die Gelegenheit und, wie sie inzwischen wussten, kein tragfähiges Alibi. Außerdem fuhr er einen geländegängigen Wagen. Groß genug für einen Schweinchentransport oder Rinderhälften oder eine Leiche.

Es sprach ziemlich viel gegen ihn.

Und doch: Wiener wollte sich nicht vorstellen, dass Kramczyk die Frau, die er zu lieben behauptete, abpassen und quälen und umbringen würde. Eine Verbindung zu diesem ominösen Foto aus der Wohnung der Journalistin wollte sich für ihn nicht zeigen. Natürlich konnte sich da noch Überraschendes ergeben. Aber wie wahrscheinlich war das?

Er parkte auf dem Innenhof. Stieg aus, sah sich um.

Stille.

Wiener bekam eine Gänsehaut. Registrierte das, wusste, es war ein Warnsignal.

Er lockerte die Waffe im Holster. Bewegte sich geschmeidig in Richtung Stall.

Zog leise die Waffe, öffnete behutsam die Tür. Trat ein. Lauschte. Die Waffe bereit.

Jemand schluchzte.

Irritiert nahm er die Pistole runter. Ging an den Boxen vorbei, dem Weinen nach.

Tim Kramczyk saß in einem der Verschläge. Sah nicht auf.

In seinem Schoß: Nele. Ihre Augen waren geschlossen. Sie atmete flach. Blut quoll aus einer Verletzung. Stetig an – und abschwellend.

Mit einem Satz sprang er über die Bretterwand, kniete sich neben den jungen Mann. Streichelte Nele.

»Was ist passiert?«

»Er hat sie gestochen. Sie stirbt«, brachte der Koch mühsam hervor. »Meine kleine Trüffelsau.«

»Ist er noch da?«

»Nein. Ich glaube nicht.«

»Stehen Sie vorsichtig auf. Wir machen einen provisorischen Verband. Wo wohnt Ihr Tierarzt?«

Wieners Ton war energisch, seine Bewegungen entschlossen. Kramczyk tat widerspruchslos, was Wiener anwies. In kurzer Zeit war das Schwein verbunden. In eine Decke gehüllt. Und die beiden Männer eilten zu Wieners Auto.

Der Motor heulte auf, bevor Kramczyk die Beifahrertür geschlossen hatte.

»Wo lang?«

»Raus und dann rechts, dritte links. Das vierte Haus.«

Sie brausten los.

»Michael hier. Tim Kramczyk wurde überfallen, Nele verletzt. Ich bringe die beiden zum Tierarzt. Gibt es Neues zu Jasmin Dossow?«

»Nein.« Silke antwortete leise. »Wir haben den Verletzten aus der Siedlung identifiziert. Konstantin Pantorow.«

»Ich melde mich später.«

Er zog den Wagen in die Querstraße, hielt vor dem Haus des Tierarztes.

Sie klingelten Sturm.

Der Arzt erschien, erkannte die Lage, riss die Tür auf und rannte vor ihnen her zum Behandlungsraum.

»Oh Gott, Herr Kramczyk! Was ist Nele denn passiert?«

»Jemand hat ein Messer in ihre Seite gerammt.« Wiener übernahm das Antworten. Der Koch sah aus, als könne er jeden Moment bewusstlos zusammenbrechen.

Mit sicheren Bewegungen nahm der Arzt den Verband ab, untersuchte die Wunde.

»Wir setzen eine kleine Narkose. Dann schauen wir mal nach, was verletzt wurde. Warten Sie bitte draußen.«

Er zog eine Spritze auf.

Die kleine Sau zuckte nicht einmal, als er die Nadel durch ihre Haut schob.

»Nele!« Kramczyk war verzweifelt. »Wenn ich den erwische! Den bringe ich um!«

Wiener zerrte ihn aus dem Behandlungsraum ins Wartezimmer.

»So – und nun möchte ich gern genau erfahren, was auf dem Hof los war! Wer hat Nele so schwer verletzt – und warum?«

48. KAPITEL

Jasmin Dossows Schmerzempfinden hatte offensichtlich auf Durchzug geschaltet. So kam es ihr jedenfalls vor. Er schlug, sie zuckte – und doch hatte ein Gefühl der Gleichgültigkeit von ihr Besitz ergriffen, wie sie es nur aus den schwierigen Phasen ihres Lebens kannte, als sie mit allem abgeschlossen hatte und freiwillig sterben wollte.

Sie beobachtete unaufgeregt, wie blutige Tropfen in eine Pfütze fielen. Bewunderte beinahe die Schönheit des aufspringenden Feuchtigkeitskranzes. Wie eine Krone.

Der Kerl fragte nach dem Foto.

Wollte wissen, wo es war.

Woher sollte sie das denn wissen? Eine blöde alte Fotografie! Sie wusste anderes: Ich sterbe hier. Aufgehängt wie ein Tier nach der Schlachtung. Rettung? Wohl kaum. Sie lag gefesselt auf einer Pritsche. An den Füßen konnte er einen Haken zwischen die Knoten schieben und sie problemlos kopfüber aufhängen. Dann schlug er zu, fragte dumme Dinge, ließ sie runter, wartete, begann erneut.

Er mache das so, hatte er erklärt, weil die Menschen viel zu schnell sterben, wenn man sie zu lange hängen lässt.

Aha, hatte sie nur gedacht. Er hat das schon mehrfach ausprobiert.

Und der Zustand der anderen bestätigte das irgendwie.

Es war ihm wohl gleichgültig, dass sie von ihr wusste. Weil sie es nie jemandem würde erzählen können. Wahrscheinlich war die andere dunkle Lache auf dem Boden von ihr.

Überhaupt. Der Gestank. Blut, Zersetzung, Moder, Ratten. Kakerlaken hatte sie gesehen. Widerliche Huscher. Und anderes Getier. Kostgänger allesamt. Warteten nur darauf, dass sich ihr Speiseplan um eine geschmackliche Variante erweitere. Oder schmeckte Mensch immer wie Mensch?

Die andere: Hatte Ähnlichkeit mit einer Moorleiche.

Im letzten Urlaub hatte sie welche gesehen. Im Museum Schloss Gottorf in Schleswig. Nicht jedermanns Sache. Ihre jedenfalls nicht. Sie schämte sich ihres voyeuristischen Blicks auf ausgestellte Tote, die man der Stille entrissen und nun vor aller Augen in Vitrinen präsentierte. Unschicklich, unangemessen, unethisch – es waren ihr gleich sehr viele Worte mit »un« eingefallen. Wie in Berlin, als sie die Mumien der Pharaonen ansehen sollte.

Und die andere eben. Die dunkle Haut spannte in Resten auf dem Schädel. Augen waren nicht zu sehen. Jemand hatte Hälften von Überraschungseiern an ihrer Stelle eingesetzt. Ob ihre langen Haare auch zu Lebzeiten rötlich waren, konnte sie nicht beurteilen. Sie hingen in einzelnen Strähnen bis über die Schultern. Etwas bewegte sich darin. Die Kleidung vermodert, zerrissen, zerbissen, zerfetzt. Rippen waren zu sehen. Der Körper wohl von den vielen Hungrigen ausgeweidet. Arme und Beine – nackte Knochen, an denen an wenigen Stellen Hautfetzen herunterhingen. Kleine nur. Dunkel. Der Unterkiefer lag in ihrem Schoß. Vielleicht hatten die zahlreichen Lücken ihr schon lang vor dem Tod das Leben schwer gemacht. Nun spielte das natürlich keine Rolle mehr.

Schmuck war nicht zu sehen. Möglicherweise hatte der Mörder ihr allen Besitz abgenommen. Ihren eigenen hatte der Kerl auch schon eingesteckt. Und das, obwohl es ihm ja angeblich nur um das Bild ging.

Laute Schritte kündigten an, dass er zurückkam.

Gleich hinge sie wieder am Haken.

49. KAPITEL

»Ja!« Nachtigall war auf dem Weg in die Polizeidirektion Süd. »Aha. Gut. Dann schickt uns den rüber. Wir werden sehen.« Er beendete das Gespräch, rief Silke an. »Bist du im Büro? Gut. Es kommt ein Kollege mit einem

Schlüssel vorbei. Wahrscheinlich für ein Schließfach. Er war ins Futter einer Jacke für Hans-Jürgen aus der Wohnung des Opfers eingenäht. Du weißt schon, diese Decken, die man kleinen frierenden Hunden umbinden kann. Wir müssen rauskriegen, wozu der Schlüssel passt. Bei welcher Bank hatte sie ihr Konto? Gut. Dann versuchen wir es dort zuerst.«

Michael Wiener wartete schon hinter seinem Schreibtisch. »So, ich habe Neuigkeiten!«, sprudelte er hervor. »Tim Kramczyk können wir streichen. Auto passt, aber der Mann nicht. Er wurde überfallen. Von einem Mann, der eine Sturmhaube trug. Und der wollte von ihm wissen, wo das Foto sei. Er wisse, dass Corinna das Bild wichtig war – und nun wolle er es haben. Weil der Koch aber zu dieser Frage keine Antwort beisteuern konnte, verletzte der Kerl das Liebste, das dieser sonderbare Mann hat – und zwar schwer. Eine Antwort bekam er dennoch nicht, denn Tim Kramczyk kennt sie nicht. Ich habe ihn im Stall gefunden, das blutende Schweinchen an sich gedrückt, heulend wie ein Schlosshund. Schwein ist operiert. Hat erst mal überlebt, Kramczyk weint noch immer, aber das ist der Schock.«

Wie bei dir damals, dachte Nachtigall betroffen, erinnerte sich an das Bild: Michael mit dem verletzten Kind im Arm, der Notarzt, der nach der ersten Untersuchung nur bedauernd den Kopf schüttelte – und er wusste, der Freund hätte alles getan, um für Kramczyk das Schwein zu retten.

»Wir sollen ihn streichen, weil er nicht den Eindruck macht, er könne Nele selbst verletzt haben«, stellte Silke fest. Gnadenloser Realismus kann schmerzhaft sein, schoss Nachtigall durch den Sinn.

»Wir setzen auf jeden Fall ein großes Fragezeichen. Als Kompromiss. Wen haben wir noch? Der Verlobte liegt im Krankenhaus. So viele Männer gibt es in diesem Fall gar nicht.«

»Die Autotypen? Kramczyk hat einen Jeep. Der würde passen. Der Verlobte hat einen Skoda, Variant, passt. Baumschneider? Vom Naturell her passend – hat der ein Auto?«

»Ja«, wusste Silke. »Er fährt einen Pritschenwagen. Für den gibt es sogar eine Abdeckung. Wir haben sowohl eine Plane als auch ein Hardtop in seinen Kellerräumen gefunden. Alibi hat er nicht.«

Emile Couvier, der vom Gang aus zugehört hatte, ergänzte: »Der Enkel, Felix Sommer, fährt einen BMW. Einen großen. Ich habe ihn einsteigen sehen. Und auch seine Großmutter ist motorisiert. Sie hat das einzige Auto der WG, mit dem wird eingekauft, ausgeflogen und verreist. Hat der Enkel gesagt. Kennen wir das Modell?«

»Ja. Die WG hat einen alten Lancia. Groß genug allemal.«

»Wir überprüfen das Schließfach – wo?«, fragte Nachtigall, und Silke antwortete: »Sparkasse.« Reichte ihm den kleinen Schlüssel.

Michael Wiener und Peter Nachtigall waren kaum verschwunden, da fragte Couvier: »Silke, auch wenn es uns absolut unwahrscheinlich vorkommt, sollten wir es checken: Was für eine Art Auto fährt eigentlich der Gatte von Jasmin Dossow?«

»Ich verstehe. Eine Mordserie zur Vertuschung eines persönlichen Mordes. Keine schlechte Idee, wenngleich ich mir das nur schwer vorstellen kann. Ich find's raus!«

50. KAPITEL

Erich, ich denke, es ist besser, wenn du jetzt endgültig gehst.

Was soll das heißen, es wäre dir lieber, wenn ich gehe? Kommt ja gar nicht infrage! Das Haus gehört schließlich auch mir.

Mehr mir als dir. Schließlich war ich all die Jahre hier. Habe mich um alles gekümmert.

Mutters Denken verwirrte sich immer mehr. Sie konnte sich am Ende nur noch an mich erinnern. Kinder von A bis F. Und weiß nur noch von F. Nein, ich verstehe, dass du jetzt beleidigt bist, aber dich hatte sie komplett vergessen. Ja! Es habe dich nie gegeben, hat sie manchmal geschrien, wenn ich nach dir gefragt habe. E ist nicht, hat sie gesagt.

Sie hat mich sogar ins Klinikum gebracht.
E ist nicht!
Die Ärzte versuchten erst, mir E auszureden. Doch dazu bist du ja viel zu aufdringlich, zu präsent.
Mit den Tabletten hat es besser geklappt.
Die haben mich mutiger gemacht, ich habe dir gesagt, du sollst verschwinden – und damals hat es irgendwann geklappt.
Diesmal nicht.
Du bist da.
Noch immer.
Mein Leben war leichter, nachdem du gegangen bist. Ich dachte eigentlich, du bist fort, weil du verstanden hast, dass wir nicht zusammenbleiben können. Aber es lag wohl nur daran, dass du eigene Pläne hattest. Hat nicht funktioniert, dein Amerikaprojekt. Aha, nicht ganz also.

Was ist dazwischengekommen? An deinem Willen kann es nicht gelegen haben. Ach so – die Polizei hat allem ein Ende gesetzt. Ärgerlich für dich. Weißt du, bei jedem Bericht über einen Sniper dachte ich: Erich! Erich hat ein neues Spiel gefunden! Auch als bei uns auf Lkw geschossen wurde: Erich! Mein erster Gedanke! Platz 1 in der Tagesschau gehört ihm!

Ja, wir könnten auch zusammen gehen. Möglich, dass dies am Ende der letzte Ausweg ist.
Dein Leben – ein einziges Abenteuer.
Mein Leben – eine einzige Ödnis.
Ja, ich weiß, das könnte sich jetzt ändern. Aber ich bin nicht sicher, ob ich das jetzt noch will.

51. KAPITEL

Luise stand am Fenster und guckte auf die Bahnhofstraße hinunter. Sah ihrem Enkel nach.

Diesmal drehte er sich nicht um, winkte nicht noch einmal hinauf. Zum Abschied. Der ja immer nur für kurze Zeit war. Felix. So ein lieber Junge. Er war ihr bedrückt vorgekommen. Belastet. War schweigsam. Aber das lag natürlich an der Rückkehr von Erich! Die beiden! Es nahm nie ein gutes Ende, wenn Erich auf der Bildfläche auftauchte. Und das wusste Felix sehr genau. Er sah den Ärger schon auf sich zukommen.

Und an der Einsamkeit.

Der Junge wohnte mit seiner Mutter allein in diesem alten Spreewaldhaus, das sie geerbt hatte. Nach dem Tod des Schwiegervaters. Ein dunkles Holzhaus auf einer feuchten Wiese. Es hatte sogar einen Keller. Das ging den meisten anderen ab. Die mussten Annex um Annex bauen, wenn sie Räder, Boote oder einfach nur Ramsch unterstellen wollten.

Für junge Leute bot sich dort nur wenig Abwechslung. Hahnrupfen oder Zampern. Sorbische Bräuche und Feste. Felix war kein Freund von solchem Getue, hielt sich lieber abseits, blieb für sich. In der letzten Zeit war dieses Ruhebedürfnis noch größer geworden.

Sie seufzte.

Lotte klopfte an und steckte sofort den Kopf durch

den Spalt. »He! Wir haben Kuchen geholt, Sekt ist kalt – na, kommst du auch? Die Karten sind gemischt.«

Ja, dachte Luise, das sind sie wohl.

»Moment, ich ziehe nur meine Strickjacke über. Wo habe ich die nur wieder gelassen? Mit meinen schlappen 80 Lenzen werde ich nun doch ganz schön tüddelig.« Sie fasste mit beiden Händen ins Haar. »Hach. Die Brille habe ich auch nicht. Wo mag ich die mal wieder abgelegt haben?«

Lotte lachte.

»Mach dich nicht wichtig. Wir anderen hier sind älter und wissen sehr gut, dass sich die Demenz bei dir nicht wohlfühlt. Brille und Jacke liegen schon parat. Nun los. Der Sekt ist eingeschenkt, und die süße Verführung wartet.«

Gut gelaunt folgte Luise ihrer Freundin. »Aber ich spiele nur mit, wenn die Außerirdischen nicht wieder von hinten in meine Karten spicken und mein Blatt an dich verraten«, zog sie Lotte auf. »Oder wir führen verpflichtend ein, dass sie diese leuchtend blinkenden Bänder tragen müssen, wenn sie uns besuchen. Dann kann ich sie wenigstens sehen!«

»Ach«, meinte Lotte ein wenig traurig, »heute haben sie keine Zeit für uns. Sie sind in Berlin beschäftigt. Die große Politik braucht Unterstützung.«

52. KAPITEL

Das imposante Gebäude der Sparkassenzentrale wirkte kühl und nüchtern.

Die riesige Halle im Inneren einschüchternd – vermittelte aber den unmittelbaren Eindruck von Ernst und Seriosität. Schließlich ging man hier mit Geldern anderer um, und die Kunden sollten offensichtlich auf den ersten Blick erkennen, dass man es nicht an Sorgfalt und Verantwortungsbewusstsein würde missen lassen. Der Hauptkommissar wandte sich an eine der Damen hinter dem Schalter, legte seinen Ausweis vor.

»Wir ermitteln in einem Mordfall. Unsere Nachfrage hat ergeben, dass Corinna Waller bei Ihnen ein Konto hatte.«

»Aha.« Die junge Dame lächelte verbindlich, aber etwas verständnislos.

»Im Zuge unserer Ermittlungen sind wir auf einen Schließfachschlüssel gestoßen. Könnte sein, dass dies hier einer ist, der zu den Fächern Ihrer Bank passt?« Er legte das glänzende Stück auf den Tresen. Daneben den Beschluss, der ihn dazu berechtigte, das Fach zu öffnen.

»Ja. Das könnte einer von uns sein. Moment.« Die schmalen Finger huschten über die Tastatur. Klickten etwas an, huschten weiter. Konzentriert verfolgte die junge Frau die Veränderungen auf dem Bildschirm. »Wie war der Name?«

»Corinna Waller.«

»Haben Sie auch ein Geburtsdatum für mich?«
»15.3.1987.«
»Passt. Der Schlüssel ist von uns. Er öffnet das Schließfach mit der eingestanzten Nummer. Sie benötigen lediglich die Kontokarte und den Türöffnungscode – schon können Sie den Raum betreten.«
»Leider habe ich beides nicht. Corinna Waller wurde ermordet, ihre Wohnung in Brand gesteckt.«
»Nun, wenn das so ist, werde ich Sie nach unten begleiten.«

Er folgte der Angestellten über eine breite Treppe ins Untergeschoss.

Wiener folgte eilig. Hatte sich in einer der Broschüren festgelesen.

»Normalerweise öffnet hier der Kunde selbst. Aber das übernehme ich jetzt für Sie.«

Ein Summergeräusch ertönte, Nachtigall drückte leicht gegen die Tür, die mit einem dezenten Klicken den Weg freigab.

»So. Sie können nun den Inhalt des Schließfachs überprüfen. Sollten Sie etwas entnehmen, benötige ich eine Quittung.« Sie lächelte. »Für den Fall, dass die Erben genau wissen möchten, was in diesem Fach war und wo es jetzt ist.«

»Bleiben Sie einfach hier. Dann können Sie der Polizei auf die Finger sehen«, lud Nachtigall die junge Dame ein, die das Angebot gern annahm. »Wir glauben zu wissen, was darin ist. Es geht um verschwundene Datenträger.«

Nachtigall schob erwartungsvoll den Schlüssel in das Schloss des Schließfachs.

Zog die Kiste heraus, öffnete den Deckel.

»Ach!«, entfuhr es ihm, als er auf den Inhalt starrte.

Ein Beutel aus Samt.

Auf einem Schal.

»Schmuck?«, ächzte er enttäuscht.

»Sehr fürsorglich. Muss wertvoll oder immens wichtig sein. Für einen Laptop ist es viel zu winzig. Nun guck rein!«, drängte Wiener.

Nachtigall löste das Satinband, schüttete den Inhalt auf die Handfläche.

»Ein Stick! Mit Kristallen besetzt. So was hat Marnie auch. Für die ganz wichtigen Daten, sagt sie immer, wenn sie ihn einsetzt.«

»Vielleicht finden wir hier den Grund dafür, warum sie sterben musste«, orakelte der Hauptkommissar finster. »Alle Geheimnisse auf so einem winzigen Ding.«

Er quittierte, ließ den Stick in den Samtbeutel zurückgleiten und steckte ihn ein.

Beim Verlassen des Gebäudes brummte sein Handy.

»Ja, Silke. Was Neues?«

»Hm, ich bin nicht sicher. Aber interessant ist es schon. Felix Sommer hat ein Vorstrafenregister. Schon als Jugendlicher ist er aufgefallen. Vergewaltigung in einem Ferienlager. Das Mädchen hat den Eltern davon erzählt. Er kam vor Gericht, behauptete steif und fest, er sei es nicht gewesen, sein Bruder habe das Mädchen in den Wald gelockt. Was dort passiert sei, wisse er nicht. Er wurde dennoch zu einem Jugendarrest verurteilt. Es gab keinen Hinweis, dass einer der Brüder verstrickt gewesen sein könnte.«

»Hm. Er ist also nicht nur der nette Enkel, der sich um Oma kümmert. Gibt es noch mehr?«

»Ja, insgesamt vier ähnlich gelagerte Fälle. Einmal hat er eine junge Frau über Monate verfolgt. Stalking vom Feinsten. Sie wurde vergewaltigt und brutal zusammengeschlagen. Vor Gericht gab er wieder an, sein Bruder habe … und wieder wurde ihm nicht geglaubt.«

»Tja. Dann überprüfen wir sein Alibi für die Tatzeiten. Auch für die letzte Nacht. Unser Koch konnte ja leider nicht erkennen, wer ihn überfallen hat.«

»Oh, zu Kramczyk habe ich auch noch etwas.« Silke atmete tief durch. »Er war auch schon mal ›verwickelt‹. Stand vor Gericht wegen versuchtem Versicherungsbetrug und schwerer Körperverletzung. Traut man ihm gar nicht zu, wenn er da so sitzt mit seinem Schweinchen im Arm. Es gab einen Komplizen, der ist mit der Beute geflohen. Er spürte ihn auf und … na ja. Wollte seinen Anteil.«

»Wir kommen zurück ins Büro. Im Schließfach lag ein Stick.«

Emile Couvier ordnete die Fakten neu.

Berücksichtigte all die neuen Erkenntnisse, die Silke herausgefunden hatte. Legte Bilder daneben, rief sich sein Gespräch mit Felix Sommer in Erinnerung, den Bericht von Frau Schulz über die Umstände der Geburt »ihrer« Tochter. Vage entstand ein Bild von dem, was genau vorgefallen sein könnte. Er seufzte.

»Silke?« Er lief über den Gang.

»Ja.« Ihr fröhliches Gesicht wandte sich ihm zu. »Kann ich helfen?«

»Ja. Ich glaube schon. Hat nicht in einem der Protokolle gestanden, die Familie von Felix Sommer habe in Burg gewohnt? Ich glaube, mich an so etwas erinnern zu können.«

»Ja, das stimmt. Ein altes Spreewaldhaus, glaube ich.«

»Ach – und Silke – noch eine Frage: Wenn Felix Sommer behauptete, sein Bruder habe die Taten begangen – wo ist der denn jetzt? Und gab es womöglich mehr als einen? Hatte er vielleicht einen Zwilling?«

»Ich checke das. Und – sie haben im Schließfach einen Stick gefunden! Vielleicht kommt jetzt Licht ins Dunkel.«

Sie drehte sich wieder zu ihrem Monitor zurück und begann zu tippen.

Couvier kehrte an den Schreibtisch in Nachtigalls Büro zurück.

»Dieses Foto ist von Bedeutung. Aber wie kann ein Pärchenbild so wichtig sein, dass dafür getötet werden muss? War noch etwas zu sehen – im Hintergrund?«, murmelte er vor sich hin. »Verdammt!«

Er hörte Nachtigall näher kommen.

»So. Dann wollen wir mal. Ruf die Techniker an, die sollen das übernehmen. Nicht, dass wir hier irgendwelche Daten versehentlich löschen.« Er legte den Samtbeutel vorsichtig auf den Tisch, während Wiener telefonierte.

»Herr Müller.« Der Kollege vom Betrug lehnte sich auf seinem Stuhl zurück. »Ich habe Zeit. Sie vielleicht auch. Aber in Ihrem Fall läuft sie gegen Sie.«

Jochen sah zur Seite, und Kanter hatte den Eindruck, der Mann würde gern vor sich hin pfeifen.

»Wir haben die Wunden des Verletzten untersucht und beprobt. Schließlich interessiert uns brennend, wer ihn so zugerichtet hat. Wir werden Ihre DNA darin finden.«

»Ach. Da wäre ich mir nicht so sicher.« Schniefen.

»Aber wir werden sie an den Handschuhen nachweisen, die Sie schnell im Müll des Herrn Buscher entsorgt haben. Offensichtlich ist Ihnen bei der Aufregung um den Polizeieinsatz entfallen, dass Ihr Name dort eingenäht wurde.«

Jochen wurde blass.

»Hä? Mein Name?« Jochen staunte nicht schlecht. »Ich habe noch nie meinen Namen irgendwo einnähen lassen.«

»Sie nicht.«

Das musste Jochen erst mal sacken lassen. Vergaß sogar seine allergische Sekretproduktion.

Er stierte den Ermittler an. Seine Augen wurden rund, quollen aus den Höhlen.

Das Gesicht verfärbte sich von unnatürlich weiß zu unnatürlich blau.

Jochen röchelte.

Kanter schickte den Uniformierten raus, er möge Hilfe holen.

»Mist! Jetzt bin ich gar nicht mehr dazu gekommen, ihm den Haftbefehl zu zeigen! Schwere Körperverletzung. Und das ist nur das Sahnehäubchen, sozusagen die Spitze des Eisbergs.«

53. KAPITEL

Bernhard und Kathi Buscher saßen in einträchtigem Schweigen vor Michael Wieners Schreibtisch.

Kathis Augen waren gerötet und verschwollen, ihre Nase lief, und sie putzte ständig über die Oberlippe, wo sich die Haut unschön schuppte.

Bernhard wollte nachdenken, es gelang ihm aber nicht, die Gedanken zu bündeln. Sie duckten sich in finstere Ecken des Hirns, verschanzten sich unter Windungen, sprangen im letzten Moment über ein Septum und waren verloren.

»Herr Buscher, Sie werden sich einem Verfahren wegen Freiheitsberaubung stellen müssen. Die Staatsanwaltschaft wird auf Sie zukommen.«

»Hmhm.«

»Warum haben Sie nicht die Polizei diese Aufgabe übernehmen lassen? Ist unser Job!« Wiener war ratlos. Wie konnte sich jemand, der eigentlich einen ganz vernünftigen Eindruck machte, auf eine solch haarsträubende Aktion einlassen?

»Nun, Gruppendruck vielleicht«, versuchte Bernhard eine Erklärung. »Es waren einige von den Einbrüchen betroffen, andere nicht. Wir zum Beispiel nicht. Jochen hat dafür gesorgt, dass die, die verschont geblieben waren, das Gefühl bekamen, von irgendwem bevorzugt behandelt worden zu sein. Wir schämten uns. Deshalb waren wir im Grunde erleichtert, mit diesem Wacheschieben einen Dienst für die Gemeinschaft leisten zu dürfen. Als Wiedergutmachung sozusagen.«

»Tja. Aber Sie müssen sich doch einen Plan überlegt haben! Der Mann sollte Ihnen erzählen, wo er die Beute versteckt hat – und dann?«

Bernhard schluckte. »Jochen hat gesagt, wir nehmen den gefangen, und dann will der uns schon von sich aus allen beichten, damit er schnell wieder weg kann. Das sei immer so, er habe das schon mehrfach erlebt.«

Wiener wurde hellhörig. »Aha?«

»Ja. Er könne aus Erfahrung sagen, es ginge nur um ein paar Stunden, dann wäre alles geklärt.«

»Aus Erfahrung. Ach. Und wo hat er die gemacht?«

Bernhard wand sich wie ein Wurm. Es begann am Kopf, erfasste in der Gegenbewegung die Schultern, schob dann die Mitte von einer Seite zur anderen, und schließlich rutschte das Gesäß hin und her. »Der Jochen redet viel. Besonders wenn Alkohol im Spiel ist. Dann prahlt er gern. Zum Beispiel mit seinen Geschichten aus dem Untergrund. Manchmal behauptet er auch, er sei bei der Stasi gewesen – und er habe auch nicht immer Jochen Müller geheißen. Er hat mir vor einiger Zeit Fotos gezeigt. Jochen in Uniform. Jochen mit militärischem Blick in Zivil. Wirkte auf mich, als sei er wirklich wichtig gewesen.«

»Und Bella ist nicht seine Tochter!«, mischte sich nun Kathi ein.

»Nicht?«

»Nein. Ich bin mit ihr ins Gespräch gekommen. Die anderen aus der Siedlung mögen sie nicht, also dachte ich, jemand sollte sich um sie kümmern. Ich. Und so saßen wir bei Kaffee und Kuchen. Sie ist eine Kollegin von Jochen gewesen. Angeblich bei einer geheimen Auslandsaktion.«

»Wir gehen dem nach«, versicherte Wiener.

»Und nun zu dem Opfer.«

Schnell sahen beide Buschers wieder auf ihre Oberschenkel.

»Konstantin Pantorow.«

»Den Namen habe ich noch nie gehört.« Bernhard sah kurz zu Kathi hinüber.

Wiener wusste, er hätte jetzt gern seine große Hand auf ihre schmale gelegt, doch er traute sich offensichtlich nicht.

»Ich kenne seine Frau.« Kathis Stimme war tränenschwer.

»Und?« Wiener beugte sich näher zur Zeugin hinüber.

»Sie erzählte mir von seinem Beruf. Er ist Ermittler für Versicherungen. Sie meinte, ich solle mal mit ihm reden, vielleicht hätte er eine Idee. Es ging ja im Wesentlichen um den Ring von Agnes, den ihr Mann nach dem Raub zurückhaben wollte. Wir verabredeten uns. Ich traf ihn in einem Café.«

»Für meine Zeit als Wache?«, fragte ihr Mann pikiert.

»Nein. Das ist schon länger her. Aber: Ja, als du Wache geschoben hast, waren wir ebenfalls verabredet.«

»So!«

»Ja. Wir haben uns sehr oft getroffen. In den letzten Wochen beinahe täglich! Du bist nämlich ein Idiot, Bernhard Buscher! Lässt dich von Jochen einspannen! Dabei hat der gar keinen Einbruch gehabt! Würde mich nicht wundern, wenn er nicht selbst in der Nachbarschaft ... Aber das ist nicht mein Job. Ich mag intelligente Männer! Und ehrenhaft ist er auch noch. Er hat mit keiner Silbe verraten, dass er zu mir wollte!«

»Gut! Sie können beide gehen. Halten Sie sich zur Verfügung.« Wiener hatte es plötzlich eilig, die beiden Streitenden loszuwerden. »Ihre Eheprobleme besprechen Sie besser in privater Atmosphäre.«

»So. Das sind alle Dateien, die auf dem Stick gespeichert sind.« Frank Löbel öffnete ein Fenster auf dem PC. »Wisst ihr, was ihr sucht?«

»Ein Foto. Eine Artikelserie. So was in der Art.« Nachtigall zuckte mit den Schultern.

»Hm.« Löbel rückte etwas näher heran. Las die einzelnen Dateinamen. »Diese drei hier sind Bestellbestätigungen aus dem Internet. Wir können ja mal reingucken.« Er öffnete die erste.

Nachtigall schüttelte den Kopf. »Guck mal, ob du was mit starken Frauen findest.«

»Hm.« Die Liste scrollte nach unten.

Silkes Telefon klingelte. »Ja?«

Sie lief auf den Gang hinaus, um die anderen nicht zu stören. »Wie? Macht ein Foto vom Fundort und schickt die GPS-Daten mit. Ja. Das Handy sofort in die Technik. Die Frau schwebt möglicherweise in Lebensgefahr.«

»Peter! Die Kollegen haben das Handy von Jasmin Dossow gefunden. An einem Fließ in Burg-Kauper. Vielleicht wollte der Täter es vom Weg aus ins Wasser werfen und hat das Fließ verfehlt. So blieb es auf der Wiese direkt am Ufer hängen.«

»Sie bringen es her?«

»Ja. Sofort in die Technik. Vielleicht hat der Kerl sie ja angerufen, hat sie irgendwo hingelockt.«

»Hier! Meint ihr so ein Foto?«, rief Löbel.

Und tatsächlich. Ein Paar. Sie auf einem Heuballen, er an sie gedrängt. Alles wie erwartet.

»Was haben die denn da geerntet?«, wollte Nachtigall wissen.

»Keine Ahnung. Ich kann mir das rüberziehen und ein bisschen bearbeiten. Vielleicht kriege ich es größer und schärfer.« Löbel war vom Jagdfieber erfasst.

»Und hier ist eine Datei, die lässt sich nicht öffnen. Ist mit einem Extraschutz versehen. Wahrscheinlich verschlüsselt. Da muss was drin versteckt sein, das nicht für jedermanns Augen bestimmt ist.«

»Wir haben einen Chip beim Opfer gefunden. Vielleicht öffnet der die Dateien.«

»Äh, möglich. Aber mit einfach hinhalten ist das nicht getan. Ich setz mich dran. Ich muss mir Hilfe von einem Freund holen. Ich glaube, der hat ein passendes Auslesegerät. Das wird aber dauern, sag ich dir gleich.«

»Silke, Kramczyks Vierseithof bietet doch sicher jede Menge Verstecke. Nimm dir einen Hundeführer mit. Geht das Gelände ab. Und ich will wissen, wo er gestern Nachmittag war. Ganz genau.«

»Baumschneider sitzt in seiner Wohnung. Das wissen wir, weil eine Streife ihn im Auge behält.« Silke grapschte nach ihrer Jacke. »Ich bin dann mal weg!«, rief sie und joggte durch den Gang.

Kanter sah bei den Kollegen rein. »Wir haben ihn! Der Jochen Müller hat den armen Kerl verprügelt. An seinen Handschuhen ist DNA des Opfers. Und wir werden auch das Diebesgut finden.«

»Mir hat einer der Zeugen erzählt, Jochen Müller prahle damit, schon mehrfach ›Verhöre‹ dieser Art geführt zu haben. Er sei bei der Stasi gewesen. Überprüfung steht noch aus.«

»Anfrage bei der Birthler-Behörde?«, wollte Kanter wissen.

»Ja. Wer weiß, was sich über unseren Jochen in Erfahrung bringen lässt. Er hat doch eine Tochter. Bella. Eine Zeugin meint, sie sei nicht seine Tochter, sondern eine Mitarbeiterin aus früheren Tagen. Möglich, dass er einfach selbst Gerüchte gestreut hat, um geheimnisvoll zu wirken.«

»Teambesprechung.« Nachtigall war plötzlich unruhig. »Wir haben den Täter längst und wissen es nicht! Ich bin sicher, dass er in den Unterlagen verborgen ist.« Er hängte einen Ausdruck des Fotos an die Pinnwand.

Emile betrachtete das Bild.

»Ist das hier aufgenommen?«

»Könnte sein.«

»Sie sitzt gar nicht auf einem Heuballen. Das ist eine Mauer. Und sie haben Trauben geerntet. Das spricht nicht für den Spreewald.« Wiener war skeptisch.

»Eine Liebelei. Weit weg von zu Hause?«

»Dann muss es ja vor dem Bau der Mauer entstanden sein. Danach konnte man vom Spreewald aus nicht mehr einfach an die Mosel oder an den Kaiserstuhl reisen. Schon gar nicht zum Arbeiten.«

»Es hilft uns nicht weiter. So ein Mist! Die ganze Zeit

denken wir, es geht um das geheimnisvolle Foto, und dann ist es aber gar nicht so geheimnisvoll.« Nachtigall war unzufrieden. »Wir wissen längst, wer der Mörder ist.«

Löbel kam herein. »Hier. Ich hab' noch so ein Bild gefunden.«

Er zeigte den Ausdruck. »Ist fast gleich. Aber hinten steht auch etwas drauf: *Vergiss uns nicht. Es ist nicht falsch, was aus Liebe geschah.*«

»Oh, also noch ein Rätsel!«, schimpfte Wiener.

Löbel verschwand eilig.

»Was wissen wir? Der Täter fährt ein Auto. Er besitzt ein Messer. Unter anderem eines mit grüner Klinge. Er hat die Leiche nicht fachgerecht zerteilt. Warum, wissen wir nicht. Er greift sich jeden, der mit Corinna näher bekannt war. Bisher dachten wir wegen des Fotos. Doch nun gibt es derer sogar zwei.«

»Wir gehen davon aus, dass dieses Bild dem Täter gefährlich werden könnte. Wie?« Dr. Pankratz stieß zum Team. »Es gibt nur Gegend und zwei Menschen. Ich tippe auf die Menschen.«

Nachtigalls Handy klingelte. »Silke?«

»Ich habe vergessen, dir zu sagen, dass ich das noch gecheckt habe. Felix hat vier Brüder. Manche Dokumente sprechen von fünf. Aber ich konnte in der Kürze der Zeit nichts über sie in Erfahrung bringen.«

»Das kannst du später nachholen. Jetzt ist Jasmin Dossow wichtig.« Er beendete das Gespräch. Sah in die Runde. »Scheiße!«, rief er dann und rannte los.

»Was ist nun?«, fragte Kanter verblüfft.

»Die Besprechung ist zu Ende.« Nachtigalls Kopf in

der Tür. »Emile, kannst du bitte mitkommen? Wir werden dich brauchen.«

Als Löbel wenig später zurückkehrte, waren die Kollegen verschwunden. Er rief Silkes Nummer an.

»Hey. Ich habe eine verschlüsselte Datei gefunden. Die kann ich nicht einfach so öffnen, dazu brauche ich den Chip, den ihr gefunden habt, und ein bisschen Zeit. Die Sache ist kompliziert, aber das soll sie ja auch sein, wenn man etwas verschlüsselt. Und hier ist plötzlich keiner mehr. Aber ohne den Chip …«

»Prima. Nimm dir Zeit. Und den Chip findest du bei den Asservaten. Er steckte im Finger des Opfers. Ist also sehr klein.«

»Bis später!«, verabschiedete sich Löbel und kramte schon nach dem Probenbeutel.

Wiener, Nachtigall und Couvier spurteten zum Wagen, sprangen hinein. Der Motor lief schon, bevor alle auf den Sitzen gelandet waren.

»Nach Burg. Zur Adresse von Felix Sommer.«

»Wo wohnt er denn?«

»Ich weiß, wo das ist. In Richtung Hochwald. Ziemlich nah am Fließ. Fahr erst mal zum Ortseingang. Dann Ringchaussee.«

Wiener fädelte sich über den Kreisverkehr in den Fluss der Autos ein.

»Wir brauchen etwa 20 Minuten. Soll ich das Blaulicht …? Dann sind wir natürlich schneller.«

»Ja.« Knappe Antwort. Wiener schob das Licht aufs Dach.

Als sie das Haus fast erreicht hatten, näherten sie sich in »Schleichfahrt«.

»Alles still hier.«

»Jasmin Dossow. Sie ist in diesem Haus«, flüsterte Nachtigall.

»Woher weißt du das?« Auch Wiener hatte die Stimme gedimmt.

»Emile, du hast von den Kindern gesprochen, die von A bis F benannt wurden. Aus der Herkunftsfamilie von Corinna. Bei der Überprüfung von Felix Sommer sind wir auf Besonderheiten gestoßen. Ich glaube, er ist ein Bruder von Corinna. Wir wissen, dass er mit seiner Mutter in diesem Haus lebt. Wenn er derjenige ist, der tötet, so finden wir Frau Dossow hier. Er kannte Corinna Waller. Ist aber nicht oft genug im Haus der Großmutter, um zu wissen, wer die Journalistin noch kennt.«

»Das Motiv?«, wisperte Wiener. »Ich sehe nicht, warum er hinter dem Foto her ist?«

»Später.«

Vorsichtig öffnete Nachtigall die Beifahrertür, glitt aus dem Wagen. Die anderen taten es ihm gleich. Er zog seine Waffe aus dem Holster. »Du hinten. Wir vorne. Emile, bleib beim Auto«, kommandierte der Hauptkommissar leise und stapfte los.

Niemand hinter den gardinenlosen Fenstern. Einen Hund gab es zum Glück nicht. Keinen bellenden Ankündiger von Besuchern.

Die Haustür: unverschlossen.

Nachtigall trat ein, setzte die Füße vorsichtig auf die Bohlen, bedachte sein nicht zu unterschätzendes

Gewicht, prüfte jedes Brett, bevor er es belastete. Jedes Knarren konnte sie verraten.

In der Tasche vibrierte das Handy. Das muss warten, entschied er.

Gab es in diesen Häusern überhaupt einen Keller? Es war kühl. Und es stank. Bestialisch.

Überall Essensreste, Müll, Kleidung, Dreck. Das alles musste schon seit Monaten so liegen. Ein dichter Schimmelrasen hatte sich gebildet. Nachtigall rechnete damit, eine fette Ratte und ihre Brut aufzuscheuchen.

Der erste Raum: leer. Der zweite, dritte: ebenfalls nur Müll.

Wo blieb Michael?

Michael Wiener hatte hinter dem Haus einen kleinen Anbau entdeckt.

Er öffnete die Tür.

Wünschte sofort, er hätte es nicht getan.

Das Licht fiel auf eine Szene, die ein Horrorspieleprogrammierer nicht dystopischer hätte gestalten können.

Er würgte. Das passierte ihm selten. Bei der Kinderleiche damals wäre es fast soweit gewesen, sonst jedoch war er an Tatorten meist cool und überlegt. Aber hier?

Von der Decke hing ein Körper. Aufgehängt an den Füßen. Darunter: eine große Blutlache. Nicht mehr frisch und gut besucht. Schwarz von naschenden Fliegen und anderen Insekten.

In der Ecke: ein Skelett. Besser – ein fast vollständig verwester Körper, der Kleidung nach der einer Frau.

Mit zitternden Fingern zog er die Tür wieder zu, ging ins Haus, um Peter zu berichten, dass sie zu spät gekommen waren. Für beide Frauen.

54. KAPITEL

Silke hatte den Schweineflüsterer schnell gefunden.

Er erntete in seinem Kräutergarten. »Für das Menü heute Abend. Geschlossene Gesellschaft. Eine Hochzeit. Und sie haben ein exquisites Essen bestellt, von der Vorspeise, der Suppe, zu Fleisch und Fisch – und dem Dessert. Das wird ein wunderbares Menü, ich koche so gern für große Gesellschaften mit gehobenem Anspruch.«

»Müssten Sie nicht längst mit den Vorbereitungen beschäftigt sein?«, wunderte sich Silke über die Ruhe des Mannes.

»Aber nein. Ich habe ja eine Küchenmannschaft. In einer halben Stunde bin ich im Restaurant, und ab dann wird es richtig ernst.«

»Wir möchten gern Ihren Hof und das angrenzende

Gelände absuchen. Vielleicht kriegen wir den, der Sie überfallen hat, auf diese Weise. Der Hundeführer möchte von Ihnen noch ein paar Informationen, damit er den Hund an der richtigen Stelle einsetzen kann.«

»In Ordnung.« Tim erhob sich etwas ungelenk.

»Das ist von den Tritten. Alles blau. Aber bei mir ist das alles nicht so schlimm. Meine Kleine hat viel mehr abbekommen.«

»Wie geht es ihr denn?«, erkundigte sich Silke mitfühlend.

»Geht schon. Der Tierarzt meint, in ein paar Tagen ist sie ›wie neu‹. Aber ich denke, sie wird nun noch mehr Scheu vor Fremden haben. Ist jetzt schon manchmal schwierig mit ihr gewesen, wenn der Mieter hier was abgeladen hat. Vielleicht mag sie den auch einfach nicht.«

»Mieter?«

»Ja. Weite Teile des Hofes sind unbenutzt. Also habe ich einen der Seitenflügel zur Hälfte untervermietet. An einen Sammler aus Cottbus. Der bringt ab und zu was vorbei, weil er in seiner Wohnung nicht alles lagern kann. Für mich sieht es immer nach einem bunten Durcheinander aus. Kunden kommen auch. Er hat wohl viele Stücke doppelt.«

»Sammelleidenschaft. Ich kenne das Problem.«

»Jochen Müller heißt er. War neulich gerade wieder da.«

Silke nickte dem Koch zu, zerrte ihr Telefon hervor, wählte die Nummer des Hauptkommissars. Konnte ihn nicht erreichen.

»Jochen Müller. Na sieh mal einer an!«

55. KAPITEL

Peter Nachtigall war entsetzt. »Dieser junge Mann! Wie konnte er nur!«

Emile Couvier stand neben seinem Schwiegervater. Sah, wie es im Gesicht des Hauptkommissars arbeitete, wusste, dass er sich die Schuld für den Tod der Frau gab. Wortlosigkeit. Was blieb sonst? Ein aufmunterndes »Es ist nicht deine Schuld« wäre sinnlos und deplatziert. Hohl. Das wussten sie beide.

»Die andere Frau wird seine Mutter sein. Möglich, dass er sie ebenfalls getötet hat«, mutmaßte Nachtigall mit schleppender Stimme.

»Komm!«, forderte Couvier ihn auf. Trost konnte es nicht geben, also: »Die Kollegen übernehmen hier. Wir holen uns den Kerl. Wir besuchen Oma.«

Widerwillig riss Nachtigall sich von dem Bild los. Beobachtete, wie die Kollegen des Erkennungsdienstes ihre Arbeit aufnahmen. Trottete zwischen Wiener und Couvier zum Auto zurück.

»Er hat nicht gefunden, wonach er suchte. Er steckt in einer Sackgasse ohne Wendemöglichkeit, deren Ausfahrt ein umgestürzter Baum blockiert. Ihm muss klar sein, dass er nichts mehr tun kann.«

»Warum nur. Warum tötet er so leicht?«, murmelte Nachtigall.

Darauf wusste im Moment keiner eine Antwort.

Schweigend fuhren sie nach Cottbus zurück.

Das Handy brummte erneut. Nachtigall ignorierte es. Wiener checkte sein Display, wurde blass. »Peter. Das ist Silke gewesen. Jochen Müller hat sich Lagerraum bei Tim Kramczyk gemietet. Kanter ist schon vor Ort.«

»Aha. Wenigstens ein Erfolg.«

Stille.

»Peter? Die Eltern von Florian Kiebitz haben sich gemeldet. Ihr Sohn ist seinen Verletzungen erlegen.«

Nachtigall nickte nur. Starrte zum Seitenfenster hinaus.

Regen hatte eingesetzt.

Passt, dachte er.

56. KAPITEL

Luise erwartete die Ermittler offensichtlich.

Lotte und Christa waren nicht zu Hause. Luise erklärte, sie habe die beiden ins Café geschickt, damit man sich in Ruhe unterhalten könne, den Hund hätten sie auch mitgenommen.

»Der Hund ist nun Vollwaise«, stellte Nachtigall klar.
»Ja. Das dachte ich mir schon.«
»Wir würden gern mit Ihrem Enkel sprechen.«
»Nun, das war nicht anders zu erwarten, nicht wahr?«
»Wo ist er?«
»Wenn ich Ihnen das sage, werden Sie ihn verhaften. Er muss für immer ins Gefängnis. Landet in der Sicherheitsverwahrung. Und ich soll ihn nun an die Behörden ausliefern?« Luise sprach leise, ohne ihre Stimme zu modulieren.

»Er hat so viele Menschen ermordet. Das kann Ihnen doch nicht gleichgültig sein«, drängte Nachtigall.

»Was soll ich sagen: Es war nicht absehbar. Es ist aus dem Ruder gelaufen, glauben Sie mir. Corinna sollte das einzige Opfer von Erich werden.«

»Erich? Nein. Wir suchen Felix«, stellte Nachtigall klar.

»Ob Erich oder Felix ist doch im Grunde ohne Belang.« Luise sah auf die liebevoll gestickten Rosen, die wie ausgestreut über die Tischdecke verteilt waren. »Die hat meine Tochter gestickt. Sie war sehr geschickt in diesen Dingen.« Sie streichelte die Blüten und setzte bitter hinzu: »In anderen allerdings deutlich weniger!«

»Ihr Enkel ist ein mehrfacher Mörder. Wo ist er?« Nachtigall wurde ungeduldig. »Wer sagt Ihnen, dass er nicht gerade in diesem Augenblick noch jemanden umbringt? Weil Sie ihn decken!«

»Ich weiß es. Er bringt niemanden mehr um. Es wäre sinnlos.«

»Wer ist dieses Paar auf dem Foto?«, schaltete sich Wiener ein.

»Meine Tochter und ihr Liebhaber. Bei einem geheimen Treffen. Sie war als Erntehelferin eingesetzt. Er arbeitete auf einem der letzten privat geführten Betriebe in der Nachbarschaft der LPG. Man kam sich näher. Sie kehrte zurück, war schwanger. Schon wieder. Natürlich erzählte sie dem Gatten nichts von der Liaison, schob ihm die Schwangerschaft unter – sozusagen. Mein Schwiegersohn, ein beschränkter Mann mit grobem Bau und robuster Psyche, glaubte ihr. Als sie niederkam, waren es eben wieder Zwillinge. Wie schon davor. Eine Spielart der Natur, meinte der Arzt. Na, nicht alle Spiele sind gut. Nach Alfred, Benni, Christian und Detlef nun E und Felix.«

»E haben Sie verschenkt.«

»Ja. Mein Schwiegersohn wollte nur Jungs. Das Mädchen wäre zwischen den Brüdern untergegangen. Sie hatten leider alle die brutale Natur ihres Vaters geerbt. Felix blieb.«

»Und E wurde Corinna«, ergänzte Nachtigall.

»Ja.«

»Wo ist Felix?«, fragte Wiener dazwischen.

»Fort. Sie werden ihn nicht mehr fassen.«

Nachtigall sprang auf, lief über den Flur.

Sie hörten ihn Türen öffnen und zuschlagen.

Plötzlich stand er wieder im Wohnzimmer. »Sie haben Ihren Enkel umgebracht!«

»Aber ja. Der arme Junge. Im Gefängnis wäre er zugrunde gegangen. Es war das Beste für ihn.«

Nachtigall telefonierte, rief einen Rettungswagen, wollte nichts unversucht lassen.

»Er ist tot. Sie können nichts mehr für ihn tun«, erklärte Luise. »Es ist alles meine Schuld, wissen Sie?

Damals, als er das erste Mal von Erich und seinen Untaten sprach, damals hätte ich reagieren müssen.«

»Ich dachte, Erich gibt es gar nicht?«, hakte Couvier ein. »E war Corinna.«

»Irgendwann erkannte der Junge die alphabetische Reihenfolge der Namen. Es wurde ihm zur fixen Idee, dass Erich irgendwo da draußen war, auf ihn wartete, Kontakt zu ihm suchte. Detlef stürzte beim Spielen vom Klettergerüst, brach sich das Genick, war sofort tot. Erich hat das getan, behauptete Felix, er habe ihn gesehen. Niemand wollte ihm glauben. Natürlich nicht. Seit jenem Tag begleitete Erich seinen Bruder. Und trieb ständig Unfug. Felix wehrte sich gegen eine Bestrafung, behauptete immer, er sei es nicht gewesen, Erich habe dies und das getan. Christian fiel vor einen Zug, als die Familie zur Erholung fahren wollte. Erich! Im Ferienlager beschuldigte man Felix der Vergewaltigung – doch seiner Meinung nach war es Erich, der das Mädchen ins Gebüsch gezogen hatte. Niemand glaubte ihm. Meine Tochter war vollkommen überfordert mit den Kindern, der Ehemann inzwischen in den Westen abgehauen, sie musste die Jungs allein versorgen. Benni übernahm ich. Er schlief eines Tages ein und wachte nicht mehr auf. Und Alfred erlitt einen Unfall mit dem Trabi der Familie. Mit Felix einigte ich mich darauf, dass Erich es gewesen sei. Und ich schickte meine Tochter mit ihm zum Arzt. Felix erzählte ihm von Erich und all den schrecklichen Dingen, die dieser Kerl anstellte. Nach der zweiten Anklage wurde Erich medikamentös gelöscht.«

Es klingelte. Der Notarzt und zwei Sanitäter stürmten in die Wohnung. Luise sah nicht einmal auf.

»Alles wurde ruhig. Nahm seinen Lauf. Felix und seine Mutter wohnten in Burg, er kam regelmäßig vorbei, kümmerte sich um uns. Und dann kam Corinna. Zeigte uns dieses Foto. Sie hatte eines von ihrer Mutter geschickt bekommen, für den Fall, dass sie einmal herausfinden wolle, wer ihre wahre Familie sei. Meine Tochter! Hoffnungslos sentimental.«

Der Notarzt erschien in der Tür. Schüttelte den Kopf. Nachtigall schauderte.

Luise zeigte keine Reaktion. »Hab ich doch gleich gesagt«, war alles, was sie beizusteuern bereit war.

»Felix hatte Erich also vergessen«, stellte Couvier fest. »Er spielte keine Rolle mehr in seinem Leben?«

»So ganz vielleicht nicht. Er lebte unter der Oberfläche. War allerdings nicht präsent. Felix ist ein lieber Junge. Nie wollte er jemandem wehtun. Er litt unter der Anwesenheit von Erich – unter dem, was dieser Bruder getan hat.«

Zwei dunkel gekleidete Herren mit einem Zinksarg erschienen im Flur. »Wo?«, fragten sie knapp.

»Nebenan«, gab Luise emotionslos Auskunft.

»Corinna war das Kind, das weggegeben wurde«, stellte Couvier fest.

»Ja. An diese Frau, die unbedingt ein Baby haben wollte. Und der damalige Mann meiner Tochter wollte keine Mädchen. Wir gaben es weg. Alles gut. Und ein Kind mehr war schon mehr als genug. Ich hatte meiner Tochter geraten, die Schwangerschaft beenden zu lassen. Damals begriff ich nicht, warum sie sich so sträubte. Doch als ich eines Tages das Foto bei ihr fand … Zu der Zeit wohnte sie in der Wohnung unter uns. Sie muss es versteckt haben, aus Angst, ich könne es wegwerfen.«

»Dort hat Corinna es gefunden.«

»Ja. Das Pendant zu ihrem. Die Aufregung war groß.«

Aus dem Nebenraum hörte man das laute Ratschen eines Reißverschlusses. Klappern von Metall.

Luise sah nicht einmal auf.

»Erich war hinter Frauen her. Er vergewaltigte. Er schreckte vor Töten nicht zurück. Ich wusste, Corinna würde ihm gefallen.« Luise strich die Tischdecke glatt. »Es wäre herausgekommen. Die Kinderverschenkung. Die Tötungen aufgeflogen, wie man das heute so sagt. Felix wäre im schlimmsten Fall verurteilt worden. Doch das Schlimmste war, dass er das Haus hätte aufgeben müssen. Seine Höhle. Denn natürlich hätte diese Journalistin Ansprüche geltend machen können. Solche Anwesen sind heute richtig Geld wert. Das konnte ich nicht zulassen. Ich beging einen Fehler.«

»Sie holten Erich zurück!« Couvier sah die Großmutter nachdenklich an. »Ersetzten das Medikament von Felix durch etwas ohne Wirkung.«

Die Großmutter nickte.

»Er nahm schon seit einiger Zeit nur noch eine reduzierte Dosis. Es ging ihm ganz gut. Erich war nicht mehr lästig, er war nur eine Erinnerung. Aber ich brauchte ihn nun. Und er war sehr schnell zurück.« Sie seufzte, als der Sarg am Wohnzimmer vorbeigetragen wurde.

»Erich hat Corinna verfolgt und getötet?«

»Er konnte das nicht schnell erledigen. Sie sollte uns ja sagen, wo sie die Fotos hatte. Dazu hat er sie nach

Burg mitgenommen. Aber sie hat es nicht gesagt. Und plötzlich stand der Freund vor der Tür. So ergab sich eines aus dem anderen. Felix konnte nichts dafür. Er verstand nicht, was passierte, klagte über furchtbare Träume, schreckliche Empfindungen. Und wusste plötzlich, dass Erich zurück war. Ich dachte, es sei kein Problem, ihn wieder verschwinden zu lassen. Doch es ging nicht. Er blieb.«

»Felix hat seine Schwester getötet.« Nachtigalls Stimme schwankte. »Sie haben ihn dazu gebracht?«

»Er wusste es ja nicht. Erich sollte nur die Fotos finden, mehr nicht. Mein Fehler war, dass ich seine Brutalität unterschätzt hatte. Er würde die Frau überfallen und ein bisschen quälen – aber natürlich dachte ich nicht, dass er sie töten könnte! Und Felix! Er war so verzweifelt. All das wollte ich nicht.«

»Erich hat also die Familie nahezu ausgerottet.« Wiener starrte die alte Dame an. »So kann man das sagen, nicht wahr?«

»Ja. Die Brüder waren schwierige Persönlichkeiten. Die Mischung meiner Tochter mit ihrem Mann, das ergab nur Schlechtes. Die wären alle längst weggesperrt. Aber Felix! Der war anders. Der hätte ein wunderbarer Mensch werden können. Wäre da nicht das Rätsel um das E gewesen. Und seine Lösung.«

»Wir haben im Haus in Burg zwei Leichen gefunden.« Nachtigall stand auf, trat ans Fenster, sah auf die Bahnhofstraße hinaus. Couvier warf ihm einen besorgten Blick zu. Er wusste, der Schwiegervater litt bei diesem Geständnis. Natürlich hätte er das nie zugegeben! Er würde Jule anrufen und sie bitten, nach Cottbus zu kommen. Tochter und Enkel wären vielleicht Balsam für Nachtigalls Gemüt.

»Zwei. Ja. Diese Freundin. Nun, Erich meinte, die müsse wissen, wo die Bilder sind. Ich nehme an, er ist auch diesmal zu weit gegangen. Die andere kann aber nicht mehr frisch gewesen sein!«

»Stimmt. Sie war weitgehend verwest. Muss dort schon lange gelegen haben.«

»Im Annex. Ich weiß.«

»Was ist ihr zugestoßen?«, fragte Nachtigall und drehte sich um.

»Tja. Meine Tochter wollte mit der Geschichte zur Polizei gehen. Von dem verschenkten Kind erzählen. Vielleicht auch Felix wegsperren lassen. Das wollte ich nicht erlauben. Felix brauchte nur eine echte Chance! Sie war durch den Wind, wie Lotte das formulieren würde. Nicht mehr bei sich. Möglicherweise hat sie das verschenkte Kind nie losgelassen. Aber das ging natürlich nicht! Das verstehen Sie doch?«

»Warum hat Erich die Leichenteile so sonderbar präsentiert?«, wollte Nachtigall wissen.

»Ich habe davon gehört. Nun. Erich eben. Er wusste, die Frau wollte ihm etwas wegnehmen, das ihm gehört. Das ist meine Schuld gewesen, ich habe Felix das so gesagt. Und er … vielleicht lag es daran, dass er so lange ›geschlafen‹ hatte. Eine überschießende Reaktion.«

»Nur damit ich jetzt nichts durcheinanderbringe: Sie haben Felix mit Corinna bekannt gemacht. Haben ihm dann erzählt, die Frau wolle ihm das Haus wegnehmen. Sie hofften, Erich würde die Lösung des Problems übernehmen. Und Felix? Er hat nicht nachgefragt, warum die Fotos ihm so gefährlich hätten werden können?«

»Nein. Das Warum hat ihn nie interessiert. Nur dieses Haus ist für ihn von enormer Bedeutung gewesen. Schutz, Heim, Versteck. Als ich ihm sagte, Corinna habe Fotos, die bewirken konnten, dass er das Haus verlor, da ist er – modern ausgedrückt – völlig ausgerastet.«

»Sie müssen uns begleiten.« Wiener hatte bereits die Kollegen informiert.

»Ja. Ich habe meinen Koffer schon gepackt.« Sie deutete auf einen Lederkoffer neben dem Tischbein. »War ja klar, dass nun jemand dafür bezahlen muss. Aber es wäre unfair gewesen, Felix zu bestrafen. Es war sein ganzes Leben gestraft genug.« Sie erhob sich und griff nach dem Gepäckstück. Legte einen Zettel auf den Wohnzimmertisch. »Für Lotte. Damit sie sich keine Sorgen macht. Vielleicht kommt sie mich mal besuchen.«

Zwei Beamte nahmen die Frau in ihre Mitte, führten sie ab. Luise ging mit stolz erhobenem Kopf.

Nachtigall sah wieder auf die Straße hinaus. Beobachtete, wie Luise in den Streifenwagen gesetzt wurde.

Wandte sich zu Couvier um. »Hat sie etwas genommen? Du weißt schon. Ein Gift, das später wirkt und sie aus dieser Situation erlöst?«

»Sie wird gründlich untersucht werden. Und ihr Gepäck auch. Aber ich glaube nicht, dass sie sich der Verantwortung entziehen will.«

»Warum ist es nie aufgefallen, dass mit dieser Familie etwas nicht stimmt? Ich dachte bisher, man habe früher ständig einen Blick auf die Eltern und die Kinder gehabt, ständig wurde untersucht, dokumentiert, geimpft. Eltern konnten Unterstützung bekommen. Kindertagesstätte, Kinderbetreuung, Schule, Hort – und nie ist etwas aufgefallen?«

»Wir werden die Unterlagen anfordern und gründlich durchgehen. Wahrscheinlich hätte man etwas bemerken können. Wir werden sehen.« Wiener stand im Flur. Wartete ungeduldig.

»Wir haben nicht einen der Morde verhindern können«, seufzte Nachtigall deprimiert. »Nicht einen.«

Emile konterte trocken: »Erich war der Täter – und wie willst du einen Mörder fangen, den es nicht gibt?«

57. KAPITEL

Nachtigall stand am Grab des jungen Mannes.

Luise hatte man die Teilnahme an der Beerdigung gewährt. Fluchtgefahr bestünde nicht, war die Begründung. Sie hielt sich kerzengerade. Trat an die Grube heran, schaufelte Sand auf den Sarg, warf ein paar Blüten hinterher. Reihte sich wieder ein.

Die WG war ferngeblieben.

Ob sie das traf oder nicht, würde Luises Geheimnis bleiben. Nach einem letzten Blick auf das Grab wurde sie wieder abgeführt.

Nachtigall verstand nicht, wie eine Großmutter so handeln konnte. Seit Tagen kreiste sein Denken um die Frage, warum Luise ausgerechnet diesen Weg gewählt hatte.

Es gab nicht einen Versuch der Kommunikation mit Corinna über ihre Herkunft.

Luise sagte, sie habe kein Interesse gehabt, mit der jungen Frau über Vergangenes zu diskutieren.

All die Morde ...

Im Büro wartete bereits das Team auf ihn. Eine letzte Besprechung.

Dr. März hatte sein Kommen angekündigt. Emile würde danach wieder nach Potsdam fahren, nahm er an. Überrascht empfand er Bedauern über diese Tastsache. Nun, nahm er sich vor, bevor sie diesmal auseinandergehen würden, wäre ein Gespräch notwendig. Im »Roma« vielleicht. Dort war man ungestört.

Der Gang zu seinem Büro erschien ihm endlos. Jeder Schritt. Er schalt sich einen Idioten. Legte etwas mehr Energie in sein Auftreten. Er leitete dieses Team!

»Wie schön, dass ihr schon alle versammelt seid. Dann können wir ja loslegen.«

»Der Fall ist gelöst – auch der um die Geisel in der Siedlung. Diesmal war es also Two-in-one-case.« Dr. März sah jeden Einzelnen an. »Es wurde gute Arbeit geleistet. Und im Zuge der Ermittlung konnten auch noch Cold Cases aufgerollt und als geklärt geschlossen werden.«

»Wir hätten schneller auf diesen Enkel kommen können.« Selbstkritisch antwortete Nachtigall für alle. »Dieser Geiselfall hat uns abgelenkt. Wir sind nicht eng genug drangeblieben.«

Couvier wollte das nicht so stehen lassen. »Der junge Mann hatte eine schwere Persönlichkeitsstörung. Vielleicht würde eine gründliche Exploration sogar eine psychiatrische Erkrankung aufgedeckt haben. Im Umgang war er vollkommen unauffällig. Wie hättest du also bemerken sollen, dass etwas nicht stimmte?«

»Persönlichkeitsstörung.«

»Ja. Als er bemerkte, dass die Kinder in alphabetischer Reihenfolge benannt worden waren, fiel ihm natürlich auf, dass E fehlte. Die Mutter war nicht bereit, über das verschenkte Kind zu sprechen. Ich gehe davon aus, dass sie diesen Deal bitter bereut hat. Sicher schon gleich, nachdem sie der Großmutter das Baby in die Arme gedrückt hatte. Sonst wäre nämlich Felix mit E benannt worden. So aber blieb eine Lücke. Weil die Mutter das Kind nicht aus ihrem Leben löschen konnte. Felix aber begann, über den fehlenden Bruder nachzudenken. Erich taufte er ihn. Und es musste einen Grund geben, warum Erich nicht mehr in der Familie leben durfte. Erich war von Grund auf böse. Das musste die Ursache für seine Verbannung sein. Und damit er nicht auch aus dem Verbund ausgeschlossen würde, durfte er nie böse sein. Er verschob sein böses Tun zu Erich. Das tun einige Kinder. Doch Felix gelang es nicht, Erich loszuwerden. Der

Bruder tat schlimme Dinge, Felix wusste nichts davon, wurde bestraft. Ungerechterweise. Er begann, Erich zu hassen. Er spaltete diesen Teil seiner Persönlichkeit komplett ab. Hatte keine Erinnerung an das, was er als Erich tat. Für ihn waren die sexuellen Übergriffe, die Tötungen Taten von Erich, die mit ihm nichts zu tun hatten. Es wollte nur niemand sehen, dass es Erich gab. Denn der wurde ja in der Familie verschwiegen. Ein schrecklicher Kreislauf. Selbstbestätigung durch neue Gräuel.«

»Er ist aufgewacht, hatte Blut an den Händen und wusste nicht, woher?« Wiener schüttelte sich.

»Ja. So in der Art. Er glaubte dann, Erich habe es ihm an die Finger geschmiert, damit man ihn, Felix, verdächtige.«

»Was für ein Leben. Er musste ständig befürchten, wieder Opfer von Erichs Intrigen zu werden.« Nachtigall bekam eine Gänsehaut.

»Man therapierte Erich weg. Hat die Großmutter ausgesagt. Felix hatte noch Erinnerungen an Dinge, die er nie getan hatte, aber es ging ihm besser. Bis Oma Erich zurückgeholt hat.«

»Vor diesem Hintergrund könnte der Triumphmarsch auch ihm selbst gegolten haben. Ich, Erich, bin zurück, wurde nicht von euch geknackt. Ich bin stärker als ihr und eure Medikamente«, meinte Nachtigall.

»Genau.«

»Die Großmutter war an all dem beteiligt. Sie wollte sich Erich zunutze machen. Was wird aus ihr?«, fragte Kanter.

»Sie ist im Moment in der forensischen Psychiatrie. Man untersucht sie und wird ein Gutachten erstellen. Davon hängt dann das weitere Vorgehen ab.«

»Nun ja. Sie hat die ganze Familie ausgerottet, einschließlich der eigenen Tochter. Sind wir eigentlich sicher, dass der Schwiegersohn ›in den Westen gemacht‹ hat? Oder hat sie da ebenfalls …?«, fragte er weiter.

»Das haben wir überprüft. Er ist vor zwei Jahren in Speyer an Krebs gestorben.«

»Man kann demnach nicht sagen, er habe Glück gehabt«, meinte der Kollege leise. »Nicht wirklich.«

»Warum wirken die Personen auf dem Foto so, als sei das Bild zu Beginn des letzten Jahrhunderts entstanden? Also ich hätte ja nie auf Ende der DDR-Zeit getippt.«

»Ein Fest. Man ›verkleidete‹ sich, der Fotograf, der engagiert wurde, machte Fotos, die ›alt‹ aussahen. Zum 60. Jubiläum des Winzerbetriebs. Der Sohn des Hauses hatte sie eingeladen. Eine frustrierte Frau, ein verständnisvoller Mann, naja.«

»Der Geiselfall ist auch aufgeklärt. Jochen Müller, alias … alias … alias … Decknamen, die er über die Jahre verwendete, gibt es viele. Er hatte gedacht, wenn man einen Schuldigen fände, wäre er für die Polizei aus dem Schneider. Er wusste ja um die erhöhte Aufmerksamkeit unserer Abteilung für seine persönlichen Aktivitäten. Er ist nicht gerade auskunftsfreudig, aber das wird schon. Die Beweise haben wir sichergestellt. Und er hat nicht immer Handschuhe getragen.«

»Bernhard und Kathi Buscher?«, fragte Silke.

»Wird sich zeigen.« Nachtigall zögerte, setzte dann hinzu: »Die Freiheitsberaubung ist Fakt.«

»Und die Geisel hat natürlich Strafantrag gestellt. Jochen Müller war unleugbar der Prügler, aber ohne die ›Festnahme‹ durch Buscher …«

»Pantorow war Müller auf der Spur. Er begegnete bei seinen Ermittlungen Kathi Buscher. Es ergab sich daraus ein intensiver persönlicher Kontakt. Wenn Buscher nun davon wusste, könnte es für ihn schwierig werden, dann wäre die Geiselnahme eventuell durch ein persönliches Motiv erfolgt.« Dr. März' sachlicher Ton sollte Ruhe ins Team bringen.

Dr. Pankratz stand unvermittelt in der Tür. »Ich habe euch doch von der Messerspitze erzählt, die im Gewebe des ersten Opfers steckte. Grüne Klinge. Das Messer haben die Kollegen in der Küche der Großmutter sichergestellt. Klinge und Spitze passen zusammen, die Verletzungsbilder – auch die Form der Krater im Gesicht – passen zur Klinge.«

»Könnte die Großmutter nicht Erich sein?«, fragte Silke nervös.

»Nein. Ich hatte eine DNA-Spur gefunden. Am linken Unterschenkel des ersten Opfers war ein Haar. Männlich. Verwandt mit dem Opfer. Wir waren ihm auf der Spur.«

»Ich habe übrigens die Datei geöffnet. Ist mir endlich gelungen. Ich musste erst ein spezielles Programm downloaden und dann noch diese und jene Hürde nehmen. Der Chip öffnet diese Datei.« Löbel drehte seinen Laptop so, dass die Kollegen auf den Monitor sehen konnten. »Diese Fotos und ein Dossier zur Familie dieses jungen Mannes. Sehr ausführlich. Allerdings hat sie nur recherchiert, weil sie glaubte, bei seiner Großmutter einer starken Frau auf der Spur zu sein. Dass er ihr Bruder war, wusste sie nicht. Zweieiige Zwillinge. Die erkennen sich natürlich nicht auf der Straße.«

»Wusstet ihr eigentlich, dass Felix Sommer im Keller der Oma eine Haschischplantage hatte? Wir haben auch fertig portionierte verkaufsfertige Tütchen in ihrem Zimmer gefunden. Tja, ich hoffe, die anderen Damen sind nicht allzu abhängig. Es wurde alles konfisziert.« Silke grinste.

»Für heute ist Schluss. Herr Couvier, wir möchten uns ausdrücklich für Ihre Mitarbeit bedanken«, sagte Dr. März und schüttelte dem Fallanalytiker die Hand. »Ich schätze, Sie würden dennoch gern bei den nächsten Fällen auf meine Mitarbeit verzichten?«, antworte Couvier launig. »›Normale‹ Tötungsdelikte wären Ihnen lieber?«

58. KAPITEL

Jule saß im Garten. Trank einen Kaffee unter dem Sonnenschirm und behielt die Kinder im Auge.

Conny hatte einen Springball besorgt, und nun tollten die beiden ausgelassen über die Wiese.

»Wo bleiben die beiden denn?«, wollte Jule wissen.

»Sie sind bei einer Beerdigung. Das letzte Opfer. Du weißt, Peter hat das Gefühl, er hätte sie retten können, wenn er ein bisschen eher ... Was ja nicht stimmt. Thorsten Pankratz hat die Frau obduziert. Und er meint, Peter konnte nur zu spät kommen. Es geht ihm nicht gut.«

»Nein. Dieser Fall ist wieder einer von denen, die ihn lange beschäftigen werden. Aber diesmal war Michael auch ganz schön angeschlagen. Du weißt ja, wie das ist. Man sollte es eigentlich nicht sagen: Ein neuer Fall würde die beiden ablenken. Sie wären wieder auf Spurensuche, müssten Puzzleteile verbinden. Aber das würde natürlich bedeuten, dass jemand sterben muss – und deshalb dürfen wir so etwas gar nicht denken.« Sie lächelte verschmitzt.

Jule beobachtete die Katzen. »Was treiben die denn da?«, überlegte sie leise, sah genauer hin. »Oh, meinst du, ein Mordfall im häuslichen Umfeld würde auch helfen?« Dabei zeigte sie auf Casanova, der eine fette Maus mit hocherhobenem Kopf durch den Garten trug.

»Ach herrje! Ich fürchte, das zählt nicht!«

Peter Nachtigall strahlte schon, als er das Auto vor der Tür stehen sah.

Emile freute sich, die Überraschung war offensichtlich gelungen!

Wenig später saßen sie alle unter dem Sonnenschirm, genossen Eis mit Himbeersoße, Kaffee und Saft. Die Gespräche drehten sich um Kinder, deren Erziehung und die Zukunftspläne der Eltern.

Entspannt.

Nachtigall stand auf, gab Emile ein Zeichen und schlenderte mit ihm in den hinteren Teil des Gartens.

»Ich denke, ich sollte dir wenigsten sagen, dass ich weiß, dass ich mich wie ein Idiot aufgeführt habe. Immer wieder. Aber ich verspreche dir: Ich werde an mir arbeiten. Wahrscheinlich klappt es nicht durchgängig, ich werde Rückfälle erleiden. Diesmal allerdings bemerke ich sie – und bemühe mich, sie abzustellen. Ich sehe ja, dass ihr glücklich seid. Und ich bin bloß ein vernarrter Vater, der nicht loslassen kann. Wohin das führen kann, haben wir gesehen. Wenn ich mich danebenbenehme, gib mir ein Zeichen. Okay?«

Emile nickte. »Welches Zeichen wäre dir denn recht?«

»Lad mich einfach zu Erichs Party ein. Dann verstehe ich dich sofort.«

Das laute Lachen der beiden Männer ließ die Frauen aufhorchen.

Zwinkernd schlugen sie die rechten Handflächen gegeneinander.

Endlich!

WEITERFÜHRENDE LITERATUR ZUM THEMA STALKING

Hoffmann, Jens; Voß, Georg W. (Hrsg.): Psychologie des Stalking, Grundlagen-Forschung-Anwendung, Verlag für Polizeiwissenschaft Dr. Clemens Lorei, Frankfurt, 2006

Bettermann, Julia; Moetje Feenders (Hrsg.): Stalking, Möglichkeiten und Grenzen der Intervention, Verlag für Polizeiwissenschaft Dr. Clemens Lorei, 2004

DANKSAGUNG

Mein besonderer Dank gilt all den treuen Lesern, die Peter Nachtigall und sein Team nun schon durch elf Fälle begleiten. Im Augenblick löst er bereits den zwölften, wieder ein vertracktes Problem, das auf ihn wartet.

Vielen Dank an Claudia Senghaas, die auch dieses Buch liebevoll begleitet hat.

*Weitere Titel finden Sie auf den
folgenden Seiten und im Internet:*

WWW.GMEINER-SPANNUNG.DE

Alle Bücher von Franziska Steinhauer:

Hauptkommissar Peter Nachtigall ermittelt:

1. Fall: Racheakt
ISBN 978-3-89977-674-4

2. Fall: Seelenqual
ISBN 978-3-89977-697-3

3. Fall: Narrenspiel
ISBN 978-3-89977-717-8

4. Fall: Menschenfänger
ISBN 978-3-89977-752-9

5. Fall: Wortlos
ISBN 978-3-8392-1026-0

6. Fall: Gurkensaat
ISBN 978-3-8392-1100-7

7. Fall: Spielwiese
ISBN 978-3-8392-1134-2

8. Fall: Kumpeltod
ISBN 978-3-8392-1374-2

9. Fall: Brandherz
ISBN 978-3-8392-1691-0

10. Fall: Todessehnsucht
ISBN 978-3-8392-1833-4

11. Fall: Spreewald-Tiger
ISBN 978-3-8392-2263-8

12. Fall: Spreewaldmord
ISBN 978-3-8392-2422-9

13. Fall: Gurkendeal
ISBN 978-3-8392-2573-8

14. Fall: Spreewaldkohle
ISBN 978-3-8392-2860-9

15. Fall: Spreewaldrauschen
ISBN 978-3-8392-0197-8

16. Fall: Parkgeflüster
ISBN 978-3-8392-0400-9

17. Fall: Spreewald-Marathon
ISBN 978-3-8392-0732-1

Weitere:

Sturm über Branitz
ISBN 978-3-8392-1218-9

Die Stunde des Medicus
ISBN 978-3-8392-1501-2

Fluch über Rungholt
ISBN 978-3-8392-2016-0

Zur Strecke gebracht
ISBN 978-3-8392-1327-8

Mörderisches aus Cottbus und dem Spreewald
ISBN 978-3-8392-2941-5

Der Werwolf von Hannover - Fritz Haarmann
ISBN 978-3-8392-0664-5

WWW.GMEINER-VERLAG.DE
Wir machen's spannend

Alex Thomas
Totenbuch – Bloody Berlin
Thriller
352 Seiten, 13,5 x 21 cm,
Premiumklappenbroschur
ISBN 978-3-8392-0912-7

Entsetzen auf der weltbekannten Berliner Museumsinsel: Im Kuppelsaal der Nofretete wird eine grausam verstümmelte Leiche entdeckt. Augen, Ohren und Zunge wurden entfernt. Kurz darauf wird ein zweites Opfer gefunden. Die ganze Stadt spricht schon bald von einem Pharaonenfluch. Kommissarin Annetta Niedlich und ihr pensionierter Ex-Chef Magnus Böhm stehen vor einem Rätsel, denn der Täter hinterlässt keine Spuren – nur ein mysteriöses Symbol aus dem Ägyptischen Totenbuch. Dann schlägt der Killer im Pergamonmuseum zu und es wird klar, die Opfer verbindet ein dunkles Geheimnis. Aber was hat es mit der »Waage der Maat« auf sich?

GMEINER SPANNUNG

WWW.GMEINER-VERLAG.DE
Wir machen's spannend